CW01207152

Hernán Fariñas Vales

Exigimos al autor que se presente
Relatos 2007-2021

www.instagram.com/farinasvales

www.farinasvales.com

LEGAL

ISBN: 9798736153527

Algunos derechos reservados @ Hernán Fariñas Vales

Registry info
Identifier 2104057420113
Entry date Apr 5, 2021 4:14 PM UTC
License Creative Commons Attribution-NonCommercial-ShareAlike 4.0

Este libro marca el final de
muchas guerras intermitentes.
Disfruten del armisticio.

*A mi padre, mi mejor lector.
Y a mi abuelo, al que esto le habría gustado.*

Tiger got to hunt, bird got to fly;
Man got to sit and wonder 'why, why, why?'
Tiger got to sleep, bird got to land;
Man got to tell himself he understand.

KURT VONNEGUT

CONTENIDOS

Los procesos de supresión del caos	13
Cuando vengas a Londres mantén los ojos abiertos	17
Breve análisis de gente que no está bien: Paolo	31
Sueño	35
Más allá del tambor	37
Un vagabundo extraño	61
Breve análisis de gente que no está bien: Debbie	63
Lo que dura una cerveza	67
El búnker	69
Dinero fácil	89
Breve análisis de gente que no está bien: Pedro	101
Un problema con los clones	105
La Sordera	109
Ministros	115
El esplendor de las cosas relativas	117
Un instante determinado	119
Costumbrismo en parques	121
Astillas en la niebla	127
Rampage	129
Hermes	131
Nuevos panteones (bosquejo)	133
Nueva Delhi & Asociados	135
Maraña de conceptos	165

Norberto Nutrias y el comercio	167
Todo un ganador	175
Naturaleza domesticada	183
La cualidad humana	185
La leyenda del Tinto Carranza	187
Ojos de serpiente	217
La vuelta a casa	225
Hermetismo e irrelevancias	227
Historias de bar: Piñas Coladas	229
Humo y espejos	237
El reloj	277
La Ley de Dinámicas y Variables	279

Los procesos de supresión del caos

La evolución de los acontecimientos arrolló a los propios acontecimientos. Las reacciones en cadena, incontrolables, redujeron el *statu quo* a cenizas.

Una rotonda. Un punto neurálgico de planificación deficiente, logísticamente enquistado desde su inicio. Cronificada al instante, la situación no tardó en desembocar en graves disrupciones. Se volvieron habituales los atascos de siete horas, los hijos criándose en guarderías, los aviones despegando medio vacíos. La frustración creció, se incrementó y acumuló en el tiempo. La problemática incumbía al Ayuntamiento, que por toda respuesta se había limitado a hacer oídos sordos y mirar hacia otra parte.

Ese día hubo cuerpos en las calles, fue un baño de sangre. La prensa se refirió a ella como *rotonda sangrienta,* o con titulares amarillistas del mismo estilo. No importa, no es importante. No está claro cuál fue el detonante, pero aquel día alguien perdió los estribos, las cosas escalaron, se sucedieron los incidentes. 38 personas muertas y más de 5 millones en pérdidas materiales. Las revueltas resultantes se extendieron durante semanas, pusieron en jaque al sistema.

El Gobierno se vio obligado a intervenir. Trataron de hacerse cargo, prometieron reformas. Más carriles, más semáforos, menos carriles, menos semáforos. Las decisiones fueron erráticas y contradictorias. No convencieron a nadie. La presión amenazó con colapsar las instituciones. La convocatoria de elecciones fue inevitable.

El país se cuarteó en facciones. Los actos terroristas se sucedieron, brotando como tumores. Matanzas indiscriminadas, pánico. Entre fuertes acusaciones de amaño, el ejercicio electoral fracasó con estruendo. Las revueltas tomaron de nuevo las calles, el Gobierno cayó, se sucedieron los intentos de golpe de estado. La nueva Ejecutiva en funciones se vio desbordada. Ante la perspectiva inexorable de una guerra civil, un golpe de mano cerrado en falso intervino el rumbo. Sobrevinieron las purgas internas, las fusiones entre facciones, las purgas internas dentro de las subsiguientes fusiones. Los bandos beligerantes fueron violentamente reprimidos o integrados dentro del propio sistema resultante. Los medios fueron controlados y dirigidos con mano de hierro. La sangre del disidente, profusa, manó durante los procesos de supresión del caos.

Al nuevo orden emergente, sin embargo, aún le quedaba un problema por resolver: aquella rotonda y los atascos de siete horas.

La comunidad científica estudió el caso. Los expertos concluyeron una solución drástica. Para que aquella reforma funcionase, abogaron, sería preciso cambiar el sentido del tráfico en todo el país. Esa debería ser la solución a los graves incidentes de tránsito, afirmaron.

El anuncio soliviantó de nuevo a las masas. Las tensiones internas reventaron al gobierno desde dentro, reventaron la herida, reabierta en canal. El conflicto armado fue inevitable. El nuevo Gobierno fue derrocado. Incapaces de hacerse cargo, las Ejecutivas subsiguientes corrieron la misma suerte.

El conflicto se derramó más allá de sus propias fronteras. Las guerrillas convirtieron en norma los sabotajes. Asistiendo con creciente temor a la inestabilidad política en la región, la comunidad internacional se vio arrastrada de lleno en la pugna. La mediaciones y los arbitrios se esforzaron por alcanzar una tregua. Los esfuerzos diplomáticos fracasaron con estrépito, subieron de tono. De forma directa o por proxy, las grandes potencias se vieron involucradas. Se urgieron ultimátums, se celebraron conversaciones de paz que acabaron en amenazas. La carrera armamentística subió de revoluciones. La consecuencia lógica de aquella sucesión de eventos no podía acabar siendo otra: el conflicto nuclear.

A contrarreloj, se intentó dar una respuesta a la conflagración. Los actores neutrales de la contienda se esforzaron, desesperados, por recabar concesiones en ambos bandos: Se propuso la construcción de túneles, puentes, la eliminación total de la rotonda y su reemplazo por un parque natural. Se propuso la ampliación de la rotonda, la construcción de hoteles que permitieran a la gente hacer noche de camino al trabajo, la construcción de una nueva rotonda alrededor de la rotonda...

Fue en vano.

El mundo llegó a su fin un martes, un marzo imperdonable. Entre amenazas y con los puños en alto, aunque ya nadie restara para afirmarlo, algunos sintieron que todo aquello fue un desperdicio. Otros, por su parte, sintieron aquel día satisfacción, la satisfacción del trabajo bien hecho.

THE END.

P.D. De las cenizas resultantes de lo que diera en llamarse civilización, cuando el momento fue conveniente, surgieron esquejes. En aquel invierno nuclear perenne y frío, un bosquejo de vida consiguió dibujarse a sí mismo.

Titubeante, mal que bien al principio, la humanidad comenzó a abrirse paso de nuevo. El conflicto de la rotonda fue olvidado por las incipientes naciones, las cuales no habían acu-

ñado aún conceptos como oficina, guardería o aeropuerto. Por el momento, la humanidad se encontraba a salvo. A salvo de sí misma.

Por el momento. Esa es la clave.

THE END?

Cuando vengas a Londres mantén los ojos abiertos

—Es lo que te digo siempre. ¿O no te lo digo siempre? Si piensas como un capullo acabarás siendo un capullo. Y si eres un capullo, los resultados que obtendrás serán los que obtiene un capullo. Eso es así. Si piensas como un perdedor acabarás siendo un perdedor, cae de cajón. ¿Y sabes cuál es la diferencia entre un ganador y un perdedor? Que el jodido perdedor nunca sabe cuándo va ganando. Eso es así, hace falta preparación, estudiar el terreno y no comportarse como un puto aficionado. La preparación es lo que diferencia a un profesional de un muerto de hambre que nunca va a llegar a nada, ¿o no te lo digo siempre? Porque vamos a ver ¿para qué dar el palo en una tienda de mierda llena de cámaras por todas partes cuando la experiencia ha probado una y otra vez que te sale mucho más a cuenta darle el palo a un japonés o al coche de un pijo? Vigilas quince minutos y cuando el momento sea correcto, pedrada a la ventanilla y en medio minuto has salido por piernas y aquí no ha pasado nada. Y si ves a un japonés de esos andando por ahí solo y con cara de memo, con una de esas cámaras caras de la hostia, le agarras por el cuello, le dices al oído que lo vas a rajar hasta que te duela el brazo, y antes de que se haya cagado encima ya estás en la tienda de la esquina vendiendo la cámara guapa esa que te acabas de agenciar. Y esto es así, son reglas que hay que seguir, Scottie, hazme caso. O si no mira lo que le pasó a Jerome el otro día en Hackney. El mamón entra en la tienda con un arma robada, sin taparse ni la cara, comienza a pegar gritos como si fuera un yonqui con el mono, y se larga con setenta y ocho libras de mierda para que nada más salir a la calle un coche de los monos que pasaba por allí cerca lo muela a palos a los diez metros. Setenta y ocho libras, joder, si la pipa valía más que eso. Dale el palo a un pijo cuando está llegando a casa, o reviéntale la ventanilla del coche y chorízale la radio. Mucho más seguro y sin tener que jugártela con agravantes por posesión de arma de fuego y con que pongan tu culo en el talego a compartir celda con algún pringao. ¿Y por qué le pasó eso? Por no preparar el terreno. Estudiar el terreno y pensar un poco en lo que estás haciendo, tampoco es tan complicado, joder. ¿O no te lo digo siempre, Scottie?

—Sí, Charlie, siempre.

—Pues eso. ¿Oye, tienes un pitillo?

Scottie me pasa un pitillo mientras vemos a la gente caminar por delante de nosotros en cualquier dirección, de aquí para allá, cada uno a su ritmo. Aquello está lleno de primos pidiendo a gritos que les den el palo hasta donde alcanza la vista. Por momentos casi me parece que en lugar de caras veo símbolos del dólar como en los dibujos animados. Londres es una mina de oro para el que sepa dónde mirar, joder que no. Es lo que le digo siempre a Scottie, que no se aleje de mí, porque de mí se puede aprender mucho. Scottie es buen chaval pero no tiene muchas luces, por eso intento darle de vez en cuando algún consejo, para que se le quite la empanada y se enderece. Si no fuera por mí a este chaval se lo habían merendado hacía tiempo.

—Oye, ¿qué tal está tu hermana? —le pregunto—. Hace tiempo que no la veo. ¿Sigue saliendo con el tío aquel?

—¿Eh? no, lo dejaron hace un par de meses.

—Pues dile que igual la llamo un día de estos. Tu hermana tiene un buen culo, macho.

—Hala, Charlie, que es mi hermana.
—Bueno, pero aunque sea tu hermana podrá tener un buen culo ¿no?

Scottie arruga la cara y no dice nada. Lo dicho, que a este chaval hay que ponerle las pilas pero pronto. Me corto de decirle que a su hermana aunque tenga un buen culo lo que le pasa es que es un poco puta porque soy un buen tío y tampoco me apetece sobrarme con la hermana de un colega, aunque lo piense. Si en el fondo yo soy un bicho raro dentro de todo este negocio, porque a ver cuánta gente te encuentras por ahí adelante con un corazón más grande que el mío, a ver cuánta. Te sobran dedos de una mano para contarlos, es lo que siempre le digo a Scottie.

Justo antes de llamar al timbre me paro un segundo y admiro esa casa que más que una vivienda de gente anónima parece la mansión de algún músico famoso: Una casa de dos pisos en East Finchley, un jardín al que obviamente se le han dedicado más horas en el último mes de las que he debido de pasar yo estudiando desde que empecé la carrera; dos coches caros aparcados en la puerta y un aire a lujo que me hace sentir casi humillada, casi como si esa casa fuera capaz de leer las etiquetas de mi ropa o arrugar el ceño ante mi escuálida cuenta bancaria.

Mientras aprieto el botón me pregunto vagamente si algún día yo estaré cerca de no percibir todo ese esplendor como algo completamente ajeno a mí, de no sentirme como una intrusa ante la visión de la opulencia sino de asumirla y darla por sentado igual que uno da por sentado el agua caliente en el cuarto de baño. Lo único que consigue un pensamiento como ese, sin embargo, es deprimirme un poco, así que intento animarme pensando que yo por lo menos aún soy joven y a mis carnes aún le quedan muchos años en su sitio, mientras que a quienes viven ahí dentro, con toda seguridad, ya solo les queda por delante un declive lento y doloroso que ni siquiera todos sus millones van a poder frenar por muchos cirujanos que se empeñen en contratar para remediarlo.

Soy consciente de que no debería ver las cosas de esa manera, de que debería elevarme por encima de razonamientos superficiales y comparaciones semejantes que no hacen sino rebajarme. Supongo que la envidia siempre fue uno de mis pecados capitales, pero no puedo evitar el dejarme llevar por mis inseguridades, aunque sea consciente de ello. Pero al mismo tiempo, de algún modo escondido, también pienso que tengo derecho a resarcirme, que tengo derecho a algún tipo de revancha.

La puerta se abre entonces, y un adonis de metro noventa y una encantadora rubia casi de mi edad con las tetas más arriba que las mías abren la puerta y me deslumbran con el más límpido par de sonrisas que he visto en mi vida, y el peso de mi mochila con todos esos libros dentro parece doblar su masa y prácticamente clavarme en el suelo. ESTA GENTE ESTÁ MÁS BUENA QUE YO Y MI CASA ENTERA ENTRA EN SU SALÓN.

Y mientras saludo con una mueca y ellos me invitan a pasar como si fuera una amiga de toda la vida, tomo plena conciencia de que mi único cometido en el mismo epicentro del L-U-J-O se reduce a cuidar de su casa y de su perro durante el fin de semana que se van a pasar esquiando en Suiza… y eso me hace sentir como lo debe de hacer un limpiabotas al que le dan una propina tras una dura jornada trabajando al raso.

—Y tampoco es que yo disfrute dándole el palo a los panolis estos que andan con traje por aquí, ¿sabes? Si yo estuviera forrado como ellos no andaría por ahí dándole el palo a la gente, no tendría necesidad, pero yo también tengo facturas que pagar y cosas que comprarme, o a ver qué te piensas. Y además, todos estos capullos tienen que ponerse las pilas, les viene bien. Así para la próxima igual se cortan un poquito más a la hora de fardar de relojes y de zapatitos. Pero vaya, que aunque no lo haga con gusto tampoco quiere decir que me quite el sueño. Quitarle el portátil a un pringao o las putas zapas esas guapas a algún tonto del culo, pues a ver si me entiendes, eso en parte también consiste en mandar un mensaje. Porque esto en gran parte va de mandar un mensaje. Si le dieran el palo a la gente más a menudo igual nos habíamos ahorrado ya unos cuantos problemas. Y al final ese equilibrio en el sistema, los que se encargan de hacerlo posible son los tipos como yo. No quiero exagerar porque eso tampoco va con mi personalidad, pero parte de lo que yo hago tiene un componente social. Educación social, ese es el término exacto. Soy un educador social. De hecho, si yo no llevase en la sangre lo de ser un mangante, podría perfectamente haber sido profesor, o haber tenido algún curro de esos en un orfanato o alguna historia de esas, tú ya me entiendes, Scottie. ¿O no?

—Sí, Charlie.
—Si te lo digo siempre. ¿O no te lo digo siempre?
—Sí, Charlie, siempre me lo dices.
—Pues eso.

La gente sigue pasando, cruzándose los unos con los otros mientras cada uno va a lo suyo, y yo miro a Scottie, a mi lado con en esas pintas de rapero tonto del culo que le ponen una diana en el jepeto cada vez que lo miran los monos, y me pregunto si este chaval tiene algo dentro de esa cabezota rubia aparte de una única neurona solitaria emitiendo señales que lo único que hacen es eco, jodido eco.

Antes de irse me indican que la nevera está llena, lo cual resulta evidente porque casi ni cierra, y me repiten varias veces que puedo coger lo que quiera, que estoy en mi casa, y yo pienso para mis adentros que bien podrían callarse e irse de una vez, porque los tres sabemos que esa no es mi casa ni lo será nunca, y que la única razón de que yo esté allí es la de ser una solución de emergencia ante una criada con gastroenteritis que los ha dejado tirados a última hora.

El perro es simpático, aunque resulte deprimente mirarlo, pobrecillo: un setter irlandés enorme al que le cuesta horrores respirar y que por lo que me cuentan está prácticamente ciego y prácticamente sordo, pero que mueve la cola con la misma frecuencia con la que esputa una tos lastimera y metálica, que suena igual que un niño pequeño rascando un encerado con las uñas. Pobrecillo. No sé muy bien por qué, pero siempre me han inspirado más compasión los animales enfermos que las personas enfermas. O bueno, quizás sí que sepa por qué.

Antes de cerrar la puerta y poner rumbo a Suiza, la rubia se me acerca y me da un abrazo, inundando mis fosas nasales con un perfume que no he olido nunca antes en nadie que yo conozca, un perfume que huele a una mezcla entre una cesta de frutas frescas recién cogidas del árbol y un gran fajo de billetes de 50 libras, nuevos e impolutos, recién salidos del Banco de Inglaterra, y mientras los veo irse pienso que exactamente así es como debe de oler el mejor rincón de la mejor zona VIP de algún local de lujo que yo nunca visitaré.

—El problema con Londres —le digo a Scottie—, es que hay mucha gente que se lo tiene muy creído ¿sabes? Esto está lleno de pijos con casas en el extranjero y tías buenas colgando del brazo. Salta a la vista que en esta ciudad hay tanto dinero que la gente no sabe ni en qué gastarlo, joder. Y oye, que a mí no me parece mal, allá cada uno que se gaste la pasta en lo que quiera, pero luego que no se quejen si viene algún otro mamón con una navaja a quitársela por la puta cara. Pues oye, qué quieres que te diga, eso te pasa por andar sobrándote y restregándole a la gente las cosas por la cara. Porque eso es así, cuando vengas a Londres mantén los ojos abiertos, y si no luego no te quejes, esa es una de las cosas que siempre digo. ¿Y sabes qué? Pues lo que te repito todo el rato, que de vez en cuando a todo el mundo le viene bien que le den el palo, para no subirse a la parra ¿O no te lo digo siempre, Scottie?

—Sí, Charlie, siempre.

—Pues eso.

Intento relajarme y estudiar un poco, pero no consigo concentrarme con tantos estímulos a mi alrededor, tanto esplendor, tantas cosas caras, tantas toses caninas. Me doy una vuelta por la casa, como algo, intento que el perro coma algo. Miro la inmensa colección de vinilos y el inmenso repertorio de libros que la dobla en tamaño, y me pregunto cuántos de ellos han sido usados y leídos, y cuántos están allí solamente como meros objetos de museo, como trofeos de la conquista de un estatus.

Cuando me voy a dormir a la habitación de invitados del piso de arriba, intento que el pobre animal se venga conmigo para que ambos nos hagamos algo de compañía. Los dos parecemos necesitarla, pero el pobrecillo no parece ni tener energías para subir el tramo de escaleras. Cuando por fin me quedo dormida el sol empieza ya a colarse con timidez entre la seda de las cortinas, con cuidado, como si le diera vergüenza entrar en esa casa sin haber sido invitado.

—¿Tú has estado alguna vez en el trullo?

Scottie me mira con cara de tarugo, que es la que pone casi siempre, sin saber a qué viene eso. Lo dicho, es muy buen chaval pero también es tonto con ganas.

—¿Eh?

—Joder, Scottie, ¿que si has estado en el trullo o no has estado?

—Ya sabes que no, Charlie, ¿por qué?

—¿Y quieres acabar en el trullo?

—¿Eh?
—¿Que si quieres acabar en el trullo, macho? —le respondo un poco harto, porque ya me está tocando un poco las pelotas.
—¿Yo? Pues no ¿Por qué iba yo a querer…?
—Bueno, pues entonces a ver si empiezas a hacerme un poquito de caso y te dejas de chorradas, porque luego no me vengas con que no te lo advierto, porque te lo advierto todo el rato. ¿O no te lo advierto todo el rato?
—Sí, Charlie, todo el rato.
—Bueno, pues eso.

Al despertarme por la mañana lo último que espero es encontrarme al perro muerto en el suelo de la cocina. Mi primera reacción es la de convencerme a mí misma de que está durmiendo, pero resulta obvio que no es así. Sin poder evitarlo, me pongo nerviosa y salgo al jardín, me siento angustiada. Resulta grotesco que aquella pobre criatura se haya muerto en un día como aquel, en una casa como aquella. Supongo que por mucho que a veces dé la sensación de no ser así, en las casas de los ricos también pasan cosas desagradables, aunque en las revistas nunca te enseñan fotografías de casas de ensueño con un perro muerto en la cocina.

Al cabo de unos minutos me recompongo y entro con paso vacilante, me lo quedo mirando con un nudo en el estómago. Busco el teléfono y llamo a sus dueños, los dueños de la casa que son también los dueños del perro. Mientras el tono de llamada recorre el largo camino hasta Suiza y rebota hasta mi oído, caigo en la cuenta de que aún es sábado y ellos no van a regresar hasta el lunes por la mañana. No me puedo quedar con un perro muerto en la cocina hasta entonces. Rezo para que alguien conteste y me diga qué hacer.

Finalmente descuelgan. Les cuento lo que ha pasado sin saber muy bien si debería disculparme al respecto o no, y tras un silencio me dicen que no me preocupe, que es muy triste y es una pena, pero que tampoco es una gran sorpresa para ellos. Que ha sido un perro longevo y con una vida feliz. Cuando les pregunto que qué debo hacer se escucha un murmullo al otro lado mientras dialogan al respecto, y entonces me preguntan que si podría hacerles un grandísimo favor y llevar al perro a un crematorio, que lo harían ellos mismos si estuvieran en Londres, pero que han pagado demasiado dinero por ese viaje a Suiza y no pueden volver por una cosa como esta.

Así que aturdida y sin saber muy bien cómo sentirme, o qué responderles o qué pensar de todo aquello, tan solo deseando que no fuese yo quien tuviese que estar en esa situación, les digo que sí, que lo llevaré al crematorio. Y cuelgo entonces y me pregunto que qué habría hecho yo en su situación si mi perro se hubiera muerto durante mis vacaciones y una extraña tuviera que encargarse de convertirlo en cenizas por mí, y por último me pregunto cómo demonios se supone que voy a transportar yo sola a un perro tan grande hasta un crematorio perdido en algún otro extremo de Londres.

—Oye tú, me voy a pirar. ¿Qué vas a hacer hoy? ¿No irás a quedar con el puto Raymond ese, no? Tú júntate con ese tío y ya verás cómo acabas. Porque a ver, que no es que sea mal chaval, pero a ti lo que te conviene es juntarte con gente que te enriquezca como persona, alguien como yo, y no con cuatro mangantes sin futuro, Scottie, ¿o no te lo digo siempre? Me canso de repetírtelo siempre. ¿O no te lo repito siempre?
—Sí, Charlie, siempre me lo repites.
—Bueno ¿y entonces qué vas a hacer hoy?
—No sé.
—¿Cómo que no sabes? Algo irás a hacer.
—No sé, a lo mejor voy al parque a fumar hierba.
"No sé. A lo mejor voy al parque a fumar hierba". Casi me dan ganas de cogerlo de una oreja y darle el palo allí mismo

entre la gente, por pringao. A este chaval mejor que le mantenga el ojo echado, porque a la que te descuidas te llega una carta suya desde el talego diciéndote que vayas a pagarle la fianza porque lo acaban de encerrar y algún macarra de esos del trullo lo quiere convertir en su zorra o algo así, y ahí sí que mejor que no cuente conmigo, porque otra cosa no, pero conmigo buen consejo a tiempo sí que ha tenido disponible. Si es que es lo que digo siempre, Scottie es buen chaval pero también es bastante más tonto de lo que le convendría. A ver si me lo llevo conmigo un día de estos, de putas o algo así, a ver si se espabila un poco. A este le tengo que meter yo caña, meterlo en cintura. Una especie de proyecto personal. Joder, qué suerte tiene este de tenerme a mí al lado, y el mamón no tiene ni idea. Si no fuera por mi tendencia natural hacia el altruismo a ver qué era de este chaval.

—¿Qué te tengo dicho de fumar hierba en el parque, Scottie? ¿Qué es lo que te digo siempre?

Scottie suspira y me replica algo por lo bajo, pero le suelto un meco en el brazo y se le hinchan un poco los cojones, que es lo que le hace falta.

—¡Hala! ¡Charlie, tío! ¡Cómo te pasas!

—¿Qué te tengo dicho de fumar hierba en el parque, Scottie? A ver que te oiga.

—Que fumar hierba en el parque solo lo hacen los pringaos y que cualquier día los maderos me van a dar bien de palos por ser tan capullo.

—¿Y qué más?

—Y que me lo tendré merecido por mamón.

—Pues eso. ¿O no te lo digo siempre?

—Sí, Charlie, siempre me lo dices.

—Pues eso. Venga, que me piro. ¿Oye, tienes otro cigarro?

Scottie me pone mala cara pero me pasa otro pitillo. Yo se lo cojo, me lo pongo en la oreja y le doy una palmadita en el cogote, en plan amistoso. Si es que soy un tío cojonudo.

—Oye, y dile a tu hermana que la llamaré un día de estos ¿vale?
—Sí, Charlie, se lo digo.
—Pues eso.

Y me piro de allí y me sumo a toda la gente que va y viene sin orden ni concierto, y me siento casi como el puto Juan Bautista en su día libre.

Tras buscar en internet encuentro un crematorio de mascotas en Croydon. Les llamo y les pregunto que si pueden venir y hacerse cargo del animal, y ellos me contestan que eso no va a ser posible, pero que si estoy dispuesta a llevarlo yo hasta allí podrán atenderme esa misma mañana. Dándome por vencida sin mucha resistencia, valoro por un segundo coger el metro, pero la simple idea de pasearme con un perro muerto entre un montón de ancianas, grupos de adolescentes y familias en su día libre de camino al parque, el simple concepto me resulta demasiado macabro como para llevarlo a cabo. Obviamente la mejor opción es pedir un taxi.

Entonces me doy cuenta de que necesito transportar al pobre perro de alguna manera. Tras pensarlo, lo único que se me ocurre es utilizar una de las maletas de sus dueños. Quizás no sea la forma más elegante, pero no deja de tener sentido, y después de todo nadie me dijo que mi fin de semana iba a consistir en algo semejante, por lo que como plan improvisado parece lo bastante sólido. Tras inspirar hondo, subo al dormitorio y rebusco en el armario y encuentro una maleta lo suficientemente grande. Regreso con ella a la cocina y mientras trato de no pensar más de lo imprescindible en lo que estoy haciendo, me invade una amarga tristeza al contemplar el cadáver de un bello animal como ese dentro una maleta que con toda seguridad ha sido más cara de lo que lo fue él cuando lo compraron. Encajado en una maleta por una completa desconocida, en el maletero del coche de un extraño, de camino a convertirte en cenizas y por consiguiente a caer en el olvido, aunque este aún tarde en llegar un par de semanas. No puedo evitar preguntarme cómo me sentiría yo si alguien me dijese que ese es el final que tengo reservado a mi nombre.

El taxi llega y arrastro la maleta desde la cocina hasta más allá del jardín. Pesa horrores, y el conductor no se digna ni a mirarme mientras lucho por introducirla en el maletero. Una vez que le doy la dirección partimos y yo me limito a mirar por la ventanilla, con tristeza, pero cada vez más consciente de la situación. Avanzamos en silencio y cuando estamos ya cerca del crematorio nos encontramos con que toda la calle está en obras y con todas las tuberías al aire, destripadas como si le hubiera caído una bomba encima, y el conductor me dice que no hay forma de pasar. Por lo que parece voy a tener que recorrer a pie los veinticinco metros que me separan de mi destino.

Como si lo hubiera puesto allí el ayuntamiento, en cuanto doy dos pasos un tipo que pasa por la calle se me acerca y me pregunta que si necesito ayuda. Resulta evidente que sí, pues a duras penas consigo arrastrar la maleta, así que acepto y le digo que no me vendría mal. El tipo tiene un aspecto extraño, como si estuviera *demasiado* seguro de sí mismo, y al mirarlo me viene a la cabeza una expresión que mi padre usaba a menudo: *tufo taleguero*. Él agarra la maleta, y sorprendido ante lo mucho que pesa me pregunta que si es que voy cargando ladrillos por Londres adelante o algo así, a lo que yo le contesto que no, que me estoy mudando de casa y simplemente estoy trasladando unos electrodomésticos al nuevo piso, pensando que esa es una respuesta más apropiada para darle a un extraño que la de un perro muerto de camino al crematorio.

A juzgar por su aspecto no me sorprenden demasiado ninguna de las miradas que me echa o los aires de importancia que se da mientras avanzamos, pero lo que sí me sorprende es lo que, sin previo aviso, hace a continuación.

Oportunismo, esa es otra palabra que un buen criminal, un tipo con iniciativa como yo, siempre tiene presente. La mitad de los buenos robos se sustentan en la preparación, en saber a qué desgraciado le vas a dar el palo, saber cómo, cuándo y dónde y hasta cuántos palos si hace falta, pero la otra mitad tienen que ver con el oportunismo, con estar siempre atento. Porque es lo que digo siempre, cuando vengas a Londres mantén los ojos abiertos, porque aquí nunca sabes dónde te vas a encontrar con la posibilidad de convertir productos en productos robados con los que no contabas. Pero solo con el oportunismo no llega, porque cualquier pringao puede tener potra. Tener potra es lo fácil. Lo que hay es que saber aprovecharla como es debido. Y priorizar, siempre hay que priorizar, y si por ejemplo tienes que elegir entre pasta y tías, de toda la vida se escoge siempre la pasta, y luego ya las tías vienen por su propio pie, eso cae de cajón. Si Scottie estuviera por aquí cerca se lo diría para que le entrase en la cabezota esa rubia de mendrugo que tiene. Quizás hasta lo llame y se lo diga dentro de un rato, por si se le olvida.

Como por ejemplo en este caso, en el que en lugar de priorizar el comerle la oreja a la chavala, priorizo el aspecto objetivamente monetario, y mientras corro lo más rápido que puedo, abriéndome paso a codazos entre la gente y los brazos me arden cargando con esta maleta que pesa un puto quintal, me falta el resuello pero aún así sonrío pensando en la pasta que me voy a sacar cuando venda los electrodomésticos de la pija esta.

Y si no haber tenido más cuidado con las cosas que metes en la maleta, joder.

Breve análisis de gente que no está bien: Paolo

Paolo se la había estado machacando sobre su novia durante varias semanas hasta que un día ella se despertó de pronto. La escena no le entusiasmó del todo, y Paolo no pudo volver a machacársela sobre ella durante por lo menos un mes, lo cual fue un fastidio.

Antes de que lo dejara solían irse de vacaciones, a Croacia o a las islas griegas. Con independencia de la ocasión, las cenas incluían siempre a la madre de Paolo, presente a la mesa por videollamada. Los tres cenaban juntos, y él y su madre reían y lo pasaban en grande. Su novia, por su parte, no solía decir demasiado.

Tras la cena, sexo. Siempre y cuando entrase en la ventana de oportunidad que se abría desde las 22:45 hasta aproximadamente las 23:30, tras lo cual Paolo dejaba de "encontrarse de humor".

¿De qué huyes, compadre?

Paolo trabaja en uno de esos bancos que no duermen, y es uno de los dueños de tu universo. Paolo es además uno de esos tipos que utilizan expresiones como *esto me la pone bien dura* en referencia al dinero de forma habitual. Trabaja con dinero a diario, así que encuentra la ocasión a menudo. El cabrón está forrado, por cierto, y aunque no lo parezca nunca se ha divorciado. Paolo es italiano, tiene 34 años y el mundo en su mano.

Los días de diario le pega a la farlopa. Los fines de semana también. Y a la hierba, el Xanax y el Valium, pero más que nada para relajar la cosa un poco, ya sabes. A Paolo le gusta relajar la cosa un poco bastante a menudo.

Paolo es un crápula y un desgraciado al que se le han fundido los cables por completo. Podrías comparar su cabeza con una maraca sin ningún tipo de problema: hasta el culo primero, llorando como una manguera después; gritándole incoherencias a la mujer de la limpieza sin razón aparente u ofreciéndole una raya o un polvo en el baño, o 250 libras para compensarla por haber sido un maleducado con ella.

Es una caja de sorpresas, Paolo.

Su padre ganó un montón de dinero en la lotería, hace ya años. Ese mismo día murió de un infarto. A Paolo aquello no le afectó demasiado, pues tampoco es que le tuviera especial aprecio. A los que sí que le tenía especial aprecio era a todos aquellos dólares que cayeron a su nombre en el banco no mucho después. Los dólares extra eran un concepto al que Paolo siempre le había tenido especial cariño.

Paolo vive en Londres, pero piensa en dólares.

A veces cuando se emborracha discute con su padre, aunque raramente recuerda nada al día siguiente, atareado como se halla lidiando con la resaca y el pesado yugo del remordimiento y las responsabilidades que acechan.

Paolo estuvo una vez en rehabilitación. Debería haber estado durante un mes, pero lo echaron al segundo día por apostar con los ludópatas y colar una bolsa enorme de *caramelos para la nariz*, que es como él llama a la cocaína, y empeñarse en compartirla con todo el mundo.

Es lo que hay.

Como una parte inherente a su polifacética personalidad, Paolo ostenta un nutrido catálogo de escandalosos puntos de vista sobre diversas minorías, mujeres, y gente en general, aunque nunca se le ocurriría compartirlos contigo a menos que formes parte de su círculo íntimo. Su círculo íntimo cambia casi cada día, eso también es cierto, así que según como sople el viento esa tarde o quién se haya metido al servicio con él en ese momento, podría ser que también los compartiera contigo aunque hayáis acabado de conoceros.

Una vez vio un anuncio de masa para pizzas que le recordó a un montón de farlopa. Ese mismo día se metió en una pelea con un policía de tráfico. Iba muy por encima del límite de velocidad, pero aún así se sintió con derecho a endiñarle un rodillazo en la entrepierna al madero. A las autoridades no les entusiasmó aquella clase de comportamiento, pero el abogado de Paolo se encargó de arreglarlo todo en los juzgados. Para Paolo, su abogado es su mejor amigo. Para el abogado de Paolo, Paolo es el mejor amigo de su banquero.

La semana pasada su novia cortó con él, se había hartado de sus gilipolleces. Esa misma semana Paolo consiguió también un ascenso, lo cual no tiene ningún sentido si has estado prestando algún tipo de atención a nada de lo que he dicho, pero él claramente se sintió como si hubiese empatado el partido.

Ese día se compró un Mercedes, y esa noche lo estrelló contra la valla de un colegio. Llegó hasta la mitad del patio y todo.

La parte en el hospital fue entretenida. Le dieron un montón de morfina y había unas cuantas enfermeras cachondas, y como no tenía que compartir la habitación con nadie podía pasarse la tarde machacándosela a gusto.

Paolo se siente terriblemente solo. No tiene a nadie. Paolo, eso sí, cobra casi 250.000 libras al año, más bonus, y es perfectamente capaz de vivir ignorando su autocompasión y sus tendencias onanistas claramente disfuncionales.

Esto va por otros 34 años en la cima del mundo. Aquí mi copa, al cielo en honor a Paolo.

Sueño

Estoy en un prado. Allí no hace frío, no hay viento, no hay ruido. Veo mis pies de niño. Tengo siete años.

Me balanceo en un columpio. Es un balanceo estático, como un vídeo a cámara lenta, como estar sumergido. La hierba se extiende ante mí, bañada por un sol pálido, de cera. Lo contemplo y lo hago sin apartar la vista. No dura mucho, no paso mucho tiempo en aquel lugar.

Un cambio de escenario, un corte limpio. Algo cambia en mí también.

Ahora un acantilado se alza sobre mi cabeza y yo estoy abajo, en penumbra. Levanto la mirada y arriba, muy arriba, intuyo un lugar mejor, una atmósfera menos viciada. Un lugar lejos de mi alcance.

Comienzo a caminar y un silencio denso me envuelve, el silencio que se hace entre dos cañones que se apuntan frente a frente. Mi paso vacila. No me detengo ni miro hacia atrás. Las paredes del acantilado son ahora tuberías que se entrelazan en formas imposibles, sin sentido, engranajes de una maquinaria de un negro intenso, de un tamaño ilógico. Duermen. Por un tiempo camino y las observo con temor, sin tocarlas.

Entonces veo una flor, una margarita brotando entre las máquinas, y su tamaño minúsculo me abruma, y su fragilidad intensa chillando en el silencio me recuerda a la mía. Parece hecha de papel, una mariposa atrapada en el acero.

Como una secuencia ajena, un movimiento que no me pertenece, la agarro por el tallo.

La arranco.

Una gran angustia se apodera entonces de mí. Las máquinas tiemblan, se desgarran, el mundo se estremece, la oscuridad se cierne. Las máquinas en avalancha se despeñan con estruendo a mi lado y mi cabeza se inunda de ruido y el ruido trae miedo con él, y mientras todo a mi alrededor se desploma yo miro mis manos y son gigantes, y cada vez crecen más, y crecen ante mis ojos y cada vez más rápido y cada vez es mayor el ruido y me cuesta más seguir mirando.

Es entonces cuando me despierto.

Más allá del tambor

*"El peón pasado tiene alma, como el hombre,
deseos que yacen en él inexpresados y temores
cuya existencia apenas él mismo barrunta"*

Aaron Nimzowitsch

Se atenazaban los huesos en el campo de batalla. El vaho del aliento de los hombres se recortaba contra la noche sin luna, y el relincho de los caballos, inquietos ante las perspectivas de un futuro incierto, calaban en los pocos centinelas despiertos. Los caballos siempre presentían antes que nadie el batir de espadas.

—Se avecinan cosas —dijo uno de los guardas.

—Siempre se avecinan cosas —respondió otro—. Siempre lo hacen...

Frotándose las manos para darse calor, intentó otear el horizonte a sabiendas de que era inútil. Cuando aquello empezase, sería de día. Siempre era de día cuando rugían los tambores.

La criada llamó con prudencia a la puerta. El doctor no era amigo de interrupciones a menos que estuvieran justificadas, y ni siquiera eso garantizaba que el servicio quedara exento de sus invectivas.

—Adelante —comandó una voz desde dentro.

—Señor, don Andrés ha llegado.

El doctor la tasó con una mueca a través de la montura de sus gafas.

—Lo esperaré donde siempre. Vete abriendo las cortinas para que entre algo de luz, pero no las abras del todo, no quiero que entre demasiada.

—Sí señor. —La criada se encogió en una reverencia involuntaria. Aunque cercano ya a la senectud, aquel hombre y su presencia le imponían un profundo respeto, resultándole a veces inevitable no caer en el histrionismo y la exageración. Por desgracia, el doctor no solía perder ocasión de reprenderla por ello.

—Marta, te he dicho cien veces que no te agites de esa forma. Cualquiera pensaría que tienes pulgas…aunque quizás las tengas, qué sé yo. —El doctor suspiró hondo, y concluyó—. Vete a buscarlo, a *ese*.

Y con un gesto de la mano, olvidándose de su presencia, la mandó retirarse en busca del molesto invitado.

La luz recorrió la planicie, inexorable, y lo inundó todo iluminando el campamento. Aquella no era una luz benévola, sino una luz pálida que no reconfortaría a ninguna de las almas allí asentadas. Era una luz que traía muerte y dolor al ritmo del batir de tambores.

Los caballos se agitaron con excitación mientras las tropas corrieron a organizarse. De pronto el yermo cobró vida, se inundó de casacas blancas y de estandartes arlequinados en blancos marfil y negros azabache. Los pendones apuntaron orgullosos al cielo, aquel cielo que de pronto los espoleaba a la batalla. El séquito del rey comenzó a dar órdenes.

Las dos unidades de artillería fueron revisadas por enésima vez; los ocho batallones de infantería ocuparon sus puestos con movimientos automáticos, repetidos durante cientos de años, durante cientos de millares de contiendas; los jinetes de las divisio-

nes de caballería acariciaron a sus corceles, nerviosos hasta el punto de intentar saltar sobre los hombres que los precedían; los arqueros se dividieron en dos regimientos, el del Obispo Negro y el del Obispo Blanco; y el rey, con su reina a su lado, contempló el futuro en la distancia.

—*El de hoy será un día largo* —*le dijo a su esposa.*
—*Esperemos que vivas para verlo acabar* —*respondió esta.*

—En esta ocasión no tendré compasión con usted —rechinó el doctor entre dientes—. La última vez mis nervios acabaron por jugarme una mala pasada en los momentos finales.

—Sin duda que así fue, si bien es cierto que también se mostró usted confuso durante buena parte del desarrollo —respondió don Andrés.

La irrupción de la criada disuadió al doctor de su réplica.

—Gracias, Marta.

—De nada, don An…

—Vete ya de aquí hasta que se te llame de nuevo. Vamos a empezar —cortó el doctor.

—Sí señor —brincó ella. Después, se marchó con paso ligero y sin hacer ruido.

Cuando se hubo ido, don Andrés no pudo evitar hacer ciertas apreciaciones maliciosas.

—Magnífica doncella la suya, doctor, si sabe a lo que me refiero.

—Por dios, Andrés, tiene apenas trece años.

—Sin duda la mejor y más dulce de las edades —y añadió, socarrón—, se lo digo por experiencia.

Al doctor aquello lo irritaba profundamente. No soportaba a don Andrés, ni su pelo engomado, ni sus aires de superioridad. Y aunque no lo habría admitido en alto, lo que más lo enfermaba de aquel hombre era su habilidad para enfrentarse a él con un talento indudable, muy por delante de cualquier otro que él conociera.

Por más que le disgustara reconocerlo, don Andrés era el único a su altura en cualquier lugar de los alrededores.

—Una limosnera como cualquier otra, simplemente. Bueno, ¿vamos a empezar o quiere usted pasarse la tarde de cháchara?

—Por supuesto, faltaría más. Pero primero, no le importa que le coja un puro, ¿verdad?

Don Andrés se sirvió él mismo de los habanos de su anfitrión sin esperar a oír la respuesta. Don Andrés nunca esperaba respuesta cuando no tenía interés en conocerla.

—¡La infantería en línea de vanguardia! ¡Vamos! ¡La artillería flanquea la formación! ¡Controlad a esos caballos maldita sea!

Los tambores comenzaron su redoble implacable arengando y espoleando los corazones de todos cuantos allí lo escuchaban. Aquellos tambores eran el amo llamando a su perro, la llama lamiendo la mecha.

El rey cogió su corona sin saber si aquella sería la última vez que lo haría, la aceptación de todo lo que pudiera ocurrir ensombreciendo su rostro. Sin apartar la vista de su ejército en formación, inquirió una respuesta a su esposa.

—¿Me seguirás?

—Hasta el amargo final.

—Dile a tu guardia que mantenga los ojos abiertos. Si la de hoy va a ser una batalla como la última... —se giró para contemplar los ojos de su reina— ...necesitaremos que sobrevivan.

La reina asintió con firmeza. Como solía, nada en su gesto desvelaba más que la determinación por hacer lo que fuera necesario hacer.

Así, los preparativos seguían su curso; y allí enfrente, recortado contra el horizonte, se encontraba el ejército enemigo con sus emblemas al aire y en formación, orgulloso y erizado de picas. Por un instante, los ecos de lo que estaba por venir se acallaron, los ecos del dolor y las vidas que no habrían de salir de aquel páramo guardaron silencio al mostrar dos fuerzas simétricas en número y potencial. La incertidumbre, nunca ausente de tales denuedos, atravesó como una lanza el estómago de los hombres.

Entonces, inesperada y espesa, una bruma envolvió el campo de batalla. Jirones de humo ocultaron la vista, cegando a quienes allí esperaban, pareciendo burlarse con su pestilencia de ellos. Cuando aquello amainase, las gargantas desgarrarían el yermo y las espadas tomarían por fin la palabra.

—¡Vitoread a vuestro monarca, perros! —bramó uno de los generales del rey.

—No me gusta que se trate así a quienes morirán por protegerte —opuso la reina.

El rey, hierático, se limitó a responder:

—Todos tenemos un papel que desempeñar.

Y entre la violenta niebla que emponzoñaba los pulmones de los caballos y los vítores de los condenados a morir en su nombre, el rey supo que un día más tendría que luchar por llegar adondequiera que aquello le llevase.

—¿Le importaría no echar el humo sobre el tablero? —exclamó el doctor con irritación evidente.

—Faltaría más, faltaría más —replicó don Andrés, todavía fumando sobre las piezas. Don Andrés era un hombre dado a la impertinencia, y disfrutaba particularmente de sacar de quicio al doctor, consciente como era de que cuando el genio de este se encendía, su juicio se nublaba y se convertía a menudo en obcecación. Cuando era tal la tesitura, don Andrés bien lo sabía, las partidas solían estallarle a su adversario en las manos.

En cierto sentido, si había una constante en el juego del doctor esa era la hostilidad asfixiante, la temeridad aguerrida en el desarrollo y el ataque. Era un jugador todavía adepto del esplendoroso ajedrez romántico, en el que la victoria se basaba en la épica y la violencia al cambio de piezas, y no existía lugar donde su juego brillase más que en el fragor táctico de la estocada a tumba abierta.

El doctor era un jugador de sacrificios, primando siempre la iniciativa sobre la superioridad material, y a pesar de que su talento le permitiera sacar gran partido a tan volátil forma de juego, cuando su propensión a ofuscarse se manifestaba el coste podía resultar oneroso, fatal incluso. Pocos eran, no obstante, capaces de desasirse de su tenaza y contraatacar con la suficiente prestancia como para arrebatarle al médico la victoria.

Don Andrés sabía cómo funcionaban los engranajes en la cabeza de su oponente, y aún a sabiendas de que crisparlo era una táctica innoble entre caballeros, aquello era la guerra, *"y en la guerra, ya se sabe"*, se complacía en repetirse.

Al doctor, persona misántropa por naturaleza, el hecho de que alguien como don Andrés fuera de los pocos rivales de talento equiparable al suyo en toda la comarca le quemaba por dentro. En más de una ocasión habría deseado borrarle al otro esa expresión de autosuficiencia de la cara con una victoria rotunda, pero don Andrés, aunque de lengua viperina e indiscreta, ostentaba un juego prudente y poco amigo de sobresaltos.

Don Andrés era un jugador al que resultaba sumamente complicado cogerle la espalda. Diestro en marcar los tiempos y en navegar con notable entereza la apertura y el medio juego, ostentaba incluso nivel de maestro en los finales. Cuando se trataba de disputarle el control de la iniciativa, don Andrés era un cerro extremadamente escarpado de escalar. Amigo de los centros cerrados y las largas partidas de maniobras, tan distinta filosofía de juego convertía sus partidas en telas de araña en las que sus rivales se enredaban y sólo eran capaces de liberarse pagando altos precios, y eso sólo asumiendo que hubieran podido salir de ella con vida. Si algo estaba claro al jugar contra don Andrés era que dejarle llevar el peso de la batalla equivalía casi a perderla.

Jugar contra el doctor era una muerte apenas intuida, un disparo repentino desde una azotea. Jugar contra don Andrés suponía una lenta agonía, un envenenamiento calmado o el abrazo del oso.

Y así pues, una vez sorteados los bandos, mientras don Andrés echaba el humo del puro casi en la cara a su oponente, no quedaba sino batirse.

Abriendo con el peón de rey, el doctor exclamó:

—Empecemos de una maldita vez.

—*¡Quinto batallón, adelante!* —*ladraron las gargantas al viento.*

Una polvareda se levantó, siguiendo los pasos del quinto batallón de infantería, el Batallón del Rey. Un tambor marcaba el ritmo, el compás de los condenados.

La maniobra era clásica, quizás la más repetida por las infanterías del mundo. Un avance claro por el dominio del centro del campo de batalla, ganando terreno para el posterior apoyo de las consiguientes unidades. El despliegue del regimiento de arqueros del Obispo Blanco, o de la Guardia de la Reina, quedaban así facilitados.

El ejército contrario, con determinación, imitó la maniobra situando a su propio batallón en la pugna por el centro. Los ejércitos comenzaban pues a dejar intuir sus planes, aunque todavía fuera pronto para discernir qué tenían en mente los generales.

Dentro del batallón movilizado, uno de los soldados volvió la vista hacia las líneas amigas todavía en formación, en el centro de las cuales se perfilaba majestuoso el rey. Entre dientes, masculló:

—Espero que se acuerde de que nosotros también luchamos en su nombre y no nos sacrifique como a perros.

—Si fuera tú me quitaría esas ideas de la cabeza —le respondió un compañero—, nada hace tanto daño como creerte tus

propias mentiras. No somos arqueros, ni una división de artillería, no somos más que reses camino del matadero.
El primer soldado le devolvió la mirada.
—Quién sabe —respondió—, a veces incluso las reses tienen su oportunidad.

Apenas hecho el segundo movimiento, la mente de don Andrés fue asaltada por una idea tan irresistible que pareciera inflamable. Una idea como aquella, en una mente como la suya, se revolvía inquieta y buscando problemas. Sin embargo no la soltó de inmediato, prefiriendo aguardar hasta que consideró propicio el momento de romper la línea de pensamiento del doctor, absorto como se hallaba en cavilaciones estratégicas.

—Doctor, permítame que le haga una propuesta —comentó en tono alegre justo cuando el doctor se disponía a mover pieza, sabiendo de sobra el efecto que aquello causaría en el galeno.

—¡No llevamos ni dos movimientos y ya está usted interrumpiendo la partida! ¿Se puede saber qué quiere usted ahora! —replicó aquel, irascible y mordiendo el anzuelo—. Tenía entendido que había venido a mi casa expresamente a jugar al ajedrez como hacemos cada semana. Ya sabe que si quiere conversación, en el Casino lo proveerán bastante mejor de lo que yo estoy interesado y dispuesto a hacer aquí.

—¿Debo tomar eso como que no está usted interesado, aún antes de conocer de qué se trata?

—Oh, ¡por Dios! ¡Dígame qué tripa se le ha roto ahora y juguemos a este juego de una dichosa vez! —exclamó el doctor, a penas consiguiendo medir sus palabras.

—Verá —respondió don Andrés, levantándose y dándole una calada a su puro—. Como ya sabe usted, soy un hombre de múltiples aficiones. No sólo me gusta el ajedrez, obviamente. También soy aficionado a otra clase de… asuntos.

El doctor lo seguía con la mirada, desorientado, y aunque no quisiera admitirlo, con cierto atisbo de interés.

—Quiero que hagamos una apuesta —prosiguió don Andrés—, y quiero que, si yo gano esta partida, usted permita a su criada Marta pasar a formar parte de mi servicio.

En este punto, dirigió la mirada hacia su interlocutor para apreciar su reacción, escudriñando la escena con mirada de tasador de una casa de subastas. Aún no era capaz de percibir el valor de sus palabras en el semblante que tenía enfrente.

—No entiendo, ¿acaso precisa usted de un ama de llaves o alguien que le lave la ropa y soy yo el único al que se le ocurre acudir para solucionarlo? ¿Es esto alguna clase de broma? —respondió el doctor—. Además, esa niña es una piojosa, una huérfana que no sé ni por qué sigue bajo mi techo.

Don Andrés se rió con confianza y contestó sin reparos, con la oculta intención de seguir tensando la cuerda.

—Todos tenemos un papel que desempeñar, amigo mío, y por decirlo de algún modo, el hecho de que sea aún una *mocosa* despierta en mí ciertos instintos que estoy buscando aplacar.

El doctor contempló a don Andrés, sintiendo como un desprecio profundo que le llegaba casi hasta la boca le crecía por dentro. El galeno intuía perfectamente de qué hablaba aquel indeseable al que cada vez le resultaba más costoso tener delante, y no pudo sentir sino asco. Empezaba a estar ya muy harto de sus majaderías, sus triquiñuelas y su pomposidad, y a pesar de que su talento como jugador hubiera sido un motivo durante los últimos tiempos para recibirlo en su hogar, empezaba a sentir con viveza que aquella no era ya una razón lo suficientemente válida como para continuar tolerando su presencia.

—¿Y cuál debo de suponer que sería mi recompensa en caso de derrotarlo? —inquirió, al tiempo que vislumbraba una respuesta a su propia pregunta.

—Eso depende de lo que quiera usted conseguir a cambio.

El galeno guardó silencio, sopesando lo que iba a decir. Cuando habló, lo hizo con contundencia y disfrutando cada palabra. Así, esbozando la primera sonrisa en días, replicó:

—Si gano, quiero que usted abandone el pueblo y no vuelva más. Que se marche de aquí adonde a usted más le plazca, pero lo suficientemente lejos como para que hoy sea el último día en que yo tenga que ver su cara.

A don Andrés se le congeló la mueca en el rostro. Sabía de sobra que el doctor sólo lo aceptaba gracias a las partidas que jugaban periódicamente, pero no se había percatado de que aquella aversión fuera tan real y profunda como para llegar a semejantes extremos. Aunque no quería que el doctor lo intuyera, su aire socarrón se había esfumado por completo, empujado por la sorpresa mal disimulada y la hostilidad que aquella situación estaba despertando en ambos.

—Me sorprende usted con esa respuesta, doctor.

—Es usted quién ha comenzado con esto, yo sólo me limito a hablar con franqueza. Y si he de serle completamente sincero, me acabo de dar cuenta de que debería haberme pronunciado de este modo hacía ya tiempo.

El aludido permaneció en pie, fumando su puro y abriendo la ventana del estudio sin preguntar primero, como era costumbre en él. El silencio había caído sobre la estancia como un sudario, la distancia entre ambos creciendo de pronto, alejándolos cada vez más al uno del otro.

Don Andrés se tomó su tiempo, taimando su respuesta ante aquella declaración de guerra. Después, cuando sintió que el momento era el justo, se giró hacia el doctor y levó las anclas. Acababan de entrar en aguas demasiado profundas para que pudieran salir ya juntos de ellas.

—Muy bien, mi *estimado* doctor. Puesto que he sido yo quien lanzó la apuesta en primer lugar, me comprometo a cumplir mi parte del trato en caso de salir derrotado. Jamás pretendería llevarle la contraria a tan excelsa personalidad como la suya. Pero como comprenderá, las balanzas no están equilibradas. Creo que me corresponde exigirle algo más a cambio si se diera el caso, muy factible por cierto, de que fuera yo el que ganase esta partida.

—¿Qué es lo que tiene en mente?

—Además de a su criada —dijo—, quiero que me entregue la posesión de su casa. Si yo gano, usted podrá quedarse en el pueblo si le place, pero mucho me temo que tendrá que hacerlo en el establo de la pensión o en algún otro estercolero que usted juzgue digno de su presencia. Por supuesto, podrá seguir jugando al ajedrez conmigo en esta misma sala, pero en ese caso bajo la condición de invitado, claro está.

Dicho esto, se abatió de nuevo el silencio. En alguna parte sonaban tambores, mostraban los perros sus dientes.

El doctor sabía que aquella apuesta era ilógica y desigual, que perder supondría la catástrofe más absoluta. Pero al mismo tiempo, y eso también lo sabía, si había que quemar puentes y hasta los barcos él sería el primero en ir a empuñar la antorcha.

Tras aguantar la mirada del otro con hielo en los ojos, exclamó:

—Cierre esa ventana y siéntese de una vez. Tenemos una partida que jugar.

El viento que había azotado la planicie cesó de pronto. A un tiempo, el ejército rival avanzó uno de sus pelotones de infantería. Lento, su dibujo se extendía sobre el campo de batalla como una mancha de aceite en el mantel.

Uno de los batallones de caballería fue movilizado como respuesta, aproximándose para ofrecer apoyo a la infantería y acometer potenciales ataques por el flanco cuando la ocasión lo requiriera. De ese modo, se preparaban para cuando aquel trecho del camino se convirtiera en patíbulo.

—No me gustan las posibilidades que le ofrece nuestro flanco al enemigo, mi señor —comentó uno de los generales del rey, un joven y enjuto estratega proclive siempre a la prudencia.

—¿Qué es lo que no te gusta?

—Tal y como yo lo veo, si queremos evitar que su caballería entre al abrigo de sus arqueros, debemos afianzar nuestra posición, señor. Debemos reforzar ese flanco y ...

—...y perder el tiempo dejando que se posicionen sobre el terreno y nos ahoguen con sus artimañas de cobardes y su pegajoso combate estático. Si entramos en su dinámica habremos firmado la hora de nuestra muerte, mi rey —cortó tajante el general más afín al monarca, un anciano al que el puño de hierro le parecía la única estrategia digna de consideración por parte de un caballero.

—Existe un momento para la defensa y otro para el ataque, mi señor. Si atacamos antes de estar preparados estaremos entrando derechos en las fauces del lobo. No podemos regalarnos con el lujo de errar en un momento como este —se excusó el primero.

—Si algo tengo claro, señor, es que una batalla la gana quien comete el penúltimo error. Hagámosles cometer el último. Ataquemos con fuerza. Conocemos a nuestro enemigo y conocemos sus tretas. Tenemos que morder antes de que nos estrangulen, no escondernos como conejos —exclamó el otro.

El rey se mostraba dividido, la duda arrugando su ceño. El anciano aprovechó su momento y presionó de nuevo.

—Son ellos o usted, mi señor.

Desprovisto del don de la oratoria, su contraparte intentó mediar sin llegar a poder hacerlo. La reina, el aura extraña y la presencia ausente, como si su voz hallase raíces en otro mundo, intercedió.

—Presiento que hoy hay en juego algo más que nuestra gloria y los palmos de terreno que nos rodean, mi rey. La de hoy es una batalla que decidirá el dios al que habremos de rendirle tributo.

Y tras aquellas enigmáticas palabras, concluyó:

—Destrózalos. Destrózalos cuanto antes.

Tras debatirse intensamente en su fuero interno, el doctor decidió abandonar el amago de estrategia posicional que estaba planteando. Aquel proceder era contrario a su estilo de juego, a su filosfía vital incluso. Se reafirmó a sí mismo en la certeza de que la única forma de ganar sería jugar como siempre lo había hecho. Él no había nacido para defenderse y pelear como un cobarde, ni en el ajedrez ni en la vida (¿y no eran acaso el uno y la otra la misma cosa?). Quien nunca asumía riesgos nunca ganaría una partida digna de ser ganada. Era su destino vencer con gloria o caer entre llamas.

Así pues, el doctor decidió seguir su propio instinto. Era consciente de que aún no se había enrocado y su posición estaba por tanto expuesta, pero sabía que don Andrés tampoco había tenido tiempo aún de hacer lo propio. De este modo, desechando incluso con alivio la idea de cerrar el centro y adentrarse en la pasiva y farragosa ruta del juego posicional que al otro le habría gustado, el doctor intuyó una arriesgada y afiladísima combinación de final incierto pero posibilidades mortales. Con mano decidida, el médico abrió líneas y comenzó con todo el ataque.

El tambor redobló de nuevo su batido, y era más allá del tambor donde aguardaba la espada. Los soldados se incendiaron por dentro, se unieron en una sola garganta, en un grito que sonaba como una guillotina cayendo a plomo.

—¡Atacad! ¡Por vuestro rey! ¡Atacad! ¡A ellos!

De pronto ninguno allí tuvo miedo. ¿De qué valía el miedo si no verían ya un nuevo día?, ¿por qué morir como cobardes cuando la alternativa era hacerlo como hombres? Algunos de ellos pelearían por su rey, otros lo harían sin tener nada en lo que creer, y otros porque aquel era el papel que les había tocado. Pero corriendo mientras el suelo retumbaba con ellos, todos atacaron sabiendo que con ellos venía una tormenta.

La carga fue tan violenta que el batallón enemigo no tuvo opción a réplica. Fue barrido, un esquife engullido por la ola. Y cuando el polvo se aposentó tras su baile sangriento, los vencedores se miraron los unos a los otros, incrédulos y aún vivos entre las gargantas cortadas, reconociéndose con la sonrisa del que ya se creía muerto.
Y entonces un eco se dejó sentir en el aire.
—¡Los arqueros! ¡Los arqueros! ¡A cubierto!
Y los que hasta hace un momento festejaban el privilegio de poder seguir respirando, solo pudieron encogerse y rezar mientras un granizado de puñaladas les caía desde el cielo.

Sobrevinieron los movimientos, se encaminaron rápido hacia el medio juego. En uno de los consiguientes lances, el doctor emplazó su alfil a merced del ataque enemigo, sin protección aparente a la vista. Don Andrés decidió no morder el anzuelo, intuyendo una lazada en caso de capturarlo. Conocía demasiado bien lo peligroso del juego del doctor, y sabía que trataba de tentarlo para entablar combate antes de haber terminado el desarrollo y haber sacado a su rey del centro.

Fiel a su juego, aunque bajo presión intensa ya por parte de su oponente, don Andrés trató de mejorar la coordinación de sus piezas y enrocarse lo antes posible, buscando de ese modo seguridad para su rey y dejando para más adelante cualquier conato de réplica. Su rival, mientras, lo acosaba con inusitada fiereza y apenas le permitía el respiro necesario para maniobrar.

—Continuad presionando el centro —exhortó el anciano general—. No le dejéis posicionarse, hostigadlo, en la iniciativa está nuestra mejor baza, mi señor. Eliminad ese batallón de arqueros e inutilizaréis su ataque por el flanco.
—Avanzad la caballería —comandó el rey.

Ante la renovada presión que traía consigo aquel caballo, don Andrés se vio forzado a reaccionar y capturarlo. Lo obligaba así el doctor a un cambio de piezas desfavorable, que lo arrinconaba y lo mantenía a contrapié de los movimientos de su rival. De todos los escenarios posibles, ese era justamente el que menos podía permitirse.

El rey de don Andrés seguía en el centro, expuesto y condicionando la actividad del resto de piezas en otros sectores del tablero. Mientras el doctor le encimaba, hostil, casi temerario, asida fuertemente la iniciativa como en esos momentos la tenía, obligaba a don Andrés a movimientos reactivos, a repeler las estocadas sin poder lanzar las suyas propias. Si bien su defensa hasta ese momento estaba siendo ordenada, su plan no estaba funcionando en absoluto, y corría el riesgo de dar un paso en falso y ver su posición colapsar como un castillo de naipes. De suceder, el resultado habría de ser mortal de necesidad.

El doctor era plenamente consciente de la ventaja dinámica que en ese momento poseía, una ventaja que por su propia naturaleza solo sería tal mientras consiguiera mantenerse en movimiento. Privadas por el momento las líneas defensoras del respiro necesario para organizarse y frenar su avance, el doctor siguió aumentando la presión en el centro.

—*¿Estáis seguro de esto, mi señor?* —*imploró el joven general. En la lontananza se enmarañaban los pendones, los gritos, los tambores*—. *Nuestros hombres necesitan apoyo, corren el riesgo de adentrarse demasiado en tierra hostil y quedar copados. Si el enemigo corta nuestro contacto con ellos estarán perdidos. No podremos acudir en su auxilio y...*

—*La decisión ya ha sido tomada.*

Fue la reina la que había hablado. Sus palabras sonaron lejanas, heladas como los huesos de los hombres que la escuchaban. Estos, entonces, supieron que eran palabras que apenas

pertenecían en aquel mundo, pues habían sido escritas en algún yermo lejano.
La batalla siguió su curso.

La idea del doctor era clara: la prioridad única era forzar el avance de aquel peón hasta la sexta fila, penetrando profundo tras la línea enemiga. Si bien su posición comenzaba a sobreextenderse, resultando cada vez más vulnerable ante posibles maniobras que tratasen de desarbolarla, mientras don Andrés tuviera la necesidad apremiante de lidiar con aquella amenaza no podría poner a su rey a salvo. De este modo, el doctor apostaba fuerte por la obtención de una ventaja de espacio manifiesta, constriñendo a su rival e impidiéndole maniobrar para la coordinación de una respuesta efectiva.

La situación se tornaba crítica, y don Andrés se defendió como indican los manuales, yendo al cambio de piezas para simplificar la posición y aliviar la presión asfixiante que el doctor cernía sobre él. Menos piezas sobre el tablero significarían menos posibilidades de ataque a disposición del galeno, favoreciendo así el rearme y posterior contraataque. El doctor, que por su parte era plenamente consciente de aquella idea, la había asumido bajo la premisa de que el cambio de piezas en situación favorable implicaría menos herramientas en manos enemigas para contrarrestar su empuje. La premisa, su premisa, era la de que no había mayor amenaza en ajedrez que la de poseer el siguiente movimiento.

Así pues, desbocados los corazones en el hermético silencio, el doctor hizo su jugada y fue al cambio.

El capitán bramó.
—¡¡Apuntad!!
Y doscientas flechas se encararon con el sol.
—¡¡Tensad!!

Y las cuerdas se tensaron. Y los alientos se contuvieron.
—*¡¡Disparad!!*
Y la guadaña se cernió desde el cielo, quebrando escudos y tiñendo las bocas de sangre.
Y después todo volvió a la tensa espera inicial.

Don Andrés observó brevemente al doctor. La vista clavada en el tablero, aguijoneándolo como si pudiera ver allí dentro más de lo que simplemente había. A pesar de ser avanzada su edad, su espíritu era recio e inflexible, y aquella partida la estaba jugando con furia homicida. *Demasiada para su propio bien*, se dijo con desprecio, y acto seguido capturó la pieza enemiga.

En lugar de la recaptura que don Andrés había esperado, la cual habría supuesto el respiro necesario para que pudiese por fin alcanzar el ansiado objetivo de sacar a su rey del centro, el doctor puso a su reina en juego. Semejante movimiento situaba la pieza en una de las diagonales laterales, una casilla muy activa desde la que sumar efectivos y seguir ejecutando su plan. Desde allí podría cortar la línea de retirada del rey opuesto, impidiendo todavía su enroque, al tiempo que mantenía la iniciativa un turno más. ¿El precio? el sacrificio de uno de sus caballos, otorgándole a don Andrés una ventaja de material que, en caso de sobrevivir al brutal ataque, no podría más que significar su derrota. El doctor había comprendido que acceder a la recaptura no habría supuesto sino firmar una posición descoordinada en la que su ataque, que en esos momentos lo mantenía cabalgando sobre el tablero, se habría marchitado y frenado en seco.

Y su ataque, ambos lo sabían ya, no podía permitirse tal cosa.

—*Parece que esto va cogiendo carrerilla* —*dijo socarrón uno de los arqueros, mirando alternativamente hacia la Guardia de la Reina, que acababa de situarse cerca del flanco; a las uni-*

dades enemigas, que ahora los sobrepasaban en número, y a su propia caballería, que no lejos de allí alfombraba el suelo, degollada y sin que nadie hubiera acudido a vengarla.

—¡Atención! —les gritó su capitán—. ¡Preparaos! ¡Cuando dé la orden cargaremos a sangre y fuego! ¡Hay que abrir paso a la Guardia de la Reina!

—Por supuesto, faltaría más. Que nadie nos libre del honor de morir como perros —masculló el arquero, escupiendo al suelo mientras oteaba en dirección a su rey.

Se sucedieron las maniobras, los movimientos de empuje del doctor sobre la constreñida posición de su rival. Este, a pesar de todo, seguía ofreciendo una defensa ordenada y correosa, férrea dentro de su precariedad. Don Andrés confiaba en aguantar lo suficiente hasta que el ataque del doctor descabalgase por falta de opciones, en cuyo momento su superioridad material debería ser suficiente para darle la victoria. En un momento dado, entreviendo la oportunidad de contrajuego, desplazó su alfil clavando el caballo del doctor. Si este movía la pieza, pues, perdería la torre que había detrás.

Sonrió. Aquella era su oportunidad: El doctor se veía ahora abocado a malgastar un tiempo, reorganizándose para defender la clavada si no quería perder incluso más material. Si esto sucediera, a don Andrés no le resultaría difícil maniatarlo y reducirlo a cenizas. Si el doctor se defendía, sin embargo, sus perspectivas no mejoraban mucho. Su iniciativa se apagaba como una vela, y el sino de la posición se cernía fatal sobre el galeno. Lo que antes era su ventaja iba camino de convertirse en su tumba.

—Parece que su ambición ha podido más que usted, doctor —dijo don Andrés sin saber contenerse, contrario como solía a la más elemental etiqueta de la deportividad o el buen juego—. Es usted un elefante desangrándose por los cuatro costados, amigo mío, y viendo lo que está ocurriendo sobre este tablero juraría que comienzo a notar cierto olor a muerto. Cuando Marta pase a formar parte de mi servicio le diré que abra bien las ventanas para airear esto un poco.

El doctor restalló un puño que cayó con estruendo contra la mesa. Las piezas del juego se zarandearon, vulnerables, aguantando en pie por muy poco.

—¡Pero qué clase de sandeces está usted diciendo! ¡Esta partida aún no ha terminado, y a pesar de que soy consciente de su incapacidad para no mostrarse insolente y necio a cada minuto, esta es mi casa y le exijo silencio! —y atajando la réplica que don Andrés, satisfecho con lo que veía, se disponía a lanzarle, el doctor concluyó—. ¡O de lo contrario no me hago responsable de mis actos, se lo advierto!

Y en la voz del médico se vislumbró algo tan oscuro y profundo que incluso don Andrés comprendió que ni una sola de aquellas palabras había sido pronunciada en falso. Acto seguido, airado en su renovado silencio, el doctor ignoró la clavada de don Andrés e hizo algo que a este no se le había pasado por la cabeza.

Justo antes del ataque tembló el suelo. El mundo que los rodeaba se agitó, rugió, pareció venirse abajo. Pareció abrirse incluso la tierra. Del suelo vino un trueno, y los hombres, perdiendo pie ante el bramido imposible, sintieron el fin cercano y el peligro en los huesos.

Después vino el ataque, y la explosión fue grotesca. Las astillas y el humo se mezclaron con los cuerpos mutilados y esparcidos por aquel páramo. Lo que antes había sido un batallón de infantería, lo que antes había sido un batallón de artillería, ambos, no eran ya más que escombros. En aquel terruño la muerte era espesa, y a través de esta y el rictus de los moribundos que ya apenas le escapaban, el ejército y los hombres del rey vislumbraron de pronto un camino.

Un sacrificio de torre. El doctor había cambiado su torre, una de las piezas más valiosas de cuantas tenía, por uno de los peones de su oponente. Semejante movimiento, audaz y suicida a partes iguales, le permitía abrir la columna y seguir empujando. Aquel movimiento hacía trizas su propio flanco, dejando a su rey en posición terriblemente precaria y mermando su material hasta un punto insalvable si aquel segundo sacrificio no funcionaba… A cambio, el doctor debilitaba fuertemente la oposición enemiga en ese sector del tablero, obteniendo un peón pasado y la posesión un turno más de la iniciativa.

El peón pasado, ese que no tiene oposición de peones rivales en su camino a la última fila, allí donde podrá coronar y convertirse en reina, es uno de los conceptos más idiosincráticos de cuantos existen en ajedrez. Extremadamente difícil de defender si las circunstancias son propicias, el peón pasado puede ser un gólem, una lanzada en el corazón rival, un aguijón. Una partida en la que uno de los bandos poseyera una baza como la que el doctor ahora poseía, no podría sino desarrollarse por completo en torno a ella.

El doctor se lo había jugado todo a una carta, y aquel peón, ardiendo como una antorcha en medio del tablero, sostenía ahora su mundo. Frente a él, a kilómetros de distancia, a don Andrés se le había congelado la sonrisa en la cara.

El soldado alzó la vista hacia el cielo como si allí hubiera algo a lo que pudiera agarrarse. Después se santiguó, volviendo la vista al frente. Ante él y sus hermanos de armas se abría ahora una oportunidad en la que muchos nunca creyeron. A su espalda solo había desolación, un flanco derruido y restos quemados. Delante, un enemigo herido, que enseñaba de pronto el cuello. Si iba a haber una oportunidad de ganar esa guerra, tenía que ser aquella.

—Te lo había dicho —le dijo al hombre que tenía a su lado.

—*¿El qué?*

—*Las reses. Incluso las reses encuentran a veces una huída del matadero.*

Afirmando sus manos sobre la espada, templando como podían los corazones, ambos hombres se mantuvieron en pie y en alerta, esperando instrucciones.

A ambos lados del tablero tremían las manos. La jugada había sido brillante, y a don Andrés lo había cogido por total y completa sorpresa. Ahora, aunque con más material, apenas barruntaba la forma de hacerlo valer. Encarado con él, el doctor caminaba en el alambre, capaz hasta ese momento guiarse por su instinto y sus arrestos, sabedor sin embargo de que un paso en falso de los que aún restaban por darse acabaría mandándolo todo al traste: era ahora o nunca.

La conciencia descarnada de lo que había en juego, la ignominia y el deshonor, la casa perdida, el exilio del pueblo, la sonrisa odiada del rival que no era sino ya enemigo... todo aquello oprimía sus pechos, en pugna por que no descarrilara el nervio, por que no flaquearan las fuerzas. Aquello ya no era ajedrez, aquellas no eran piezas ni aquella una tarde más.

Y así, la recta final de la partida dio su comienzo.

Corrió la sangre en el páramo. Se quebraron almas y se mellaron cuchillos. Rugieron los cañones que aún no habían sido acallados.

El batallón logró abrirse camino apoyado por unidades aliadas, el enemigo arreciando contra ellos, homicida. Cuerpos aplastados y vidas cercenadas a su paso, el tambor llevando el ritmo de fondo. En cierto momento terrible las guardias de ambas reinas entablaron batalla, se arrasaron, malheridas quedaron allá en las rocas.

El batallón avanzó de nuevo. Un último bloqueo. El aire era denso, plagado de espinas.

Y entonces la posición enemiga no aguantó más y colapsó con estruendo, y la masacre que sobrevino fue el mismo infierno. Y el rey enemigo, acorralado, desahuciado, no tuvo ya cobijo. Y la Guardia de la Reina, que había vuelto desde ultratumba, lo amordazó y le dio caza; y ella, la reina, espada en mano y ausente los ojos, le cortó el cuello y hundió la daga en su pecho. Y entonces el resto de soldados se unieron, y con sus espadas apuñalaron y asaetearon a aquel rey que no era el suyo, al tirano que caía, muerto por cien aceros.

Los puños se alzaron entonces al cielo, exhaustos y desangrados pero también victoriosos. Gritos de júbilo recorrieron una planicie cuyas nubes se teñían ahora de negro. Y la reina, la reina no celebraba, pues la reina presentía.

A lo lejos, sereno pero partícipe del alborozo de sus hombres, rendido y captivo al fin el ejército enemigo, el rey contemplaba todo aquello que ya por derecho era suyo.

—Mi señor... —comenzó uno de los generales.

Un trueno cruel. Un trueno cruel desgarró entonces el cielo, un trueno como nunca lo habían escuchado, que partió en dos el mundo. Todos ensordecieron, se sobrecogieron sus voces. El pánico tomó por asalto a los caballos. Los hombres encogieron sus cuerpos. Aquel no había sido un trueno, aquel había sido el fin del mundo.

—Mi señor... —dijo de nuevo el general, desbocados los ojos.

De la boca del rey brotaba sangre, de su pecho un borbotón. Incrédulo, este se miró las manos, se tocó la herida. De ella salía humo que olía a pólvora, y su vida, que se extinguía sin tregua.

Entonces, mientras el rey caía muerto al suelo, el mundo perdía pie y perdía el sentido, y la gravedad se volvió centrífuga. Levitaron los cuerpos de vivos y muertos. Levitaron sobre el pá-

ramo, flotaron. Y entonces se zarandearon con el zarandeo de una tormenta, y nada tuvo sentido, y nada tuvo concierto, y solo existía ya el caos...

Y acto seguido la gravedad halló pie de nuevo, y cayendo como si fuera plomo todo lo que allí había, los caballos y los hombres, lo que antes habían sido cañones y lo que ahora eran sus restos, todo, volvió con estruendo a su servidumbre en el suelo.

Marta, que había escuchado gritos y alboroto en el despacho, se apresuró a subir corriendo cuando escuchó la detonación. Justo al llegar al pasillo la puerta estalló ante sus bruces, escupiendo a un don Andrés de ojos desencajados, un arma apenas oculta en la mano.

La empujó al pasar. La forzó hacia un lado y lo engulló el corredor.

Temblando, Marta entró en la estancia. Chilló, se quedó sin habla. Sobre la alfombra yacía el doctor, muerto y desmadejado sobre un charco de sangre, el tablero de ajedrez desparramado en torno a él.

El doctor se había extinguido ya, y lo había hecho con un rictus extraño en la mirada, a caballo entre el horror y la gloria. Junto a él yacía una de las piezas del tablero, el rey, que casi pareciera mirarlo frente a frente.

Un vagabundo extraño

A Juanito le estaban dando una paliza cuando lo conocí. El viernes pasado, allá en los escombros. Supongo que cualquier esquina es buena para caer noqueado.

Les grité, corrí hacia ellos. Le gritaron, se alejaron corriendo de allí. Él ladró amenazas beodas acerca de teléfonos móviles, o algo por el estilo, y se quedó donde estaba. Entonces le ayudé a levantarse. Lo notaba desmadejado en mis manos, escuálido como un jersey viejo.

Todo aquel asunto me cogió con la guardia baja, de alguna manera queriendo ayudar a mi prójimo. Me apenaba aquel vagabundo extraño, supongo. Así que me lo llevé a casa, le eché una mano. Lo senté en mi cocina con cerveza y tabaco.

—¿Qué tal lo llevas?

—*¿Qué tar lo llevah?* me dise er nota. *¿Pe a ti te parese que lo esté llevando bien caraho? He conosío peña segata y luego está er nota este.*

Un tipo agradecido, el cabrón.

Sea como fuere.

Me dijo que no tenía familia, me contó cosas inconexas sobre su padre, que era polaco, y sobre sí mismo, que le tenía miedo a las máquinas de autoservicio del Carrefour.

También era un poco racista.

—*Te hablan toah a la ve, eso eh una cosa rarísima caraho,*

hahme caso, loh peloh comoh ehcarpia quillo. Ah, y lo putoh franseseh esoh me comen to loh huevo ¿que no? Harto me tienen ya, hombre.

En cierto punto echó la ceniza de su pitillo en mi vaso. *Tú me comeh to loh huevoh también* dijo cuando le protesté.

En ese momento me entraron ganas muy fuertes de meterle la cabeza en el microondas y encenderlo y apagarlo varias veces, pero decidí controlarme e ir al baño en su lugar. Cuando volví a la cocina Juanito se había ido y se había llevado mi móvil con él.

El hijo de puta.

Lo encontré de nuevo donde lo había conocido, allá en los escombros.

—¿Me has quitado el móvil, Juanito?

—Tieneh suerte que no te quitara la virhinidah también, carapolla.

Pues vamos a tenerla, entonces.

Pelearse con un vagabundo es una cosa extraña, aunque he de admitir que en aquel momento tenía todo el sentido del mundo. Sea como fuere, mientras le aplaudía la cara unos tipos comenzaron a gritarme, a correr hacia mí. Yo comencé a correr, a alejarme de allí. La escena la cerró Juanito con ladridos y amenazas.

—¡¡Que te hodan a ti y a tu hodío esmarphone, carapolla!!

O algo por el estilo.

Breve análisis de gente que no está bien: Debbie

Lista de chanchullos cometidos por Debbie a la edad de dieciséis años:
 —Robó un desfibrilador público y lo vendió en eBay.
 —Aquella cosa que hizo con Brittany.
 —Fingir haber sido atracada por *unos tipos con acento chungo* que supuestamente le habrían robado el dinero de la colecta de la parroquia de Chepstow para construir pozos en Uganda, pero en realidad quedarse el dinero y hacerse un implante de tetas con él.
 —Aquella otra cosa que hizo con Brittany.
 —Hacerse pasar por un casero en una famosa página de búsqueda de piso por internet y despojar a cuatro extranjeros de 300 libras (cada uno), las cuales estos habían presentado como muestra de que podían ser tomados en serio como inquilinos.

Aunque cuestionable, mentir es sin duda un talento rentable. Del mismo modo lo son la intimidación y la imposición de la fuerza bruta sobre el débil por el simple hecho de que puedas hacerlo. En lo que a Debbie se refería, no obstante, cuestionable siempre significó más bien poco.

Desde pequeña sobresalió en amedrentamientos, engaños y en fumar como una carretera. También en eructar más fuerte que cualquiera de sus compañeros de clase, hecho que obviamente lucía como una medalla porque, bueno, ella podía y tú no.

Entre el numeroso elenco de disciplinas cuyo dominio la distinguía de sus congéneres, se contaban también la crítica indiscriminada al prójimo como mecanismo de autodefensa, una aguda tendencia a sentirse amenazada cuando a alguien de su entorno pareciera irle bien, y una aptitud innata para escaparse del embarazo adolescente por márgenes realmente estrechos. Debbie no era, por otra parte, demasiado ducha en habilidades sociales, hecho que resolvía aparentando veinticuatro años cuando en realidad tenía quince; una clara ventaja sobre sus semejantes, a quienes era capaz de placar de dos en dos porque eran todos una panda de maricas.

El miedo siempre trajo aparejada una confortable ausencia de responsabilidad en lo que a Debbie atañía. Condiciones idóneas para una mente en formación como era la suya, qué duda cabe.

De niña corría apuestas para su madre, iba al pub a buscar a su padre. Creció desatendida, como una hierba en el patio (hasta que eventualmente empezó a cultivar hierba en el patio).

Sus padres no le negaron toda su atención, al César lo que es del César. Siempre se preocuparon de que Debbie tuviese al menos algo de liquidez en el bolsillo, y le compraban pitillos para vender en el colegio, y le dejaban quedarse parte del beneficio como comisión. Una comisión bastante cutre, todo sea dicho de paso, porque en el fondo siempre habían sido una panda de tacaños de mierda. Pero oye, al final del día, liquidez es liquidez.*

Cuando tenía quince años la zorra de Brittany había insinuado que quizás Debbie fuera lesbiana, así que Debbie tuvo que amenazarla con cortarle la cara y quemarle las extensiones del

---

**Desafortunadamente, todas esas tácticas de mercado se traducirían en un desorbitado CPP (Coste Por Piti) para los demás niños del patio.*

pelo. También, para asegurarse de transmitir el mensaje efectivamente, barrió el suelo con ella, por si acaso y tal, pero después de eso estuvo todo guay y han sido súper amigas desde entonces y le han aplaudido la cara a un montón de panolis juntas desde entonces, así que no te preocupes por ese tema y métete en tus asuntos.

Vendettas, niñatadas, talento para romperte las pelotas, y amistad… siempre se lo pasaba uno bien con Debbie. Siempre fácil, siempre tranquilo.

Sea como fuere.

Adelanta siete años y aquí está Debbie. Bebe mucho, fuma mucho y todavía es capaz de eructar más fuerte que tú. Seguramente todavía podría placarte si se lo propusiera, pero a día de hoy Debbie va bastante justa de aliento, y malditas las ganas que le quedan de ello. Ahora tiene tres hijas, por cierto: Kassandra, Kendra y Karissa.

¿Y el padre? No hace falta que entremos en eso.

Lleva ya una temporada trabajando en ASDA, como cajera. Pero ser cajera es una puta mierda, hazme caso, y Debbie tiene bocas que alimentar. Siendo la mujer emprendedora que siempre ha sido, tiene algunos planes en marcha, chanchullos de alto nivel.

Lo único que queda por esclarecer es exactamente por qué va a llevarlos al juzgado, y cuánto será capaz de sacarles a sus padres cuando los denuncie por algo que no cometieron. Por el momento, abuso infantil lleva la delantera. Quizás no sea demasiado, pero oye, liquidez es liquidez después de todo.

Se las ingeniará, no te preocupes. Siempre lo hace.

En lo que a Debbie respecta, la redención fue siempre un negocio ajeno. Y en lo que a negocios se refiere, no hay divisa como la bancarrota moral, hazme caso.

Lo que dura una cerveza

Se caían *probablemente mal*, aunque nunca habían hablado demasiado.

En cierta ocasión, tras el trabajo, en un contexto intercambiable en un pub (pues en el pub las leyes que nos rigen entran a veces en suspensión) consiguieron sin embargo explicarse quiénes eran. Y mientras el alcohol lo permitía, eso era lo que hacían.

Hablaron de sus hermanos, de sus trayectorias vitales y de cómo se sentían respecto a ellas. Y esos temas los acercaban, y durante un tiempo hablar tenía sentido. Les pareció estúpida su actitud anterior, pues en el otro se reflejaban opciones por las que ellos mismos pudieron haber optado, al menos si así lo hubieran permitido las agallas, la falta de estas, o simplemente las circunstancias, esas que a veces no se sabe bien si son las de uno mismo o las que te han caído en suerte. Y hubo un momento en el que una ventana se abrió y lo que pasaba a través de ella se veía de igual a igual. Una de esas ventanas que se abren cuando las preguntas no son las de siempre, y van en dirección contraria.

¿Y tú quién eres? ¿Cómo has llegado hasta aquí? ¿Por qué lo has hecho? Sabes nuestras respuestas, pero cuáles son las tuyas. Si allí no había nadie de guardia por qué no acercarse. Y sí, pues claro, no a todas las avenidas les daba la luz, pues avenidas como esas hay pocas. En aquella, al menos durante lo que dura una cerveza, se podía caminar.

Después el alcohol comenzó a apagarse, a desteñirse, y las caretas volvieron de nuevo. Y entonces dejaron de entenderse otra vez y volvía a tener sentido que las cosas fueran como eran antes. Quizás hubo una razón para una incursión, para conocerse en breve... pero allí no había infraestructura para mucho más.

Cuando el grupo se separó, no se dijeron adiós entre ellos. Lo contrario habría sido lo extraño.

El búnker

El retumbar de la alarma lo arrancó del sueño en el que se encontraba sumido. Despegando apenas los ojos, el soldado tardó en darse cuenta de qué había ocurrido o de dónde se encontraba. ¿Les habían atacado? ¿Estaban ya en guerra o era de nuevo un simulacro? No podía recordarlo. Le dolía la cabeza, se sentía aturdido. Se incorporó con esfuerzo. ¿Por qué estaba en el suelo? No había nadie en su barracón ¿dónde estaba el resto de su pelotón? Muchas preguntas, ninguna respuesta.

Intentó ordenar sus pensamientos, aclarar su memoria. Se encontraba en el búnker, en su barracón. Llevaba el uniforme puesto. Tenía hambre. El hambre significaba que había pasado tiempo desde su última comida, ¿había sido el desayuno? ¿o había sido la cena? No lo recordaba. Se palpó la frente con cuidado y halló un bulto prominente. A juzgar por las apariencias debía de haberse caído de una de las literas superiores. ¿Por qué nadie le había prestado ninguna ayuda? Tratando de alejarse de aquel dolor que junto al aullido de los altavoces le hacían sentirse estrangulado, discurrió que ello tenía que deberse a la propia alarma. Quizás habían sido presa de un ataque repentino, un ataque sorpresa que había obligado a todo el pelotón a ocupar sus puestos de defensa sin detenerse a considerar nada o a nadie más. Quizás en el frenesí él se había despeñado desde lo alto de su litera, una distancia más que considerable para alguien que no se protegiese de la caída. Podría incluso haberse matado.

Más preguntas en su cabeza. Intentó concentrarse. ¿Qué hora era? ¿Era de día o de noche? En aquel búnker no había forma de saberlo, no había ventanas, las luces siempre tenían la misma intensidad. ¿Les estarían atacando realmente? Quizás fuese un nuevo simulacro, los simulacros se realizaban con frecuencia, sin previo aviso, en mitad de la noche, en mitad de las comidas, a veces ninguno durante meses, a veces sucediéndose durante días, más de los que se pudiesen contar. Allí el tiempo se medía entre simulacros, la existencia en el búnker era el espacio que transcurría entre alertas y entre simulacros, a la espera del ataque final que pendía siempre sobre ellos. ¿Pero quién les estaba atacando? Tampoco había forma de saberlo. ¿Los rusos? ¿Los alemanes? ¿Los americanos? Los mandos nunca les informaban a las claras de quién era realmente el enemigo, ¿acaso importaba? Su misión era estar alerta. Alerta ante el ataque y alerta ante los simulacros, ¿y había acaso una gran diferencia entre una cosa y otra? Era difícil de decir.

La alarma continuaba furiosa, hambrienta. El soldado sintió náuseas. Tenía que salir de allí, tenía que averiguar qué estaba pasando.

Se incorporó con dificultad, mareado, la alarma zarandeando su cabeza. Observó a su alrededor el estado del barracón, tratando en vano de encontrar algo que le sirviera de pista, alguna respuesta. Las literas se encontraban deshechas, como era habitual en caso de simulacro, o como sería lo lógico en caso de un ataque. De haber salido el pelotón a realizar las maniobras habituales, o la instrucción, o para alguna de las comidas, las camas habrían aguardado pulcramente compuestas hasta su regreso.

Tonterías, se dijo a sí mismo, *pues claro que se trata de un ataque o de un simulacro, ¿de lo contrario por qué iba a sonar la alarma? La alarma no suena para avisarnos de que tenemos que ir a desayunar o de que tenemos que ir a dormir.* Razonamientos infantiles como aquel le demostraban que su mente no funcionaba con claridad.

¿Qué hora era? No había forma de saberlo, en el búnker no había relojes. El tiempo se medía por el espacio entre órdenes, o entre maniobras, o entre comidas, o entre simulacros. La idea misma de comprobar qué hora era se le antojó al soldado como un concepto arcaico, propio de una vida pasada, una vida anterior al búnker que parecía no haber existido nunca. Le sorprendió el encontrarse pensando en ello, en el búnker nadie pensaba nunca en ello.

Estaba ya totalmente erguido. Una vez sobrepuesto a la debilidad que le atenazara las piernas, se dio cuenta de que el dolor de cabeza, la alarma, el hambre, la ausencia de respuestas, estaban comenzando a hacerle sentir una angustia rayana en la claustrofobia. Atisbaba a lo lejos un pánico sordo. Una amenaza interior que se le antojaba peor que ningún ataque que pudiese llegar de fuera. Sin detenerse ya a hacerse preguntas, con movimientos toscos y apresurados, abandonó el barracón sin volverse a mirar atrás.

La alarma aullaba, afilada y sin clemencia en los angostos pasillos del búnker. El soldado avanzaba tapándose los oídos con las manos, entrecerrando los ojos, tratando en vano de ahuyentar la estridencia que le calaba hasta los huesos en aquellos corredores desiertos. No tenía forma de saber cuánto tiempo hacía ya desde que había abandonado su barracón. Las luces tenían la misma intensidad adonde quiera que fuese, todos los muros eran grises, todas las puertas daban acceso a estancias vacías. Hacía ya tiempo que se había perdido, pero en su deambular no había encontrado a nadie. *Tiene que tratarse de un ataque. Los americanos, o los alemanes, quizás los rusos, pero tiene que tratarse de un ataque.* No recordaba ningún simulacro que hubiese vaciado el búnker de aquella manera. Injustificadamente, ese pensamiento lo alivió durante un instante. Sin embargo, una ofensiva no mejoraba su situación.

Si se trata de un ataque y yo no he ocupado mi puesto a todas luces seré considerado como un traidor. Aquella idea le puso un nudo en el estómago. ¿Se trataba quizás de algún nuevo tipo de un simulacro ideado por los mandos? Sólo los mandos conocían la totalidad del búnker, podría ser que todo su pelotón se hallase en uno de aquellos sectores que el soldado desconocía y por eso él no era capaz de encontrarlos. En ese caso ¿sería considerada su ausencia como desacato a la autoridad? ¿Qué justificación podría ofrecer a quien se la pidiera? Por todos eran conocidas las ejecuciones sumarias que se llevaban a cabo entre la tropa que no se presentaba puntual cuando se la requería. Si esto era cierto y él se había quedado atrás, su situación no mejoraba en absoluto. ¿Habría quizás alguna forma de hacérselo entender a los mandos? Nada se hallaba más lejos de su intención que desobedecer a los mandos. ¡Si al menos alguien le hubiera prestado algún auxilio cuando se cayó de esa litera! El soldado maldijo su suerte, apretando el paso aún sin saber hacia dónde se dirigía. La alarma atronaba y él hacía tiempo que se había perdido en los desiertos y angostos pasillos del búnker.

Tras una de las puertas halló el comedor. ¿Era aquel su comedor o era uno distinto? No había forma de saberlo con certeza. Cada poco la tropa era realojada en nuevos sectores del búnker, nuevos comedores, nuevos barracones. Todos esos sectores eran idénticos a los anteriores; a veces la disposición de las mesas o de las paredes cambiaba ligeramente; una columna unos metros a la izquierda, otras veces unos metros a la derecha. Un *déjà vu* que se repetía constante. Quizás la tropa utilizaba repetidamente las mismas estancias sin percatarse de ello. Si este era el caso nunca eran informados al respecto.

La alarma atronaba allí dentro igual que lo hacía fuera. Le rugía el estómago. Abriéndose camino entre las largas hileras de mesas vacías se percató de que los platos y los cubiertos y los vasos poblaban el comedor a la espera de que alguien les diese uso, esperando el comienzo de un banquete al que los invitados aún no habían acudido. Al soldado le asaltó la absurda esperanza de que de un momento a otro las puertas se abrirían y todo su pelotón, silencioso y ordenado, llegaría y ocuparía sus puestos como habían hecho innumerables veces hasta aquel día… pero no había nadie allí aparte de él. No había restos de comida en los platos ni restos de agua en los vasos. *¿Dónde demonios está todo el mundo?* Habría dado cualquier cosa por saberlo.

Al fondo del comedor una puerta daba acceso a la cocina. Se dirigió hasta allí con la vaga esperanza de encontrar algo que comer aún a sabiendas de que estaba prohibido bajo pena de muerte. Si era sorprendido por los mandos allí dentro nadie habría prestado ninguna atención a nada que pudiera decir, serían irrelevantes el simulacro o el ataque: habría sido fusilado en el acto y él lo sabía.

Era incapaz de pensar con claridad. Se paró ante el umbral de la cocina pero sin decidirse a traspasarlo, con la vista fija en una de las grandes neveras cerradas tras las cuales quizás hubiese algo de comer. Su estómago gritaba tan alto como la alarma, y su cabeza se veía obligada a igualar el tono para hacerse escuchar.

«*No debería estar aquí*».

«*Pero tengo hambre*».

«*Eso no es importante*».

«*Pues claro que lo es*».

«*Pero si soy sorprendido aquí seré ejecutado en el acto. Tiraría por tierra mi justificación, totalmente legítima, de haberme visto desplazado de mi pelotón en contra de mi voluntad. ¡Seré tratado como un simple ratero!*»

«*Eso es cierto, ¿pero quién hay aquí que vaya a enterarse? ¿No sería mejor, no sería incluso conveniente, reponer fuerzas rápidamente con lo que sea que haya en esa nevera, si es que siquiera hay algo, y así reanudar con energía la búsqueda de mis camaradas?»*

«Va contra las órdenes».

«¿Y qué utilidad tienen las órdenes cuando impiden a un soldado combatir? Defender el búnker, ésa es la orden de rango superior, y para seguir esa orden necesito alimentos, comer algo simplemente para no desfallecer y cumplir así con mi cometido».

«No. ¡No intentes confundirme! Las órdenes de los mandos son claras, no me corresponde a mí cuestionarlas».

«Pero sabes que no es lógico. ¡Sabes que no es justo!»

«¡Nadie ha dicho que deba serlo!»

El soldado comprendió que no iba a cruzar aquel umbral. Nudillos blancos en sus puños apretados. La alarma seguía sonando. Tras un instante, apartó la vista y se marchó del comedor.

Sabía que no debía agotarse en aquella búsqueda, pero se veía perseguido por el pánico, cada vez más cerca de él, siempre una esquina detrás de él, recortando camino a cada paso. A cada momento, su ausencia se hacía más y más grave a ojos de los mandos, su sentencia de muerte más y más rotunda. *Tengo que encontrar a mi pelotón. Es un simulacro, o quizás nos estén atacando.* ¿Pero quién les atacaba? ¿Era eso realmente importante? En algún momento de su deambular echó a correr, apresurado de una estancia vacía a otra, abriendo puertas sin encontrar nada detrás de ellas. No estaba seguro de si había empezado a gritar o no, creía haberlo hecho. No lo sabía.

No había nadie en aquel búnker.

Pero tiene que haberlo.

El soldado no pudo contenerse. Se echó a llorar. De fondo la alarma siguió sonando.

Más habitaciones vacías. Más pasillos. Más preguntas sin respuesta. Lo único que era cierto ya, después del deambular en aquel búnker interminable, era que el soldado se encontraba hambriento, sucio, cansado, solo. Había dejado de taparse los oídos y ya no le perturbaba la presencia de la alarma. El miedo seguía allí, el miedo a no haberse presentado en su puesto para defender el búnker ante el ataque o a no haber llegado puntual al simulacro, pero su inmediatez, su urgencia, se diluían como las aristas de una roca a la que la corriente del río limaba el filo. Ahora se mantenía en él como jirones, como los andrajos del que no tiene otra ropa que ponerse, allí presentes porque simplemente tenían que estarlo. El miedo y la alarma se habían convertido en el escenario. Él ya no sabía cuál era el papel que le tocaba desempeñar.

Mantente firme, no desfallezcas, se decía a sí mismo entre delirios, confusos el pensamiento y también la vista.

Siguió avanzando, cada vez con menos premura, el cansancio y el hambre trabando sus pies. El golpe en su cabeza ya no dolía, había dejado de hacerlo desde tiempo atrás. Se encontraba febril. Se preguntó por dónde continuar. Se preguntó si eso importaba.

No conocía aquella zona del búnker, aquel sector era particularmente distinto. Hacía más frío, las luces eran más tenues y la alarma sonaba con menor intensidad. Quizás se tratase de una zona más profunda, quizás no. De forma inconsciente el soldado recuperó algo de la compostura perdida, trató de concentrarse en su búsqueda. Como si ese cambio en su actitud hubiera desencadenado una reacción en los acontecimientos, débilmente, entre uno de los impases de la alarma un tenue sonido llegó hasta sus oídos. Una suerte de siseo apagado, un murmullo. El corazón se le disparó, la adrenalina despertó sus sentidos y el soldado sintió vértigo, como si lo hubieran enterrado vivo y contra todo pronóstico alguien viniera a buscarlo. ¡Voces! ¡Alguien estaba hablando!

Eran voces, o más concretamente una voz, no cabía duda. Quizás fuera otro soldado, quizás uno de los mandos. ¿Qué debía hacer ahora? ¿Qué reacción le aguardaría cuando se encontrara ante el dueño de aquellas palabras? ¿Cómo iba a explicar su prolongada ausencia y el estado lamentable en que se encontraba? Había una alta probabilidad de encontrar una sentencia de muerte tras aquella voz, una sentencia de muerte para él, el desertor, el insubordinado. Pero tras aquella interminable travesía por el búnker, hasta eso le parecía preferible a continuar vagando sin rumbo y sin respuestas. Intentaría explicarse, quizás le comprendieran. Había seguido las órdenes, no había robado comida. Cumpliría cualquier castigo que le impusiesen sin protestar, y en caso de que se encontrasen bajo ataque ¿no sería preferible sumar un nuevo recluta a la defensa del búnker que simplemente ejecutarlo y debilitar así la propia resistencia ante el enemigo? Intentaría que el dueño de aquella voz lo viese de esa forma. *Quizás funcione*, se animó a sí mismo. *¡Funcionará! ¡Tiene que hacerlo! ¡Soy un soldado! ¡Mi intención ha sido siempre la de cumplir con mis órdenes!* Seguro que los mandos lo entenderían. Y si no lo hacían, al menos pondrían final a su situación, ya insostenible desde hacía mucho tiempo. Sabía que no debía pensar así, él era y había sido siempre un soldado leal… y sin embargo, aunque no quería reconocerlo, no podía evitar que un sombrío pensamiento como aquel le resultase atrayente.

Las palabras provenían de detrás de una de las muchas puertas del corredor, indistinguible del resto, pero habiendo escuchado la voz detrás de ella, el soldado habría reconocido aquella puerta entre otras mil iguales.

Los mandos lo entenderán se dijo a sí mismo, llamando antes de entrar, girando el pomo y empujando con cuidado hasta el otro lado.

Lo primero de lo que se percató al entrar en la habitación fue de la estación de radio. De considerable tamaño, de aspecto complejo y con una silla vacía delante. Después vino la comprensión, casi violenta, de que lo que él había tomado por la voz humana de alguien allí presente no era sino un mensaje grabado que se repetía en bucle, en letanía al igual que fuera se repetía la alarma.

«Atención, esto podría no tratarse de un simulacro, manténganse alerta y esperen instrucciones. Repetimos, esto podría no tratarse de un simulacro, el alto mando aún no se ha pronunciado. Atención, esto podría no tratarse de un simulacro, manténganse alerta y esperen instrucciones. Repetimos, esto podría no tratarse de un simulacro, el alto mando aún no se ha pronunciado. Atención, esto podría no tratarse de un simulacro, manténganse alerta y esperen instrucciones. Repetimos, esto podría no tratarse de un simulacro...»

El soldado permaneció en pie, desmadejado y en silencio observando la radio. Apoyó su espalda contra la pared. No sentía nada en absoluto. Fuera la alarma chillaba, dentro la radio repetía su mensaje en un bucle infinito.

Sin percatarse del cómo ni del cuándo, en algún momento inconcreto el soldado se quedó dormido.

—¿Quién eres tú? ¿Cómo has llegado aquí?

«Esto podría no tratarse de un simulacro».

—¿Has visto a Vanden? Necesito hablar con él.

La alarma. *«El alto mando aún no se ha pronunciado».* La radio. Quizá estuviesen atacando el búnker.

—¿Te encuentras bien? ¿Qué te ha pasado en la cara?

¿Los rusos? ¿Los americanos? ¿Los alemanes? ¿Quién les atacaba? *«Manténganse alerta y esperen instrucciones».*

—¿Cómo has llegado hasta aquí?

La alarma. La radio. *«Esto podría no tratarse de un simulacro».*

—Necesito hablar con Vanden, son órdenes del comandante.

«Manténganse alerta y esperen instrucciones». Los mandos

lo entenderán. ¿Quién les atacaba? ¿Era un simulacro? *«Esto podría no tratarse de un simulacro».*
—El comandante acaba de llamar.
«Manténganse alerta y esperen instrucciones. El alto mando aún no se ha pronunciado». La alarma. La radio. ¿Quién les atacaba? ¿O era un simulacro? Lo fusilarían por no haberse presentado al simulacro.
«Esto podría no tratarse de un simulacro».

Volviendo de las profundidades de un agitado sueño, como una boya que sale a flote tras una larga y honda inmersión, el soldado abrió los ojos sin entender dónde se encontraba. Con un leve atisbo de alivio se preguntó si todo aquello había sido algún tipo de pesadilla. Entonces escuchó la alarma sonando al fondo y la radio sonando cerca y comprendió que seguía en el búnker.
Seguía en el búnker.
Tenía la boca seca, tenía hambre y sed y se encontraba dolorido y cubierto en sudor. Estaba tumbado en un camastro, todavía vistiendo su uniforme. Se recostó sobre un costado, tosiendo con dificultad mientras trataba en vano de reconocer aquella estancia. Olía a humedad y la luz era débil; había una puerta entornada tras la cual llegaban pálidos los sonidos de la radio y de la alarma. Aparentemente aquella habitación era contigua a la sala de la radio, aunque él no la percibiera inicialmente. Había un reloj colgando de la pared. No tenía manecillas.
«Esto podría no tratarse de un simulacro».
Tosió de nuevo, rasgado y metálico. De pronto, la puerta se abrió con gran violencia y una silueta se recortó contra la luz.
«Manténganse alerta y esperen instrucciones».
—¡Por fin te has despertado! Comenzaba a preocuparme, te encontré tirado en el suelo, inconsciente y delirando y no parabas de repetir incoherencias. ¡Menudo susto me llevé al verte ahí en medio de la habitación! ¿Traes noticias de Vanden? El

comandante llamó mientras dormías. ¿Te encuentras bien? ¿Te duele algo?

Quien le hablaba era un hombre de complexión similar a la suya, un poco más bajo y con una barba rubia y desaliñada. Ambos vestían el mismo uniforme. Había prorrumpido en la habitación al escucharlo toser y la recorría de un lado a otro con enérgicos pasos, moviendo las manos al hablar. Al soldado le dio la impresión de que ninguna de aquellas preguntas iba realmente dirigida hacia él, y aunque era consciente de que encontrar a otra persona debería considerarse como una gran noticia, no lograba sentir nada al respecto, nada en absoluto.

—¿Cómo has llegado hasta aquí? —inquirió el otro.

—¿Tienes algo de comer? —fue todo lo que el soldado logró articular como respuesta.

—¡Comida! ¡Sí, debo de tener algo! ¡Qué modales! Debes de estar hambriento. Dame un segundo. También tendrás sed, ¿no? Seguro que tienes sed.

El hombre se agachó junto a un montón de fardos que ocupaban una de las esquinas y se dedicó a rebuscar en ellos durante un breve instante, murmurando algo ininteligible mientras lo hacía. Al soldado le dio la impresión de escuchar la palabra *comandante* dos o tres veces.

—Me temo que no me queda gran cosa, unas cuantas latas de sopa y alguna ración de campaña, pero supongo que nos podremos arreglar con eso por el momento. El comandante llamó mientras dormías, me ordenó hablar con Vanden.

—¿El comandante? —preguntó el soldado mecánicamente. Aquellas palabras vagabundeaban en su cabeza sin conectar con nada en concreto. El otro le tendió una taza con agua y un platillo metálico en el que había vertido un espeso mejunje de aspecto inconcreto. Lo aceptó murmurando un *gracias* no demasiado enfático y bebió el agua de un trago. Sabía como si hubiera sido recogida de un charco—. ¿Cuánto tiempo he estado dormido?

El otro se encogió de hombros como si aquella pregunta no

tuviera sentido y se sentó en el suelo delante de él.

—No sabría decirlo con certeza. Si te vale de algo, el mensaje se ha repetido muchas veces desde que te encontré—. Ambos permanecieron entonces callados. El mensaje de la radio llegaba monótono desde la habitación contigua, la alarma llegaba amortiguada desde el corredor.

«Manténganse alerta y esperen instrucciones».

El soldado podía sentir la mirada nerviosa y apenas contenida del otro clavada en él. Sabía que estaba actuando de forma grosera con su camarada, pero no le importaba, su estado de ánimo oscilaba entre la apatía y el rechazo de todo cuanto le rodeaba y la gratitud no se antojaba importante en aquel momento. En cambio, su estómago no tuvo problema en despertar ante la llamada de la comida. Terminó la ración servida por su anfitrión casi sin darse cuenta y se sintió más hambriento que antes, pero no pidió más.

—¿Tienes noticias de Vanden? Es necesario que me comunique con él —inquirió el otro de forma impetuosa y pareciendo avergonzarse de sí mismo por ello justo después.

—Nunca había escuchado ese nombre antes. ¿Quién es Vanden?

—Necesito hablar con él, son órdenes —obtuvo por toda respuesta—. ¿Qué te ha pasado en la cara?

—Me golpeé al caer de mi litera. He estado buscando a mi pelotón hasta desfallecer... tú eres la primera persona que veo desde que la alarma comenzó a sonar.

—¡La alarma! —replicó el otro con energía, como si hubiera escuchado mentar a algún viejo conocido cuyo nombre casi había olvidado. Su energía pareció decaer de pronto. No añadió nada más.

—¿Quién eres? —preguntó el soldado de pronto.

—¿Quién soy? —El otro lo miró con extrañeza. Al soldado le dio la impresión de que no le habían hecho aquella pregunta en mucho tiempo—. Soy... el operador de radio —respondió confundido.

La habitación olía a humedad, la alarma se escuchaba a lo lejos y la radio continuaba su letanía en la habitación de al lado.

«Esto podría no tratarse de un simulacro».

El soldado no sentía nada en absoluto.

—¿Cuál fue el mensaje del comandante?

El operador de radio, que parecía sumido en un letargo mirando fijamente al suelo mientras se pasaba la mano por la barba, recobró súbitamente algo de su energía inicial.

—Me ordenó ponerme en contacto con Vanden —dijo, levantando la vista hacia el soldado—. Y también que nos mantuviéramos a la espera de instrucciones.

Ambos permanecieron en silencio. Ninguno volvió a decir nada más después de aquello.

—Me pregunto si se trata de un simulacro. Y en caso de que no lo sea y nos estén atacando, de quién se trata.

—¿Qué diferencia supondría nada de eso?

El operador, sentado en la silla frente a la radio, se volvió para mirarle. Incluso el propio soldado se sorprendió de la amargura en su tono de voz. Desde su poco fluida introducción apenas habían cruzado una veintena de palabras, limitándose en gran medida a permanecer ambos en aquella disposición, uno sentado en la silla y el otro en silencio con la espalda apoyada contra la pared. El soldado había empezado a desarrollar la habilidad de sellar sus oídos ante la presencia de la radio, de la alarma, y empezaba a desear el poder hacerlo también ante el operador de radio. Por su parte, este se dedicaba únicamente a mascullar que necesitaba ponerse en contacto con Vanden o en un par de ocasiones que el comandante había vuelto a llamar mientras el soldado dormía, o que volvería a llamar en cualquier momento.

Me pregunto cuál de los dos es el loco, se preguntaba el soldado mirando al otro, sentado enfrente de la radio, inmóvil, atento como un perro de presa mientras esta continuaba repitiendo que permanecieran a la espera de nuevas instrucciones. Se habían integrado el uno en el escenario del otro y le costaba recordar que no hubiera sido así desde el principio. *Quizás el loco sea yo y no él.* Aquel pensamiento le asaltaba con frecuencia. *Después de todo, él se limita a seguir órdenes, a cumplir con su cometido*, se repetía.

«Atención, esto podría no tratarse de un simulacro, manténganse alerta y esperen instrucciones. Repetimos, esto podría no tratarse de un simulacro, el alto mando aún no se ha pronunciado».
En el corredor, la alarma seguía sonando.

El tiempo, ese concepto confuso en el búnker, seguía pasando. Y no pasaba nada. La alarma sonaba, la radio proseguía su procesión de frases como un desfile sin principio ni final. *«Esto podría no tratarse de un simulacro, el alto mando aún no se ha pronunciado».* Al soldado no le importaba. En alguna ocasión se preguntó si debería aventurarse fuera de aquella habitación, tratar de encontrar a alguien más, tratar de encontrar un cambio, pero se hallaba sin fuerzas. ¿Qué diferencia había? Todo a lo que aquel búnker se reducía consistía en esperar. ¿Esperar el qué? *¿Qué más da?* se preguntaba a menudo.

Apenas se dirigían ya la palabra. El soldado sabía que no congraciarse con el otro era un grave error, puesto que las únicas provisiones allí eran las que su acompañante guardaba en su bolsa. A pesar de que las seguía compartiendo con él, el soldado se había percatado de que cada vez las raciones del operador eran más grandes que las suyas y cada vez menos agua llenaba su vaso. Comían casi siempre en silencio, sin mirarse, mientras el mensaje de la radio llenaba el vacío en sus conversaciones. A pesar de todo, el soldado no era capaz de encontrar nada que le impulsase a ganarse el favor de aquel hombre. En alguna ocasión se preguntó vagamente qué pasaría cuando se acabase la comida, cuando se acabase el agua. *No tardaremos mucho en descubrirlo* se respondía a sí mismo. Era incapaz de sentir inquietud al respecto. Si en un principio, además, se habían turnado para utilizar la cama, ya no era ese el caso. En los breves periodos en los que dormía, el operador lo hacía en la cama, pero cuando montaba guardia ante la radio se aseguraba de poner sus petates sobre aquella dejando patente que el soldado no era bienvenido a utilizarla. Este se limitaba a dormir en el suelo, en caso de que el hambre lo permitiese.

De fondo la alarma sonaba y la radio hablaba y al soldado ya no le preocupaba si los alemanes o los rusos o los americanos atacaban o si todo aquello se trataba de otro simulacro. Al soldado ya no le importaba nada. En ocasiones se quedaba dormido preguntándose si el operador de radio planeaba estrangularlo mientras dormía. En alguna ocasión aquel pensamiento le ayudó a conciliar el sueño.

—El comandante volvió a llamar mientras dormías. Ha vuelto a insistir en que contacte con…

—¿Con Vanden? —le cortó el soldado con sarcasmo—. El comandante parece no tener muchas ideas o muchos sitios a los que llamar. Ese tal Vanden no anda por aquí cerca.

El operador de radio le dirigió una mirada helada.

—Deberías hablar con más respeto del comandante. Es a él a quien corresponde estar al mando. Podrían fusilarte por haber dicho eso.

—Me gustaría hablar con el comandante la próxima vez que llame. Quizás deberías despertarme y dejarme contestar a mí. Pero seamos sinceros, esa llamada no se va a producir ¿verdad?

De pronto, de la nada, una rabia sorda comenzó a extenderse

como un fuego en el bosque, avanzando desde las entrañas del soldado hasta hacer temblar sus labios, capaces a duras penas de contener la ira que sin el menor aviso los atravesaban.

—¿Qué insinúas con eso?

—No estoy insinuando nada, estoy diciendo que el comandante no ha llamado ni una sola vez desde que he llegado a esta condenada habitación. Todo son invenciones tuyas, chaladuras de un loco. Dudo mucho incluso que ese tal Vanden exista y aún menos que se encuentre en este búnker. ¡Dudo mucho que quede nadie en este búnker! ¡Lo único que tengo claro es que has perdido el juicio y que nada de esto tiene sentido! Mírate, sentado enfrente de una radio que no para de repetir lo mismo una y otra vez. ¡No tienes ni idea de lo que está pasando igual que no la tengo yo y lo único a lo que te agarras es a seguir preguntándote lo mismo una y otra vez! ¿Qué más da si se trata de un simulacro? ¿Qué más da si nos están atacando? ¿Qué diferencia hay? ¡Lo único que este búnker contiene son preguntas que nadie va a responder y a un loco que se cree que en algún momento van a llegar! ¡Y a mí! ¡Un desgraciado que es el único capaz de verlo y que le prendería fuego a este maldito montón de cemento si pudiera hacerlo! ¿Es que no eres capaz de verlo? ¡Somos ratas en una jaula! ¡Nos han encerrado aquí y han tirado la llave! ¡Tu comandante ha dejado de existir! ¡Tu comandante es una alarma y una voz en una radio!

El soldado se sorprendió a sí mismo de pie en el centro de la estancia, con las piernas separadas, los puños firmemente apretados y la mirada fija en los ojos de aquel otro hombre. No recordaba la última vez que se había sentido de esa forma, y sin embargo pronunciar todo aquello en voz alta, aquel grito en medio del silencio, había sido lo más parecido a sentirse vivo que pudiera recordar. Ahora su visión parecía más clara, su oído más agudo, sus pensamientos más afilados.

Levantándose de la silla y encarándolo, el rostro del operador de radio se había tornado frío y torvo como una grieta en la pared. Ambos se hallaban de pie en el centro de la estancia. Se miraban directamente a los ojos.

«Manténganse alerta y esperen instrucciones».

—Ten muy claro que pienso dar parte de esto. Vas a ser fusilado por tus palabras, eres un sucio traidor, un enemigo y tu lugar está en el paredón.

«Esto podría no tratarse de un simulacro».

—¡No hay enemigos! ¡El único enemigo son este búnker y las órdenes, las malditas órdenes! ¡No puedes ser tan idiota como para no verlo! ¿Quieres dar parte de mis palabras? ¡Adelante! ¡Es más, déjame que sea yo mismo quien llame al comandante y confiese mi gran traición! ¡Quizás así te des cuenta de que no hay nadie al otro lado de esa línea!

El soldado hizo ademán de acercarse a la radio, el operador extendió el brazo cortándole el paso. La alarma se escuchaba ahogada desde el pasillo.

—No te atrevas a tocar esa radio. Te lo advierto. Ya has empeorado tu situación mucho más allá de lo que deberías. No la toques.

«El alto mando aún no se ha pronunciado».

Antes incluso de terminar aquellas palabras el otro había lanzado ya su puño al mentón del soldado. Este, casi agradecido, se alegró de que así fuera, de que hubiera sucedido. Casi gratitud, casi ni siquiera dolor. Como si alguien guiara su réplica, el soldado agarró la silla y la dirigió con todas sus fuerzas contra la cara de su supuesto camarada. Apenas fue consciente del grito de dolor, del crujido de la silla, de abalanzarse sobre el cuerpo de aquel hombre indefenso en el suelo. Ya no existían ni el mensaje en la radio, ni la alarma, ni el simulacro, ni el ataque. Sólo sus manos sobre el cuello de alguien que vestía su mismo uniforme.

—¡Nadie va a venir a salvarte! ¡Esa alarma no va a salvarte! ¡Esa radio no va a salvarte! ¡Tu comandante no va a salvarte!

Las lágrimas cansadas del soldado se abrieron paso a través de sus mejillas. Mientras estrangulaba al operador de radio, con sus manos sobre el cuello del otro, el soldado lloró con ardor maníaco. Quería apagar la radio, silenciar la alarma. Quería incendiar aquel búnker consigo dentro. Quería respirar humo, convertirse en cenizas, desaparecer por el sumidero. Quería matar a aquel hombre y evaporarse como una nube de residuos tóxicos, evaporarse como lo había hecho aquella vida entre sus manos. Quería viajar al centro de la noche y no volver nunca.

—Ni van a salvarme a mí… —se quebró, dejándose caer exhausto y envuelto en sudor junto al cadáver del otro, luchando por recobrar el aliento mientras la cabeza le daba vueltas y él yacía inmóvil, como si tratara de no despertarlo. Podía saborear sus propias lágrimas. Sentía ardor en los músculos.

«Manténganse alerta y esperen instrucciones».

La alarma siguió sonando.

«Esto podría no tratarse de un simula...»

Y entonces el timbre de un teléfono prorrumpió y extinguió las palabras de la radio.

El soldado miró el aparato sin entender lo que estaba ocurriendo. La voz del mensaje había callado, dejando paso al timbre de un teléfono que sonaba impertinente y grosero, adueñándose de la habitación e imponiéndose sobre el ruido de la alarma en el corredor.

Alguien estaba llamando.

Se incorporó con gran dificultad, tratando de no mirar ni tocar el cuerpo inerme del operador. El teléfono continuaba sonando, acusador y frío. Parecía sonar cada vez más alto. El soldado se dio cuenta de que estaba temblando. *No lo cojas*, dijo una voz en su cabeza al mismo tiempo que descolgaba. El auricular pesaba tanto como una carga de mortero. El trayecto hasta su oído fue tan largo como una vida. Cuando estuvo en posición, el soldado no dijo nada. Alguien al otro lado de la línea comenzó a hablar.

—Aquí Vanden. He sido contactado por el comandante y he recibido órdenes de ponerme en contacto con esta estación de radio. De acuerdo con la información de la que dispongo, dos de ustedes se encuentran ahí emplazados aguardando instrucciones ¿es eso correcto? Me han sido comunicados los motivos que han dado lugar a esta situación anómala, y aunque no estoy autorizado a hablar al respecto por radio, me dirijo en estos mismos instantes hacia su posición para informarles al respecto y traerlos de vuelta junto al resto del pelotón. Me reuniré con ustedes de un momento a otro y…

Apartó el auricular y dejó de escuchar. Alguien venía a buscarlos. Vanden venía a buscarlos, para llevarlos de vuelta junto a su pelotón e informarles de qué estaba ocurriendo. El soldado se quedó mirando el cadáver del operador de radio, desmadejado en el suelo, con ojos desorbitados y expresión de horror, vistiendo el mismo uniforme que ambos compartían y que en esos momentos parecía venirle grande. Sin preocuparse ya de sostener el auricular en la mano, dejándolo caer, una carcajada grotesca surgió de las profundidades de su estómago. Sintiéndose ya apenas diferente del cadáver del hombre allí su lado, el soldado rió.

Simplemente rió.

Dinero fácil

Parte I: Un perro en el camino

El coche levanta una polvareda a su paso. El polvo es denso, espeso, inutiliza los retrovisores.

Dos hombres dentro del coche, rubios y con bigote. Portan gafas de sol y un mono azul de trabajo. Van cubiertos de sangre, la llevan en la memoria y en las manos. En el maletero medio millón de dólares y todo a una carta.

—¡Tenías que haber visto cómo dejé a aquel *desgraciao*!

El copiloto guarda silencio, ausente. Mirada perdida y mente frágil. Ha visto morir a cuatro personas, desconoce si la herida de la señora es mortal. Aquello no le importa tanto como los ojos del perro, sus ojos de víctima. Un perro inocente, sin parte en aquello.

El conductor embiste el pedal. Adrenalina en las venas, incoherencia y convulsiones. Hace quince minutos se les cruzó un perro en el camino y pisó a fondo cuando lo vio. Llevan el morro abollado, el coche hace ruidos extraños desde entonces.

—Puto guardia —masculla.

El conductor recuerda al guardia al que disparó por la espalda, el primero de los dos a los que había *inflao a plomo*. Está orgulloso de su disparo. Recuerda también a la mujer con aspecto de camarera, empapada en sangre y sesos. La imagen le pone de buen humor, de un humor excelente. Arremete contra el acelerador de nuevo sin recordar ningún perro.

—Mataron a Ernesto —murmura el copiloto. La vista perdida, zumbido en los oídos. Las palabras salen solas, las primeras desde hace tiempo. Apenas conocía a Ernesto. Su cara se mezcla con la del perro.

—¿Eh?

El copiloto calla. El conductor lo escanea, lo abrasa con la mirada. Ha perdido la noción del tiempo y tarda en caer en la cuenta de que hay alguien más en el coche.

—Ya, la verdad es que eso sí que me jode, que se hayan *cargao* al mejicano. Que mira, yo a ese tío casi no lo conocía de *ná*, pero parecía buena gente —concede.

El conductor miente, no siente nada al respecto. En el banco, mientras el copiloto vaciaba la caja fuerte él se acercó a Ernesto y le puso la mano en el hombro y el cañón en la espalda. Apretó el gatillo dos veces. Después ejecutó al segundo guardia a quemarropa y le echó la culpa de todo. Uno menos a repartir. Dos obstáculos menos en el camino.

Clava su reojo en el copiloto, encogido en el asiento como una niña, zumbado por completo. O mucho se equivoca o el dinero del maletero no va a tener que repartirlo. Martillea el pie en el pedal, pisa lo más fuerte que puede.

El copiloto sabe lo que ocurrió en el banco, sabe lo que está pensando el otro. No le importa, ni se alarma ni reacciona. La mirada del perro lo obsesiona y lo turba. En algún momento enciende la radio y escucha noticias sobre un atraco a un banco. Han fallecido cinco personas: dos guardas, uno de los atracadores, un empleado y una señora. Los cuatro primeros en el acto, la señora hace algunos minutos. Los atracadores llevan monos azules y diversos postizos faciales. Se han dado a la fuga y son extremadamente peligrosos.

A su lado el conductor lanza un silbido, menciona algo acerca de hacerse famoso. El copiloto se observa en el espejo; se desprende de la peluca y el bigote y los tira por la ventana. Al poco el coche aminora la velocidad y la nube de humo los envuelve. Se desvían por una carretera secundaria.

Parte II: Reunión social

La pareja vuelve cansada. El hombre no conoce el camino pero está seguro de haberse perdido. Quiere llegar ya a casa, el fin de semana fue bueno pero lleva muchas horas al volante y aquello se hace molesto.

Tras media hora su mujer cae dormida a su lado y él se alegra de no tener que reconocer su extravío. Duda un instante, después coge la carretera secundaria en la siguiente salida. El calor en el coche lo agobia pero no baja la ventanilla, no quiere que el polvo inunde el coche e interfiera con el asma de su mujer.

El camino es pedregoso y angosto, de un solo sentido. Deberán frenar en caso de venir alguien pues dos a un tiempo no podrían pasar. Su mujer se despierta entonces y lo mira confusa, aún somnolienta. Él sonríe.

—Me parece que ya estamos sobre la pista —miente con voz cansada.

En la radio hablan de una masacre en un banco, los atracadores no han dejado títere con cabeza. El mundo está plagado de degenerados.

Se acuerda entonces de su sobrina y punzadas de nerviosismo le recorren la espalda. Si su mujer se enterara lo dejaría, lo denunciaría, lo hundiría en la miseria. No puede culparla pero no siente remordimientos. Si pudiera volvería a hacerlo.

Su sobrina. Extraño pensar en ello, pensar en aquella tarde. Qué reciente está todo. Qué diferencia entre ella y la mujer que va a su lado en el coche. Quiere a su mujer, pero su sobrina es completamente diferente; tierna, dulce y sin corromper. Hasta aquel día al menos estuvo sin corromper. *Casi* doce años de pureza. Siente algo cercano a la euforia por haber gozado de tal privilegio.

Empieza a excitarse. Se concentra en no recordar más detalles para detener la incipiente erección. Preferiría no tener que explicarse ante su esposa si esta se diera cuenta. La mira furtivo, breve, pero duerme de nuevo. Aprieta el volante y se humedece los labios con la lengua mientras recuerda escenas que no podrá contar en alto. A sus treinta y siete años nunca había sentido lujuria como aquella. El bulto en su entrepierna se endurece.

Un coche vuela doblando la curva que tienen delante. Dos hombres dentro y apenas alcanza a verlos. Tras el volantazo todo sucede y el choque es brutal: cristales reventando en el aire, hierro retorcido que gime y alguien grita. Confuso y rápido, sin tiempo para pensar.

Ambos coches inmóviles, cruzados en medio del asfalto. El vehículo de los hombres ha evitado el vuelco a pesar del impacto, la fuerza del golpe lo ha lanzado dando trompos contra un árbol, de rebote después a la calzada. El coche de la pareja tiene el morro destrozado y una rueda fuera del eje. El hombre y su esposa permanecen inmóviles.

El conductor de mono azul es el primero en moverse. Le crujen los huesos pero está intacto. Agita a su compañero y lo espabila. Ambos tosen, el conductor tose sangre en un par de ocasiones; se asusta hasta que comprende que no es más que un labio roto.

Pasan los minutos y consiguen salir del automóvil. Magullados, les duele el cuello, el copiloto con cortes profundos en la mejilla y en la frente. El conductor ha perdido la peluca con el impacto pero conserva el bigote. Se acerca al otro coche y desenfunda un revólver. Bulle con ira y no atiende a razones.

—¡Asegúrate de guardar bien la pasta! —le grita al copiloto.
—¿Qué vas a hacer?
—¡Me voy a cargar a este hijoputa!

Se acerca al otro coche y descubre también a una mujer. La ira se canaliza a su entrepierna, pone los brazos en jarras y llama a su compañero. Se le pasan casi todos los dolores menos uno.

—¡Oye tú, mira lo que nos ha *tocao*! —se vuelve hacia el coche sin perder de vista el escote de la mujer que tiene delante—. ¡Me parece a mí que vamos a tener que celebrar una pequeña reunión social *pa* conocernos mejor los que estamos aquí!

La mujer recobra la conciencia. Pugna y forcejea con ella para sacarla del coche. Masculla entre jadeos.

—Venga *usté* aquí, señorita, que nosotros vamos a curarle las heridas —su voz se ensombrece entonces—. Todas las putas heridas. ¡Oye tú, acércate hostia! —le grita al copiloto.

Grazna con estruendo y su compañero se aproxima tambaleando. Cuando llega hasta la escena fija su mirada en el escote de la mujer.

Inspecciona los alrededores. No hay nadie cerca.

Parte III: Un golpe de suerte

Un anciano regresa del río. La tarde no ha sido buena y solo se lleva un par de truchas menores. Carga un rifle del 45 a la espalda y bártulos de pesca. El hombre pasa ya de los setenta y cinco pero se mantiene en forma y aparenta unos cuantos menos.

Comienza el ascenso por el terraplén y se acuerda de su nieto. Si su madre no hubiera sido toda su vida una ramera ese chico podría haber llegado a algo, piensa, pero ahora ya es tarde. Con quince años y maricón, un puto maricón, su nieto. Siente algo parecido al miedo de que sus vecinos se enteren.

Un día va a tener que darle unos cuantos palos a ese desviado, para enderezarlo. Quizás hoy mismo, al llegar a casa. Dejar la pesca en la cocina e ir a buscarlo a su cuarto, según abra la puerta un cinturonazo en la cara. Seguro que se echa a llorar el puto invertido. Tal vez deba encerrarlo en el sótano una temporada, una semana o diez días. Le dirá que no quiere maricas en su casa, que arregle su problema o se largue.

Un ruido no muy lejos, un choque lo saca de su ensimismamiento. Ha sonado a accidente, allí delante hay una curva en la que cada poco hay percances. Escupe de lado y se ajusta el rifle, camina en dirección al estruendo.

Cuando llega hasta la escena, oculto tras unos matorrales elevados, ve dos coches atravesados en la carretera. Uno con el morro destrozado y una rueda fuera del eje, no puede ver a sus ocupantes. El otro coche parece haber chocado contra aquel árbol astillado de allí.

Dos hombres en pie, ambos vistiendo monos de trabajo. Uno de ellos con la cara ensangrentada, el más alejado con bigote y empuñando un revólver. Le grita algo a su acompañante que el anciano no alcanza a entender. El otro responde.

—¿… a hacer?

—¡Me voy a cargar a este hijoputa!

El viejo no pierde detalle. Le laten las sienes, el pulso se le dispara. Allí está pasando algo muy malo. Observa al segundo hombre guardar dos bolsas de deporte en el maletero. Antes de cerrarlo, el tipo de la pistola y el bigote grita de nuevo.

—¡Oye tú, mira lo que nos ha *tocao*! —el hombre mira fijamente algo dentro del coche—. ¡Me parece a mí que vamos a tener que celebrar una pequeña reunión social *pa* conocernos mejor los que estamos aquí!

Con esfuerzo empieza a arrastrar a una mujer fuera del coche. Está muy alterado, se ríe y suelta comentarios obscenos. Increpa al otro para que se acerque y le ayude. El segundo hombre acude y comprueba el automóvil, después a su alrededor. No ve al anciano tras el matorral.

La mujer grita y forcejea. El hombre la inmoviliza y la golpea con brutalidad. Su cara se cubre de sangre y los gritos cesan, abruptos, reemplazados ahora por sollozos.

Al anciano le hierve la sangre. Malnacidos, hijos de puta.

Empuña el rifle y se mueve discreto, agazapado hasta coger parapeto detrás del coche de aquellos cabrones. El ángulo desde allí es perfecto para hacer blanco.

Mientras el del bigote, encima de la mujer, se baja los pantalones con esfuerzo, el segundo hombre permanece de pie a escasos metros. Está ido, inmóvil. Presencia la escena sin pestañeo.

El viejo apunta con cuidado. Le cuesta mantener el pulso estable y apoya el rifle sobre el maletero abierto del coche. Su posición es perfecta, primero dejará seco al bastardo que está sobre la chica, después despachará al otro, de espaldas a él. A su edad sigue teniendo mejor puntería que muchos.

Justo antes de tirar de gatillo percibe un verde inconfundible. Mientras la mujer comienza a gritar en un tono muy distinto el viejo aparta el rifle y observa las bolsas de deporte ante él. Allí hay más dinero del que ha visto en su vida.

Se gira hacia el otro coche. La mujer gimotea con desamparo y el tipo del bigote gruñe y se mueve violento dentro de ella. El otro sigue en pie, parado mientras contempla.

El viejo piensa que si dispara desde donde está podría darle también por error a la chica. De un balazo sería más complicado sobrevivir que de lo que le está ocurriendo en ese momento, y además, se dice, no le quedan más que cuatro balas y quizás no fueran suficientes para despachar a esos dos. Y a fin de cuentas, por qué engañarse, aquella zorra seguramente se lo merezca, si no quisiera que le pasara eso no llevaría esas pintas. Se irá rápido y quizás avise a la policía, a él no le pagan por ir haciendo de justiciero.

Mientras carga con las dos bolsas de deporte piensa que ha sido un golpe de suerte encontrarse con aquel accidente. A su espalda, la mujer plañe, desacompasada. El viejo aprieta más las bolsas contra su cuerpo y acelera el paso abandonando la escena.

Parte IV: Carretera secundaria

La radio no para de largar sobre un atraco en un banco. Cinco muertos y dos atracadores a la fuga. Jerry aminora la marcha y se pregunta cuánta pasta se habrán llevado, los de la radio no lo han dicho, pero con esa matanza de por medio habrá sido una fortuna. Si él tuviera todo ese dinero se largaba de allí echando hostias. A Tailandia, por ejemplo; siempre había querido irse a Tailandia.

Se enciende un cigarrillo mientras toma la carretera secundaria y piensa en las ganas que tiene de emborracharse. De emborracharse y de encontrar a Betty y molerla a palos. Esa puta no va a volver a reírse de él en lo que le quede de vida.

Por lo menos al espagueti que lleva en el maletero ya le ha apretado las tuercas. Ese cabrón se creía que podía pegársela con ella en sus narices y que no iba a pasar nada, pero ya no se lo va a creer más. Cuando le cortas el cuello a un fulano ya no suele irse de listo.

De todas formas el plan se había ido un poco de madre, su idea era simplemente darle una somanta, un par de huesos rotos, despeinarlo un poco. Si el otro no se hubiera resistido él no tendría que haberse puesto duro. La zorra de Betty tiene la culpa. Cuando la encuentre se las va a pagar todas juntas.

Tras la curva cuatro disparos. Tras la curva que tiene delante, en donde siempre hay accidentes. Se le eriza el pelo. Detiene el coche antes de llegar y apaga el motor. Se baja y tira el cigarro al suelo. Le quita el seguro a su escopeta.

Se acerca con cautela y Betty abandona su cabeza cuando escucha los gritos. Dos coches destrozados en medio del camino y dos tipos con monos azules junto a ellos, uno con bigote y muy alterado, arma en mano. Alaridos, aspavientos. El otro tipo permanece de pie y callado, desconectado.

Hay también una mujer en el suelo. La falda por el ombligo y las bragas en los tobillos, la cara cubierta de sangre. Solloza por lo bajo, su estampa recuerda a un trapo.

—¡Dónde está! ¡Dónde está *cagüen* la puta! —el tipo se vuelve loco buscando algo, increpando a su acompañante—. ¡Dónde lo has puesto! ¡No me la juegues cabrón o te mato aquí mismo! ¡¡Dónde está el puto dinero!! ¡Dónde lo has puesto!!

La mujer gime como un perro. El del arma y los gritos da entonces dos zancadas y se coloca sobre ella y le dispara a bocajarro en la cara.

No más sollozos.

—¡Cállate ya *peazo* puta! ¡No hay dios que piense contigo dando por saco!

Jerry se encoge, el pulso se le desboca. Desde allí ve también a un hombre en uno de los coches. Al verlo comprende el destino de los primeros cuatro disparos.

El tipo del revólver parece al borde del colapso. El otro comienza su deshielo, balbuceando algo inaudible sin mucho efecto. Jerry siente miedo pero también un hormigueo. Revisa la munición de su rifle. Esos tipos son su billete a Tailandia.

—Alguien se lo acaba de llevar, lo juro —dice el otro señalando un bulto en el suelo.

El tipo del revólver no parece escucharlo. Se acerca de nuevo a zancadas y le descerraja a sangre fría un balazo en el cráneo.

—Vete a tomar por culo tú también, puto *cagao*.

Pulso descontrolado, manos temblando. Jerry sabe que es ahora o nunca.

Mientras el del bigote se agacha a examinar aquel bulto en el suelo Jerry sale de su escondite. Lo rodea para cogerlo de espaldas.

—¡Eh! —exclama.

El tipo gira como un resorte. El tiempo justo para recibir la andanada de perdigones en pleno pecho. La inercia del impacto lo manda tres metros por el aire.

Silencio y Jerry está entre cadáveres. Cuatro. Cinco con el italiano en el maletero. Se acerca a examinar aquel bulto en el suelo. Son bártulos de pesca, unos bártulos que conoce a la perfección. Jerry sonríe para dentro. Ese puto viejo tiene huevos, piensa, pero ha cometido un error de novato. Había ido demasiadas veces con el padre de Betty de pesca como para no reconocer aquellos aparejos al verlos.

Jerry sonríe de nuevo y piensa que aquello ha sido aún más fácil de lo que había pensado.

Epílogo

El chico gime, tienta las heridas de su cara. Está en la oscuridad, encerrado en un sótano.

Odia a sus abuelos. Los odia a ellos y ellos lo odian a él. Los escucha a través de la puerta, hablando con prisa en la cocina. No sabe qué está pasando pero es importante. Percibe palabras aisladas, escucha cosas como *dinero*, *atraco*, *accidente* o *marcharse*.

Hace un cuarto de hora estaba en su habitación, leyendo sin hacer ruido. No tenía demasiadas opciones. Su abuela lo encierra en la habitación cuando su abuelo no está en casa. Cuando su abuelo está en casa él no se atreve a salir. Hace un cuarto de hora su abuelo entró con los ojos inyectados y el cinturón en la mano. Le pegó más fuerte que de costumbre. Lo hizo bajar a patadas, rodando hasta el sótano. No dijo nada mientras lo encarcelaba. El chico intentó no gritar más de lo necesario.

Ahora está a oscuras y presiente algo malo. Hace dos meses que no ve a su madre, se pregunta qué será de ella. Cuando aparece por casa su abuelo se encarga siempre de humillarlos a ambos. Nunca es agradable cuando se ven.

Alguien llama al timbre. El chico se estremece al escucharlo, atando cabos sin comprenderlo del todo. En la cocina sus abuelos callan de pronto.

Pasos trémulos por el pasillo y el martilleo del rifle de su abuelo. La voz del viejo pregunta algo y la voz de Jerry responde. Jerry es el tipo del que su madre lleva tres años quejándose.

El chico reconocería aquella voz aunque estuviera debajo del agua.

El tono de su abuelo se relaja un poco, tampoco mucho. A su abuelo le cae bien Jerry, o al menos no lo desprecia. Aún así habla con él a través de la puerta.

—…amos bien, tranquilo —responde el viejo.

—…a ver a Betty.

—…idea de dónde puede estar.

—…entrar? —insiste Jerry.

—…largues de aquí, chico —el tono del viejo se endurece.

Lo siguiente es un tiro de escopeta reventando madera. El ruido es sordo, ha venido de fuera de casa. El chico jadea en sordo cuando varios perdigones atraviesan la puerta del sótano a la que tiene pegada la oreja. Han pasado cerca, a un par de centímetros de su cara. Su abuelo grita, a todas luces herido. Otros dos disparos estallan a un tiempo. Uno viene de fuera, el otro de dentro. Algo se desploma en el suelo. Ocurre dos veces.

Transcurren minutos y solo se escucha un gemido. El chico tiembla con violencia pero sabe que necesita salir y averiguar qué ha pasado. Examina la puerta. Los perdigones la han astillado y esta se quiebra cuando la empuja con fuerza.

En el pasillo su abuelo sobre un charco de sangre. Orificios en la puerta de entrada y al otro lado está Jerry. Él también es historia. Aquello equivale a alivio. En la cocina encuentra a su abuela, hecha un ovillo en el suelo, descompuesta y entre sollozos. En la mesa hay dos bolsas de deporte con más dinero del que el chico ha visto en su vida.

Mira fijamente a su abuela sin decir nada. Posibilidades bullendo de pronto en la cabeza. Encontrar a su madre, irse con Billy. Quizás Nueva York, cualquier sitio fuera del pueblo. Quizás nadie los encuentre, quizás vivan sin avergonzarse de lo que son.

Coge las bolsas y abandona la escena. Sin palabras, sin gestos. Cuando pasa sobre el cadáver de su abuelo saca un fajo de billetes de la bolsa y le escupe encima. Después lo arroja sobre lo que queda del viejo y se larga. No mira hacia atrás ni mira a su espalda.

Breve análisis de gente que no está bien: Pedro

Las frustraciones y la desesperación son una buena combinación para hacer que una cabeza se rompa. Es difícil vaticinar cómo ocurrirá, eso sí, pues cuando se rompen, las cabezas lo hacen de formas impredecibles.

Durante una temporada, Pedro le encontró salida a su ira y su rabia sorda a través del chantaje y la agitación interna. No se puede decir que el sistema funcionase a las mil maravillas, su mente volviéndose progresivamente más neurótica y obscena.

No me malinterpretéis, no estoy diciendo que todo se redujera a sus padres siendo hermanos como resultaba que eran (esto es, su padre siendo también su tío, su tía también su madre), o a su hermano Daniel siendo arrestado por esa cosa que estuvo a punto de hacer, y gracias a Dios que no hizo, pero seguramente las cosas han de ser más fáciles en esta vida cuando no tienes que lidiar con mierda semejante.

Oh, pobre Pedro.

De niño se arrastró por sus días. El joven Pedro nunca trató de encajar. No es que lo evitara de manera consciente, simplemente no era una inclinación natural. Le gustaba jugar a Dragones & Mazmorras y todas esas chorradas, y solía pasar el rato con otros semi inadaptados como él. Aquello en general no estaba mal del todo, aunque no fuera particularmente enriquecedor.

No fue todo un coñazo, que conste, pues Pedro tuvo también su buena parte de diversión. Atended a esto: mi hombre perdió su virginidad con su profesora de inglés cuando tenía catorce años, y tras aquello se embarcó en una sesión de metesaca que duró diez años, racha que algunos habrían definido como insana, y otros muchos como simple y llanamente enfermiza.

Estamos hablando de números *muy* sólidos, hacedme caso.

Hasta el día en que, abruptamente igual que había empezado, paró, y el loco bastardo lleva sin echar un polvo, ni uno solo, desde 2012. Y tampoco parece que vaya a ponerse de nuevo a ello... lo cual es probablemente lo mejor, si somos sinceros.

Solía trabajar en un hospital, en el departamento de administración, y pocas cosas le proporcionaban una más vívida e intensa sensación de gozo que el escarbar y encontrar gemas escondidas en aquellos ficheros. Cáncer de mama, VIH, hepatitis... las quería todas. Todo ese dolor ajeno le hacía sentirse de algún modo en armonía, extrañamente en paz consigo mismo. Como una antigua deuda saldada, una suerte de remedio.

Acto seguido, en ocasiones escogidas, Pedro chantajearía entonces a quien fuera que fuera el paciente. No porque quisiera hacer algo en particular con el dinero, o tuviera un propósito concreto al que destinarlo, pero simplemente porque le parecía lo más apropiado dadas las circunstancias. Después, independientemente del resultado de semejante interacción, le enviaría los resultados de las pruebas por email a los familiares de esas personas, causando quién sabe qué estragos. Lo haría de forma anónima, por supuesto.

Pero veis, los buenos tiempos como estos tienen tendencia a no durar siempre, a extinguirse o hundirse bien hasta el fondo.

Y eso fue lo que pasó.

El día en el que perdió la cabeza estaba en la calle, dando una vuelta. Había dos camiones cerca, ambos en marcha atrás en ese momento, y Pedro estaba allí, allí solo en el medio. Claustrofobia en la escena, la fanfarria de ruidos frenéticos o un nudo aflojando en su cabeza, quién sabe qué coño, fue el detonante.

La perdió por completo.

Su cabeza, ida del todo.

Lo digo en serio.

Pasó las siguientes dos semanas en el loquero. Tuvieron que reducirlo en el suelo, allí en medio de la calle. Chillaba, emulando con toda la energía de sus pulmones el ruido de aquellos camiones. No fue bonito.

Pero eh, no lloréis por Pedro.

Hace ya una temporada de aquello. Mi hombre vive ahora con sus padres; tiene incluso un trabajo y horas ajetreadas, y por lo general no se ha estado metiendo en líos. De algún modo, Pedro parece haber corrido más rápido que sí mismo, y ser capaz de mantener los ratos ociosos a raya parece estar ayudando. A raya de ciertas cosas, ha comprobado, tampoco es tan mal sitio. Y no os preocupéis por sus padres.

Pedro es un hombre cansado, su cabeza está exhausta, pero eso es algo que parece venirle bien. Los jueves queda incluso con unos tipos, y entre todos juegan a Dragones & Mazmorras. Son una panda extraña, pero no están tan mal después de todo.

Su hermano Daniel ya está fuera, por cierto. Se pasa de visita por casa de vez en cuando, y parece que se las va arreglando. Y eso es algo que también está bastante bien.

Un problema con los clones

Tenemos un problema con los clones.

Vale que fui yo el que insistió en usarlos para ahorrar gastos y toda la pesca, sobre todo considerando que la alternativa eran un puñado de fontaneros fuertemente sindicados sangrándonos tarifas extorsivas por cada hora extra, pero esto no es lo que yo había pedido. Yo no había pedido que algún idiota en Suministros cambiara la etiqueta de destino para hacerse el gracioso. Ahora en vez de en Marte tenemos a 250,000 clones en Massachusets dando el cante. Mal negocio.

Lo bueno de los clones es su corta esperanza de vida (y baja tendencia a sindicarse). Lo malo entre otras cosas, y por lo que nunca hay que acercarlos a ciudades, es la molesta tendencia de algunos de ellos a volverse demasiado conscientes de su propia individualidad y convertirse en renegados, lo que implica tener que rastrearlos, neutralizarlos, herir y mutilar a civiles en el proceso, y luego afrontar los consiguientes pleitos, querellas e indemnizaciones cuando finalmente acabas con su breve pero burocráticamente engorrosa existencia, y obviamente nadie quiere eso, porque lo que antes era económico al final te acaba saliendo por un ojo de la cara.

Tenemos un problema serio con los clones.

Para empezar son demasiado educados y ponen nerviosos a los lugareños. Y tienen un acento muy raro, muy europeo. Han empezado además a procrear entre ellos y a tener bebés idénticos y a gentrificarlo todo hasta el punto de que ahora lo único que puedes encontrar allí ya son tiendas de zapatillas de diseño, comercio justo y cárdigans de la talla M. Los frappuccinos están a $7.25 y subiendo, y han empezado a predicar un estilo de vida basado en la responsabilidad personal, el veganismo y postulados posmodernos de dudosa calaña en los que la vida humana es examinada bajo el prisma del relativismo conceptual y la experiencia subjetiva de la existencia.

Massachusetts se ha convertido en un infierno. Es como en *Cómo ser John Malkovich* pero en lugar de John Malkovich estás rodeado de atractivos hombres rubios de mediana edad y metro noventa que huelen bien, comparten el mismo material genético y una inquietante costumbre de estar siempre de acuerdo en todo. Básicamente han convertido el maldito sitio en Islandia.

Además están esas cosas que hacen siempre, su homogénea concentración del voto cuando hay urnas de por medio o esos numeritos que montan cuando les dejan. Los clubes de lectura y los programas de alfabetización y la audaz criminalización del matrimonio homosexual para acto seguido descriminalizarlo de nuevo. La última vez que sacaron ese conejo de la chistera arrasaron con todo, el éxito fue rotundo. Clones y su homofóbica ambigüedad, otra cosa no, pero del malestar sociopolítico siempre han sabido dar buena cuenta.

Tenemos un problema con los clones. Esto se está saliendo de madre.

La última vez que nos pasó esto, se nos fue de las manos por completo. En aquella ocasión no les faltó más que un pelo para ejecutar la reconversión de Canadá en un paraíso socialista que *de hecho* habría funcionado. No hubo más remedio que tirar el año contable por el desagüe y solucionarlo, y este es otro ejercicio en el que parece que pintan bastos.

Por el momento este lote parece que exhibe inclinaciones más favorables al libre mercado. Han convertido aquello en un paraíso fiscal y están de hecho atrayendo ya un 14% más de inversión extranjera. Los accionistas están aterrorizados, y no puedo culparlos, así no hay quien dirija un monopolio.

Tenemos que acabar con el problema de los clones.

Nadie quiere arriesgarse a esperar a que se les acabe la pila o a que mueran presa del éxito o de sus propias contradicciones, eso podría tardar años y quién sabe cuál sería el destrozo, podrían incluso sindicarse. Hay quien ha sugerido que hablemos con ellos, pero eso no es una opción: su talante sincero y dialogante los convierte en la última persona con la que querrías relacionarte. La preferencia en estos casos es una acción más directa, pecuniariamente ruinosa al corto plazo, pero el año lo damos ya por perdido. Como siempre, al final acabarán ganando los fontaneros.

¿El siguiente paso? Me comentan los de Recalificaciones que hay ya prometedoras prospecciones y manos en según qué braguetas, así que puede incluso que salvemos los muebles. El procedimiento será a la canadiense: bombardeo hasta los cimientos. Massachusetts está a punto de convertirse en un erial, uno de los buenos, de esos en los que se pueden construir piscinas con palmeras y hoteles con la forma de monumentos y centros comerciales dentro de otros centros comerciales. Exactamente como ahora pero nuevo. Si nos aseguramos de aplicarle suficientes megatones no hará falta incluso ni evacuar a los civiles. Planes urbanísticos sin pleitos ni papeleo, quién no ha tenido nunca ese sueño.

Para la reconstrucción usaremos androides, son terribles arreglando cañerías, pero comen poco, no son especialmente elocuentes y han ostentado siempre un escaso apego por conceptos como la mejora individual, la dignidad personal o el ecologismo. Básicamente lo único que necesita esa gente es telebasura y tuercas para funcionar.

Y así, si todo va como debe, habremos acabado de una vez por todas con nuestro dichoso problema con los clones.

La Sordera *

Extracto entrevista realizada a Martín Sánchez en El Mundo. Marzo de 2025.
   P- ¿Cuál fue la reacción de tu entorno cuando la escucharon por primera vez?
   R- Bueno, pues la verdad es que mi hermano Javier fue el primero al que se la puse, lo cual es un poco raro, porque en ese momento él estaba en Nueva York de viaje y yo en Barcelona. La calidad de la grabación era bastante pobre, pero aún así pude percibir cómo se emocionaba. Creo recordar que empezó a ponerse nervioso, y luego a gritar de alegría.
   P- ¿Estaba entusiasmado, pues?
   R- Sí, del todo. Parecía que le hubiera tocado la lotería.

Extracto reportaje sobre Martín Sánchez en Time. Abril de 2025.
   "…ni idea de lo que sería capaz de hacer y de lo que acabaría representando. De hecho, sus compañeros de escuela nunca habían sido demasiado considerados con él, y su vida fue, durante sus primeros veintiún años, *insufriblemente gris* (sic.).

---

* *Relato finalista del IX Certamen Universitario de Relato Corto: Jóvenes Talentos Booket / Austral.*

Pero todo cambió de pronto para este joven barcelonés, ayudante de almacén, un buen día y sin previo aviso. El 25 de febrero de 2025, en menos de dos horas y fruto de un golpe de inspiración que ya nadie en el mundo creía capaz, logró pasar a la historia, consiguiendo algo que ningún otro, en los dieciséis años anteriores había logrado repetir…"

Extracto entrevista realizada a Martín Sánchez en People. Abril de 2025.

P- ¿Cómo llevas el tema de la fama? ¿Se está haciendo difícil digerir tanta atención y tanta notoriedad tan de sopetón?

R- Bueno, la verdad es que yo nunca había llamado la atención por nada en especial. En el colegio era un estudiante mediocre, y cuando acabé el bachillerato no tenía ni idea de qué era lo que quería hacer, así fue que acabé de mozo de carga y descarga. Ahora sin embargo voy por la calle y todo el mundo me para, se hace fotos conmigo, me pide autógrafos… es de locos. Me gusta, claro que sí. Es genial recibir el cariño de tanta gente, pero a veces pienso que es como si ya no fuera yo. Imagino que todo es cuestión de acostumbrarse. Así que de momento lo voy llevando lo mejor posible.

P- Se rumorea que publicitariamente se te rifan, y se dice que te han ofrecido contratos con cifras mareantes y hasta algún periódico ha afirmado que cheques en blanco a cambio de tus derechos de autor. ¿Qué hay de cierto en todo esto?

R- Me temo que ese es un tema del que todavía no puedo comentar nada. Sí es cierto que tengo ofertas encima de la mesa, pero todavía es pronto para que decida qué hacer. Aún no he digerido todo lo que está pasando, así que por el momento prefiero no hablar sobre ello. Todo lo concerniente a mis finanzas es mejor hablarlo con mi hermano Javier, él es quien se encarga…

Extracto entrevista realizada a la madre de Martín Sánchez en El País. Mayo de 2025.

P- *¿Sabía que existe en Internet una plataforma de gente agradecida a usted por haber dado a luz a su hijo que ya va por los cuatro millones y medio de afiliados?*

R- ¿En serio? No tenía ni idea (risas). La gente puede llegar a ser maravillosa. Estoy encantada con todo el cariño que estamos recibiendo tanto Martín como yo.

P- *¿Cuál fue su reacción cuando su hijo le enseñó la canción?*

R- Pues me quedé atónita. Al momento me vino a la cabeza su padre, que si hubiera estado vivo habría estado orgullosísimo de él. También había tenido un grupo antes de que nos casáramos y la música había sido una de sus pasiones. Murió de un ataque al corazón un poco antes de que empezara La Sordera, cuando Martín y su hermano Javier aún eran pequeños.

P- *¿Y qué se siente siendo madre de una celebridad?*

R- Es algo muy raro, pero de lo que estoy orgullosísima. Mi hijo va a pasar a la historia, quién me lo iba a decir…

Extracto entrevista realizada a Javier Sánchez en Le Monde. Junio de 2025.

P- *Se ha ganado usted una fama de mánager implacable en tan sólo unos meses. ¿Qué tal lleva lo de representar a la persona actualmente más famosa del mundo?*

R- Bueno, antes de nada, implacable no sería la definición exacta. Yo simplemente me limito a velar por los intereses de mi hermano. Y respondiendo a su pregunta, la verdad es que me está costando lidiar con tantas ofertas al mismo tiempo. El hecho de tener entre manos la primera canción escrita en dieciséis años está siendo bastante estresante…

Nota del director extraída de Metropolis. Junio de 2009.
"Se hace extraño presentar este número, pues nunca nos había ocurrido una cosa igual, pero no se ha lanzado ni un solo disco desde hace dos semanas, por lo que, a la espera de nuevas producciones de las que poder hablar, nuestras reseñas musicales de hoy versarán sobre discos ya editados y que se nos habían pasado por alto.

No podemos, desde la redacción, menos que lamentarnos y preocuparnos por estas extrañísimas y malas noticias, que esperamos…"

Extracto reportaje extraído de The Sun. Agosto de 2009.
"…lo que ya muchos consideran una razón para que empecemos a preocuparnos. Sin lugar a dudas algo está ocurriendo, y no es nada bueno.

La Sordera, como ya se la llama, aumenta a pasos agigantados, y nadie es capaz de darle una explicación racional. ¿Por qué ocurre esto? ¿Por qué así de repente? ¿Cómo es posible que, con el fecundo momento que estábamos viviendo hace apenas unos meses, de repente nos encontremos con esta situación en la que ni nuestros ídolos de antaño, con quienes tanto habíamos disfrutado, saben qué pasa? Ya nadie es capaz de…"

Extracto entrevista realizada a Bob Dylan en el último número de Rolling Stone USA. Febrero de 2010.
R- Quizás, y seguramente no me equivoque al decirlo, La Sordera es lo peor que le ha pasado a la Humanidad desde la bomba de Hiroshima. No sé, quizás desde siempre. ¿Qué sentido puede tener la vida sin música? Como dijo Nietzsche en una ocasión *"la vida sin música sería un error"*. Si esto es un castigo a nuestros pecados, a los pecados de las personas, es un castigo excesivo. No me puede caber en la cabeza castigo más doloroso.

P- Usted, al igual que otros cientos de músicos, ha sido interrogado por gran cantidad de científicos de todo el mundo para intentar averiguar el porqué de la incapacidad actual del ser humano para componer ni siquiera tres notas seguidas. ¿Cuáles son sus sensaciones cuando intenta componer?

R- Es la sensación más frustrante que he tenido en mi vida. Es como tratar de leer algo en un idioma que no conozco. No sé ni por dónde empezar, mi cerebro simplemente se niega a funcionar. He llegado a llorar días seguidos por la rabia, pero es imposible, el pozo se ha secado…

Extractos artículo publicado en Time. Julio de 2024.

"…cumplen quince años desde la última canción oficialmente compuesta por un ser humano, *Under the grey sky,* del neozelandés Russell Newman. Desde entonces, la humanidad se ha visto condenada a no volver a escuchar ni una sola nueva canción. El hombre ya no tiene a su alcance nada más que la música compuesta con anterioridad al 24 de julio de 2009, fecha oficial. De ahí en adelante, lo único que queda es lo que se ha bautizado como La Sordera.

La Sordera*,* una incapacidad absoluta desarrollada en cuestión de semanas por la especie humana, impide al cien por cien el desarrollo de las capacidades musicales de una persona. Tras quince años de investigaciones, la ciencia comienza en los últimos meses a bajar los brazos: ni la más mínima respuesta. Nada.

Las reacciones a lo largo del globo fueron, como es lógico, de ansiedad, tristeza e incertidumbre. La tímida esperanza que algunos esgrimen, por frágil no es menos necesaria: tal como vino, quizás pueda irse y devolverle a la humanidad lo que nunca debió perder.

Un razonamiento que no está falto de lógica, pues si…"

"…la prensa musical, que se extinguió a lo largo de los tres o cuatro años siguientes, fallando estrepitosamente los intentos de relanzarla con revistas sobre la música anterior a La Sordera.

A su vez, las compañías discográficas fueron también grandes víctimas, menguando su tamaño hasta no ser más que meras distribuidoras de unos discos cada día más antiguos, que, con todo, han ido ganando adeptos a la fuerza…"

Extracto exclusiva publicada en El País. Septiembre de 2025.

"…los dos farsantes, el celebérrimo Martín Sánchez, de 21 años, y su hermano Javier, de 29, consiguieron engañar e ilusionar al planeta entero haciendo creer a todos que Martín había logrado componer *"Desde el rascacielos más alto del mundo"*, la primera canción compuesta por una persona en dieciséis años.

Las muestras de alegría y esperanza que habían recorrido el globo desde que, en marzo de este año, se conociera la falsa noticia, han sido en vano a la vista de lo desvelado por la Policía hace escasamente unas horas.

Según las confesiones de los acusados, obtenidas por los investigadores del Cuerpo Nacional de Policía, los dos hermanos poseían dicha canción compuesta en 2008 por su padre, Carlos Sánchez, poco antes de morir, y que este había enseñado a tocar a Javier.

Dieciséis años después, Javier, en connivencia con su hermano pequeño, más joven y por tanto fuera de sospecha de haberse aprendido *Desde el…* de memoria, acuciado por deudas de juego, tuvo la idea de iniciar el fraude.

Según fuentes policiales, el mayor de los Sánchez declaró estar *"bastante sorprendido de haber llegado tan lejos"*.

Al parecer, el acusado debía doscientos mil euros a…"

Ministros

Es duro trabajar para el Ministerio. La gente no tiene ni la menor idea de la carga que supone. Sé que hay quien critica el papel de ministro, alegando que tan solo requiere una firma. "Tan solo una firma", dicen. "Trabajo de niños acomodados", dicen.

Qué sabrán ellos.

Ser Ministro de la Materialización de Hechos Históricos conlleva una abrumadora responsabilidad. Nunca se han parado a reflexionar en que es mi firma la que da principio y final a las cosas que la gente recordará siempre. De acuerdo, acepto que hay carteras dentro del Gobierno del Destino que son un auténtico juego de niños. Sin ir más lejos, el propio Ministro de Ratos Muertos se vanagloria de ostentar el cargo más intrascendente de cuantos pueden esgrimirse. Y el Ministro de Logros Musicales Destacables, firmando solamente Proposiciones acerca de canciones que a todo el mundo complacerán, tiene uno de los trabajos más reconfortantes y sencillos que puedo concebir.

Pero generalizar es injusto.

Claro está que cuando desde el Gobierno me envían una Proposición de Hecho Histórico para su posible aceptación, y esta incluye gloria, los laureles son colosales. Todo son felicitaciones. Como aquella orden que firmé hace unas semanas, la que permitirá a ese científico israelí inventar una cura para el SIDA en 2011; o como aquella primera orden que firmé hace ya tanto, la Proposición sobre la Llegada del Hombre a la Luna.

Todos me felicitaron por aquellas cosas.

Pero hay cara y hay cruz, y por cada cosa buena que inmortalizo en la Historia, me veo obligado a rubricar tres órdenes que no quiero firmar. Odié tener que firmar la Proposición para el Asesinato de John Lennon, no fue justo, me encantaba su música; o la firma de aquel horrible asunto de Chernóbil, con tantos inocentes implicados. Hasta que firmé la triple Proposición 11-S/11-M/7J, no lo había sentido tanto. Fueron días muy duros.

Y por aquello arreciaron las críticas.

A veces me gustaría ser el Ministro de Guerras. Sé que suena raro, pero es así. Es cierto que firma muchas cosas horribles, más de lo que yo lo hago, pero nadie mira tan de cerca su trabajo como pasa conmigo, ni lo censuran tan duramente. Aceptan a ese vejestorio con naturalidad. "La guerra es así", dicen. Además, muchas de las Proposiciones que ha aceptado a trámite han sido olvidadas salvo por unos pocos. ¿Quién se acuerda de la Guerra de Crimea? ¿O de la Guerra de los Boers? Incluso, con el tiempo, la Guerra de Vietnam se olvidará, y a ese Ministro lo recordarán básicamente por sus dos dramáticas Proposiciones, la GM I y la GM II. Sobre todo por la Proposición GM II, la que obligó a mi predecesor a firmar la Proposición para el Holocausto Judío.

No quiero ni pensar en el próximo Hecho Histórico que he de firmar. Tiemblo solo de pensar en cómo van a despellejarme por la maldita Proposición para la Extinción de la Raza Humana.

Seguro que eso va a traer cola.

El esplendor de las cosas relativas

Se aseguró de que el agua estuviese a la mejor temperatura posible. Se lavó la cara. Se lavó los dientes. Se miró al espejo con parsimonia. Pensó en lo que le había dicho aquel indeseable el otro día, ridiculizándolo sin consideración. Malnacido.

Se peinó con cuidado, la raya en el punto exacto, ni muy arriba ni muy abajo. Se echó el toque justo de colonia. Se puso la chaqueta y se anudó la corbata, un nudo sobrio, elegante. La suma de aquella estampa le hizo sentir bien, asentado en sí mismo. Después recordó las injurias a las que había sido sometido, y el espejo cambió y reflejó un rostro sombrío.

Pirado y además daltónico, le había espetado el otro, acentuando el "*daltónico*" con saña, parapetado tras aquel escritorio insulso. Ni estoy pirado ni soy daltónico, se dijo, profundamente dolido.

Cogió las llaves y el tabaco. Abrió la mesilla, cogió las gafas de sol, el recibo de la lavandería y aquella otra cosa. Lo guardó todo en los bolsillos de la americana y salió por la puerta. Él no era daltónico, y ni mucho menos estaba pirado. Ni mucho menos.

Leyó el periódico durante su trayecto en metro. Averiguar la dirección no había sido complicado, aunque una vez en la calle apropiada tuvo problemas para encontrar el portal correcto. Antes de llamar y que le abrieran revisó su aspecto en el cristal, y no se movió de allí hasta que aquel le devolvió una mirada aprobatoria. Empujó el portalón y subió en el ascensor.

Llamó a la puerta y esperó a que le abrieran. Le abrieron. Cuando el otro estuvo visible, mientras pensaba que aún tenía que pasar por la lavandería, exclamó:

—Ni soy daltónico ni soy ningún pirado.

Acto seguido sacó la pistola del bolsillo y realizó un disparo de resultados impecables, esplendorosos.

Plantado en el quicio de la puerta contempló toda aquella sangre verde salpicando las paredes, cayendo como lágrimas en una cascada. Permaneció allí un rato y luego se fue. Aún debía pasar por la lavandería.

Un instante determinado

No era un travesti, era un hombre vestido de mujer.

La confusión flotaba en el ambiente, y aquella drag queen bailaba como si sus caderas fueran la frontera entre el bien y el mal. A mi derecha Cheers intentaba decirme algo, pero estaba a millones de años luz. La magia de Toldo surtía su efecto.

Era un antro, y su banda sonora un esputo ochentero, como Boy George sodomizando a Elton John o a cualquier otro de esos capullos de nombres compuestos. Los ochenta convertidos en una luz déspota, tirana y caprichosa. Había en ella algo peligroso, como treinta francotiradores apuntando directamente a mi pupila. Nunca me había sentido tan importante.

New Order, degradación, humo. Humo químico, humo nacido de una máquina arrastrándose por el suelo con una cadencia implorante. Era real, todo era real. Podía sentirlo, las miradas levantaban brisa al pasar, los ojos se me llenaban de ruido, la luz penetraba mis poros, abiertos como ventanales, me iluminaba por dentro. Si en aquel segundo, en aquel momento, hubiera vomitado, de mi interior habrían brotado flores, arcoíris, el fruto más puro que el Universo pudiera concebir.

Fue un instante, un instante determinado, pero valió la pena. La magia se hizo real y toda la bondad del mundo me invadió. Me rendí, y supe que todo estaba donde tenía que estar.

Si Dios existía, acababa de sentarme a su mesa para mirarlo directamente a los ojos.

Acto seguido, me desmayé.

Costumbrismo en parques

Las comimos sobre las cinco. Nacho, un amigo de Lucas al que conocí esa tarde, nos las había traído. Decía que un compañero de clase, o algún tipo de la universidad que conocía de algo, se las había regalado. Decía que ya estaba cansado de tomar tantas, que una vez se había olvidado de dónde estaba el ascensor en su residencia, y que si las queríamos, eran nuestras. Las queríamos, así que fue sobre las cinco que nos las comimos.

Era domingo, era agosto en vacaciones. Éramos jóvenes y no nos importaban especialmente los lunes. Los días se movían indistinguibles, se fundían unos con otros, y nosotros estábamos simplemente allí en medio, en pantalones cortos navegando la tarde.

Recuerdo la catedral, allá en la distancia. Recuerdo también bajarlas con agua, sufriendo con el intento. Era como masticar calcetines sucios, calcetines arrancados como mineros atrapados al fondo del cubo. Después dejamos el parque y caminamos, nos fuimos hasta otro parque. Por el camino me temblaban las tripas, inseguro de qué iba a encontrarme pero con el ánimo de un bucanero. Si había un temor, acaso era no hacer aquello como es debido.

Las cosas empezaron pronto, se pusieron extrañas. Me sudaban las manos pero juraría que estaban secas. A lo lejos la catedral se mantenía estática, constante siempre y a la misma distancia. La calle avanzaba con nosotros, o quizás al contrario, pero la catedral no, la catedral se quedaba en su sitio y tú te sentías un poco como lo haría un hámster empeñándose a fondo en la rueda.

Fue más o menos sobre ese punto cuando empezaron las risas. Las habíamos visto venir de lejos, pero ahora eran una emboscada, ahora nos atacaban a cañonazos las carcajadas. Te dolían los costados, vaticinabas agujetas allí adelante, en algún futuro que en ese momento era de todo menos relevante. A veces incluso te doblabas. Recuerdo que en aquel camino de diez minutos nos doblamos bastante. También recuerdo mi frente, ardiendo y sudando bajo aquel sol que caía recto, a plomo sobre nuestras cabezas. Tal y como yo lo veía, estar vivo era una idea excelente.

El nuevo parque era un gran sitio: con sombra, con árboles con fruta. Tenía incluso una fuente. Como anillo al dedo para nuestras necesidades. Para cuando estuvimos asentados, atrincherados allí en un banco, mi viaje había cambiado. Había salido de aquel campo de minas, aquel campo de risotadas. Para cuando estuvimos en aquel banco había bajado ya unos cuantos niveles en ascensor. Ahora era el momento de las sutilezas, de fijarse en el barniz de las cosas. El momento de los objetos y las ideas. Nuevo ángulo y perspectiva, o al menos en lo que a mí concernía.

A mi lado Lucas seguía doblado, doblado a carcajadas, en la posición en la lo habría dejado una presa hidráulica que hubiera hecho un sándwich con él. Se abrazaba las piernas por debajo, el pecho incrustado entre las rodillas y los ojos a presión, muy muy cerrados. Se desgañitaba, y una vena le palpitaba en el cuello y también en las sienes. La estampa la coronaban unos sobacos sobrepasados, rendida hacía ya tiempo su camiseta. Junto a él, Nacho hacía comentarios con sorna y nos contaba historias. Decía que era bueno que estuviera él allí.

—Así no os metéis en problemas —añadía.

Nacho, al que no conocía de nada, era sin duda un tipo listo y también algo extraño.

—¿Pero seguro que tú no has tomado?

Él entonces sonreía, se parapetaba en ambigüedades.

—¿Tú crees que no?

Yo no lo sabía.

—No lo sé.

—Piensa de nuevo —respondía, y cambiaba entonces de tema.

Para entonces mi cabeza era la parte más ligera de todo mi cuerpo, a mi vista le ofrecía menor resistencia el viento.

—Lucas —recordé de pronto—. Después de esto aún tenemos que ir a cenar con mi abuela.

Mi abuela nos había prometido hacer mejillones, y nosotros habíamos prometido comerlos. La idea de estar haciendo lo que estábamos haciendo me resultó de pronto deprimente, vergonzosa incluso. Supongo que estas no eran cosas para que hicieran los nietos.

Lucas se reía con potencia, en una ignición intensa que apenas le dejaba tiempo para boquear y acopiarse de aire.

—¡Me la toca la vieja! —fue cuanto dijo.

Creo que la palabra que me rondó al escuchar aquello fue burdo, o eso o alguna parida por el estilo. Recuerdo que no sabía hacer bromas, que me costaban las blasfemias y aún más las enemistades. Me hallaba sumido en una especie de estado virtuoso, en el que un amigo mugiendo sobre mi abuela era una gran mácula, como meterse con las botas manchadas de barro entre sábanas recién planchadas y limpias.

Fue más o menos ahí, mientras Lucas seguía en sus propias vías y Nacho hablaba sobre el dinero como concepto, severo afirmando que no le gustaba, que lo quemaría entero si por él fuera, cuando mi viaje cambió de nuevo.

Ahora eran visuales las que emboscaban. Había remolinos, colores intensos. Las ramas y la tierra del suelo reventaban ante mis ojos, arreciaban las flores, estallando y renaciendo y casi embistiendo. Recuerdo abrir mucho la boca, querer entrar de cabeza en ellas. Al fondo, la catedral se maleaba, disparándose en las alturas. Mis oídos resonaban, vibraban con ecos. Yo, epicentro del ruido. Aquello sí era lo que había firmado.

En algún momento me separé del grupo, no fui muy lejos. Me acuerdo de haber querido escribir algo, en una rama o en una roca, pero no tener nada con lo que hacerlo. Aquel grupo de allí quizás tuviera los utensilios. No, no lo creo. Sí, sí lo creo. Decidí en contra. Recuerdo peras colgando de un árbol en aquella sombra perfecta. Aquel lugar era bello, todo era bello. Yo lo era, y Nacho lo era, y Lucas, mi amigo el burdo, también lo era. Arranqué la pera. Vi las supernovas que allí se encerraban, las galaxias circundando su centro. No sé cuánto pasé escudriñando aquel cielo, pero fue el suficiente. Nunca sabías cuándo ibas a volver a tener una galaxia en la palma de la mano.

Después me senté en un banco y me examiné las piernas. Estaban cubiertas en bichos. Miríadas de bichos como cabezas de alfileres, minúsculos y rojos e hiperactivos. Se movían a lo largo con atareo, y por primera vez en aquella tarde me invadió el miedo. En la calma chicha de aquel verano, un frío me recorrió el cuerpo.

No. No había bichos. Tampoco había universos, aunque sí hubiera peras. Falsa alarma, Javier, contrólate.

Mejor, eso está mejor.

Probé cerrando los ojos, apoyé mi cabeza en las manos. Ahí fue cuando me disolví. Mis manos se deshicieron sin resistencia, como azúcar entre el calor y las sombras. Igual mi cabeza. Y allí estaba yo, en paz en aquel océano oscuro, flotando como palomitas entre colores y geometrías.

—¡Javi! —gritó Nacho—. Vente, coño, ¿qué haces ahí solo?

Me acerqué a ellos, allá en un desnivel más abajo, aún sentados donde los había dejado. Su banco se erguía sobre un remolino, su banco era el centro perfecto del mundo. Y si no lo era, al menos lo parecía horrores desde donde yo me encontraba.

Recuerdo forcejear con la transición entre aquellos dos planos. No era mucha la altura, pero llevaba su tiempo. Creo que al final acabé dando un rodeo.

Transcurría así el tiempo, transcurrían reflexiones que quizás fuera mejor no considerar como tales. Las gaviotas mueren en silencio, nos dijo Nacho. El mayor enemigo de Súper Mario son los barrancos, dijimos nosotros.

—¿Qué preferirías ser? ¿La catedral o el arquitecto?

—Depende de cómo lo enfoques. Depende de lo que representen ambos conceptos.

—La catedral es la permanencia, el durar y lograr trascendencia.

—¿Y el arquitecto?

—El arquitecto es el rock and roll, la fama y las luces. Las puertas abiertas a cualquier fiesta.

—Suena bien, suena correcto.

—Sí, pero no es una decisión que tomarías a la ligera. ¿Quién sabe nunca cuál fue el nombre de un arquitecto? La catedral siempre está ahí. La catedral, como la banca, es la que gana a la larga.

Hablamos también del suelo.

—Si Dios es omnipresente, y el suelo también lo es, pues es un hecho que siempre hay suelo, ¿es Dios el suelo?

Las cosas siguieron sus derroteros.

En algún momento emprendimos nuestro regreso. Se diluían ya los efectos, se enfilaba el aterrizaje. En nuestro camino de vuelta Lucas le dio un mordisco a una pera y la lanzó alto, muy alto, contra los muros de la catedral sin llegar ni de cerca a alcanzarlos. Yo la vi moverse, a cámara lenta a ninguna parte, si acaso hasta el pavimento. Poco después, Lucas nos confesaría que había intentado pasar el edificio por alto. Otro día sería.

Nos las arreglamos para comprar un helado, vainilla creo que era. Pero lo mejor del helado era verlo, observarlo. ¿Por qué se supone que querrías comerlo? En la brevedad de aquella crema se encerraban verdades, todo eran alegorías. Hasta que en cierto punto, pues bueno, intervenías y tampoco pasaba nada.

No recuerdo muy bien cuándo se marchó Nacho. Nos dimos un abrazo, creo, y quedamos para vernos de nuevo, lo que ya nunca hicimos. Nunca llegué a saber si él también las había tomado.

El aterrizaje pasó por baches. En él pensabas más lento, trashumabas entre la resaca y la confusión. Un minuto estabas de vuelta, al siguiente ya no. Si no recuerdo mal fue ahí cuando conseguimos ver respirar al suelo. Durante el aterrizaje fue también que mi estómago se quejaba. Apretado como un torniquete desde hacía tres cuartos de hora, mi cinturón resultó ser el culpable.

Fue más o menos así que transcurrió nuestra vuelta, nuestra llegada a puerto, de regreso hasta los mejillones que había hecho mi abuela.

Y esa fue nuestra tarde, nuestra panorámica entre el costumbrismo y la psicodelia.

Astillas en la niebla

Trabajaba amputando sueños y expectativas. Le gustaba. Por las noches patrullaba bares y mesas de billares. Se movía a tientas, entre intuiciones, recuerdos asomando como astillas en mitad de la niebla. Se pasó los últimos diez años atrapado entre turulos y malas decisiones. No había eximentes, no había disculpas, solo guerra y escaramuzas. Si la cosa se torcía, también algún cabezazo a traición en los huevos. En esta ciudad no podías fiarte de casi nadie, y eso desde luego también lo incluía a él: era el enano más hijo de puta que habías conocido en tu vida.

Rampage

He hadn't slept for three days when he arrived at that convoluted, revolted state of mind. Streets extending ahead, flexing like rubber.

The air had a metallic after taste in his mouth.

Had he felt anything, he'd had felt cold.

Humming in the vacuum, he felt nothing.

Stepped in the middle of the road, naked in front of the oncoming bus.

A free flow of energy,
not giving a shit.

The driver almost crushed him.
Had reptile eyes.

Turned the wheel last minute and past right by him.

"And now what?"

"Now just keep at it mate".

He pushed through, went upstream. Felt like a one man army.

"And now what?"

"Ah just fuck it".

He soldiered on.
The world was his turf.
He didn´t give a fuck.

Next in line was a copper.
They wrestled. The whole thing was a knuckles sandwich.

Couldn't care less what was up.

"Keep pushing".

He did.

Fuck this place. He was on top.

Turned the cop into a bunch of teeth on the floor, a puddle behind him.

He was the storm.
And it was gonna keep raining.

Hermes

Después vino la oscuridad.

***

Se levantó con frío, un frío que quemaba. Se le pasó pronto, sustituido por un mal dolor de cabeza. Sentía escombros despeñarse entre sus sienes. Incorporándose en la cama, le pareció haber vivido ya esa situación; un vago *déjà vu*, desapareciendo lento como el vaho del moribundo en un cristal.

No recordaba cómo había llegado hasta la cama. Todo era confuso igual que lo es el mundo para un recién nacido. A pesar de reinar el día, una neblina flotaba por la casa, tornando los muebles, los libros, las ventanas, en objetos a los que sentía ver por primera vez. Casi por primera vez.

Con cuidado, haciendo equilibrios, se irguió sin mover mucho el gesto. No tenía ganas de riesgos, ni de comprobar si un movimiento en falso daría con su cabeza rodando por el suelo. El roce de la alfombra con sus pies tenía tintes de irrealidad. Una escena familiar y desconocida a un tiempo, la irrealidad de una cara extraña en la calle, conocida sin serlo.

Emprendió la larga travesía. Cuando arribó a la cocina decidió coger una botella de agua en la nevera, sabiendo que lo haría incluso antes de pensarlo. Abrió la puerta y observó el interior. La botella estaba al fondo, enclaustrada entre yogures. Alargó el brazo y no la alcanzó. Perplejo, olvidando la demolición en su cabeza, sacó el brazo y se quedó mirando el interior de la nevera. Después observó su mano, tal vez esperando que ya no estuviera allí.

Decidió probar de nuevo.

Metió el brazo, y a pesar de todo no fue capaz de nada... le resultaba imposible alcanzar el fondo.

En su tercer intento decidió probar con las dos manos. Casi lo tenía, casi, estaba tan cerca que la situación se tornaba angustiosa... se puso de puntillas, gruñó por el esfuerzo. Convirtió aquel gesto en una cruzada. El dolor de cabeza se fue entonces, desaparecido como un vendaje que se desprendía.

La nevera era absurdamente profunda. Frunció el ceño e hizo un último esfuerzo, sus pies se separaron por un instante del suelo, Hermes alzando el vuelo. Fue un momento estático, en el que el cosmos contuvo el aliento. Asió la botella como si asiese la libertad... y acto seguido una luz cegadora estalló entre interrogantes.

En su cabeza eclosionó el apocalipsis. Una seta química se alzó majestuosa sobre Hiroshima. El Hindenburg se tornó bola de fuego en el negro cielo. Roma ardió entre sollozos. El Maine se hundió y sus llamas fueron impasibles, imposibles. El gran incendio de Chicago iluminó de llantos el firmamento... y él sintió frío, un frío que quemaba.

Después vino la oscuridad.

***

Se levantó con frío, un frío que quemaba. Se le pasó pronto, sustituido por un mal dolor de cabeza. Sentía escombros despeñarse entre sus sienes. Incorporándose en la cama, le pareció haber vivido ya esa situación; un vago déjà vu, desapareciendo lento como el vaho del moribundo en un cristal.

Nuevos panteones
(bosquejo)

El Ojo vive en un templo, rodeado de piscinas y columnas, y no hay paredes ni cielo a su alrededor. El Ojo representa la conciencia y el conflicto, y el complot y la guerra, y el conocimiento y la tecnología y los sabotajes. A él se supeditan las mentes, y ve todo lo que ocurre en las brumas donde nacen las mentes. Él vio cuando nació La Palabra, con ella vio describir a la muerte. El Ojo es el testigo, pero también a quien van atadas las riendas.

La Fuerza vive al final de un horizonte que no termina, y no tiene forma y avanza siempre. Existe en un movimiento perpetuo, y a veces en su niebla, que se alumbra entre tormentas de arena, aparecen formas humanas y expresiones de la geometría y la geometría intencionada. En sus entrañas nacen catedrales y torres, y hay truenos y tormentas que llueven y se osan eternas. La Fuerza son todas las épocas que han existido, y en ella se crean las nuevas. Ella es la creación y el terreno donde surgen los tiempos, pero ella no es el tiempo, sino el avance que lo hace posible y que lo ejecuta.

Ambas son empujes opuestos y también absolutos, y ellas son el principio de la existencia. No hay equilibrio en mayor armonía, pues entre ellas se crea el concepto.

Las Voces existen en un plano inferior, y habitan entre los movimientos que han sido y entre los que aún no. Ellas comandan la existencia de órdenes, y son las maestras de los engaños. Su material es el mismo que el de las sombras, y coexisten como malas vecinas con La Palabra.

La Palabra contiene las dualidades, y es en ella donde se gobiernan las dicotomías y se agrietan y abren las divisiones entre las cosas. La Palabra es la dueña de todo lo que habita entre formas, y es dual en sí misma, sujeta por sus propias tendencias. Ella es la que dibuja las guerras, y en guerra vive, en pugna por aplacarse a sí misma.

Nueva Delhi & Asociados

Presten atención, pues los acontecimientos que aquí se relatan no son de asimilación sencilla para el lector apocado.

Los hechos aquí narrados, habrá quien oponga, son contrarios a todo buen juicio, pero se cuentan no obstante tal y como ocurrieron. Es verdad ampliamente reconocida, he de añadir, que el que a alguien le cueste creer los hechos es una bagatela a la que los hechos mismos tienden a prestar más bien poca atención.

Pero ya no les entretengo. Pasen y lean, pues. Avisados quedan.

El tren, proveniente del glorioso imperio prusiano, parte a las ocho de la mañana de la ciudad de Brandemburgo con dirección a Sebastopol. La mañana ha nacido fría y el tren llega con retraso. Los pasajeros se arremolinan en el andén, tiritando y blasfemando por lo bajo, a la espera de que el dichoso ferrocarril les permita de una vez resguardarse de aquellas temperaturas indecentes, y más de un caballero de los allí congregados hace notar su indignación por verse sometido a soportar condiciones como aquellas, impropias de gente de alta cuna, pues es bien sabido por todos que solamente los pobres pasan frío. La gente se impacienta y echa miradas a su alrededor, tratando en vano de apremiar a aquel tren que no llega.

Un rebaño de maletas espera en fila, obediente, mientras un mozo patea el suelo y a voz en cuello trata de venderles a los pasajeros la última edición del periódico vespertino. Un niño corretea en pantalones cortos entre la multitud mientras su madre, una señorita no lejos de allí, se echa miradas de reojo con un apuesto joven de bigote rubio que se fuma como quien no quiere la cosa un cigarro. A su lado, un orondo hombrecillo combate el sudor de su frente con un maltrecho pañuelo, mientras que junto a él un anciano brama que no hay derecho, a esto no hay derecho. Casi diez minutos de retraso lleva ya aquel tren, ¿y con qué derecho?

—Pronto llegará —replica un caballero de mediana edad que fuma hierático y porta su bombín y paraguas con distinción, y al que le parece que socavar tan a la ligera los frutos del progreso humano con quejas sobre un ferrocarril es cosa más propia de indios incivilizados que de gente de bien.

Por fin, el tren arriba a la estación con el habitual estrépito de los trenes que arriban a las estaciones: Gente que se baja del ferrocarril, maletas que son descargadas, maletas que ocupan el lugar de las anteriores, gente que se sube al ferrocarril. En la última fila del último vagón, un hombre se tapa con la chaqueta mientras duerme el sueño merecido y justo de aquel al que se le ha ido la mano con el aguardiente. Por lo demás, el vagón está vacío como un salón de baile antes de que dé comienzo la música.

Unos cuantos viajeros van llegando y tomando posiciones. La señorita negocia con su hijo un sitio junto a la ventana a cambio de que sea un buen chico y no se rezague. El joven del bigote rubio se establece tras ellos, pero no por nada en concreto, pues aunque hay otros veinte sitios libres aquel es tan bueno como cualquier otro. Por su parte, el caballero abre el periódico y se sienta pulcramente con su bombín y su paraguas en una de las primeras filas, y no lejos de allí el anciano protesta airadamente cuando el viajante le golpea con el brazo al pasar junto a él.

—¡Más cuidado!

—Uy, perdóneme usted, es que estos pasillos son tan estrechos…

—¡Pues más razón aún para tener cuidado!

—¿Le importaría a usted no levantar la voz? —intercede el caballero del bombín.

—¡Oiga usted, yo soy veterano de guerra y levanto la voz si me da la gana!

Mientras una escaramuza se desata a su espalda y el tren se pone en marcha, el joven de antes estima aquel momento tan bueno como cualquier otro para entablar conversación con la señorita que tiene delante.

—Da la impresión de que vamos a tener un viaje animado, ¿no le parece?

La señorita, actuando como si no supiera de sobra a quien tiene detrás, responde con tranquilidad.

—Más nos vale a todos llevarnos bien, porque este va a ser un viaje largo.

Tras un breve toma y daca de rubores, miradas y amagos de sonrisa, el joven se presenta enseñando mucho los dientes y extendiendo una mano.

—Mi nombre es Alexander Fritz.

—Yo soy Anna, y este es mi hijo Franz.

—Hola, Franz —replica el joven saludando al niño.

—Ese bigote parece un felpudo.

—¡Franz! —le recrimina su madre—. De veras que lo siento, Mr. Fritz, no sé de dónde saca este crío estas cosas.

—No pasa nada, son cosas de niños.

Franz le saca la lengua al joven y le pregunta a su madre si puede ir a mirar por la ventanilla trasera, a lo que esta accede siempre y cuando no moleste a los pasajeros. Después, el niño se levanta y se va, y se dan así por terminadas las presentaciones.

—¿Y se dirigen ustedes a Sebastopol para visitar al padre del niño? Si no es mucha indiscreción preguntar.

Anna se ruboriza un tanto, pero con un tono de voz algo más sombrío contesta que su marido, que en paz descanse, murió de tuberculosis al poco de nacer Franz.

—Nos dirigimos a Sebastopol para ver a mi hermana —concluye, mirando al joven con más descaro del que acostumbran las damas. Pero es que a fin de cuentas, al resto de caballeros allí reunidos ni les va ni les viene cómo dedica ella las miradas.

—Mis condolencias por tu marido, Anna. ¿Te importa que te tutee?

—Sólo si yo te puedo tutear a ti.

Después, Alexander le cuenta a Anna a qué se dedica.

—Anna, ¿a ti te gusta el cine?

A Anna lo cierto es que no le gusta mucho el cine.

—¡Uy sí! ¡Me encanta el cine!

—Entonces supongo que habrás escuchado hablar de *El rey sin castillo* —sonríe Alexander. Anna desconoce película alguna, pero desde luego no va a quedar como una ignorante o una inculta así de buenas a primeras.

—Algo he leído, sí.

Alexander, teatral, se la queda mirando.

—¿Y bien? ¿No te suena esto de nada? —pregunta al tiempo que gira la cara y se pone de perfil—. Seguramente me recordarás de alguna revista, aunque ahora no caigas en la cuenta.

La faz que tiene enfrente se ilumina entonces. Le encanta cuando las chicas empiezan a atar cabos.

—¿Tú sales en esa película? —rebrinca ella en el asiento. ¡Un actor! ¡Eso sí es impresionante!

—No solo salgo en ella, Anna, soy el protagonista. No debería irme de la lengua, pero en menos de un mes podrás ver mi estampa desfilando por los más importantes cines de Europa.

Anna, que no se cree aún la suerte que ha tenido, le pide a Alexander que le cuente todo sobre el mundo del espectáculo. ¡Con lo que le gusta a ella el cine!

Al fondo del vagón, Franz ve pasar una vaca tras otra mientras el tren avanza con su traqueteo lento y monótono. A un par de asientos de allí, el viajante suda y suda a destajo, orondo todo él, y en su cabeza comienza a formarse la duda de si es ya el momento de jubilar el pañuelo y empezar a secarse el sudor con la manga de la chaqueta. Mientras se lo piensa, saca el reloj del bolsillo y comprueba que ya es casi la hora de las pastillas de por la mañana. Menos mal que las tiene etiquetadas en el maletín para discernir las de después del almuerzo de las de después de la cena, o las del estómago de las de la alergia o las de cuando no puede dormir, porque si no menudo lío.

—¿Por qué sudas tanto?

El viajante se vuelve para mirar a aquel niño en pantalones cortos que le observa fijamente.

—Bueno eh... pues verás, es que soy una persona con una salud muy delicada. Tengo hipertensión, y también tengo...

—¿Qué es hiperensión?

—Hipertensión.

—¿Qué es hipertersión?

—Hipert... No estoy seguro de que seas lo suficientemente mayor como para entender lo que...

—¿Es por eso que estás tan gordo?

El viajante mira a su alrededor un tanto escandalizado, y sin poder evitarlo comienza a tartamudear ligeramente como siempre le pasa cuando se pone nervioso.

—Yo... eh... soy tan robusto porque... bu...eno porque tengo un problema de retención de li...líquidos, y por eso tengo qu...que tomar estas pastillas que te...

—¿Me das una pastilla?

—¿Que si...? Nn... no, eso no va a ser posible. Desafortuna... da... damente las tengo contadas, y las necesito para vi... vivir. Mi salud pende de un hi... hilo sin ellas. ¿Oye, no deberías irte con tu madre o algo así?

Al otro extremo del vagón la puerta se abre y entra el revisor, un hombre de espeso bigote gris y pulcro uniforme negro, que se persona con un tambaleo y echa un rápido vistazo a los allí presentes: Un caballero leyendo el periódico con pinta de tener la cartera bien llena; una pareja de tortolitos riéndose de una forma un tanto cursi; un viejo mirando por la ventana; un gordo hablando con un niño, y al final del todo Bernd durmiendo la mona en su sitio de siempre. Cuando acabe la ronda habrá terminado ya hasta llegar a Sebastopol, así que bien podría quedarse con ellos allí un rato y amenizarles el viaje con alguna de sus historias (a los viajeros les encantan), y además él tiene unas cuantas, pues es bien sabido que trabajando en un ferrocarril nunca paran de pasarle a uno cosas. El deber, eso sí, viene primero. Confraternizar luego.

—¿Su billete?
—Tome usted.
—¿Su billete?
—¡Y claro, entonces le tuve que decir que se había equivocado de habitación!
—¿Su billete?
—Uy pero te ha pasado a ti de todo, Alexander... el mío y el de mi hijo, aquí tiene.
—¿Su billete?
—¡Vergüenza debería darle a ustedes, cobrar el billete a un veterano de guerra, fíjese lo que le digo! ¡Y más aún habiendo llegado el tren una hora tarde!
—¿Su billete?
—To... tome usted.

Volviendo al inicio del vagón y sin esperar respuesta, el revisor pregunta que si hay sitio libre y se sienta junto al caballero del periódico. Este, qué remedio, frunce el ceño en su dirección y no dice nada.

—¿Qué periódico está usted leyendo?
—El *Heraldo,* como puede usted ver.

—Ah, el *Heraldo,* muchos de los viajeros que cogen este tren suelen leer ese periódico. Como usted comprenderá yo conozco a muchos viajeros trabajando de lo que trabajo.

—Ya me figuro.

—Veintitrés años que llevo yo de lo mío, trabajando en este tren, ¿qué le parece?

—Hmm.

—En veintitrés años, como usted entenderá, ha visto uno de todo. Desde vacas pariendo entre las vías hasta casi una operación a corazón abierto. A un pasajero, se entiende, no a una vaca, je je. De todo ha visto uno en este tren, ya se lo digo yo, porque otra cosa no, pero tiempo desde luego que ha tenido.

—Hmmmm.

—¿Y qué cuentan las noticias hoy? ¿Algún archiduque muerto? Ja ja ja —el revisor no sabe muy bien por qué pero siempre hace la misma broma. A los pasajeros les encanta.

—No, ninguno que yo sepa, a lo mejor si consigo terminar de leerlo me podré enterar.

El revisor se repantiga en el asiento con satisfacción; pocas cosas hay que le gusten más que una buena conversación con gente interesante. Trabajar en un tren puede ser duro, qué duda cabe, pero sin duda también le da a uno muchos gustos.

—¿Y a qué se dedica usted, buen hombre?

—¿Yo? Soy el arquitecto personal del duque de Tsaritsyn. —El caballero yergue el mentón mientras se pronuncia, dándose ni más ni menos importancia que la adecuada, pues es bien sabido que la falsa modestia no es propia de la gente de posición ni de quienes se dedican a una profesión envidiable como la suya.

—¿Tsaritsyn? Vaya, pues eso está muy bien.

—¿Ha estado usted allí? Yo construí por encargo expreso del duque una de las escalinatas principales del…

—Tengo yo un primo viviendo en Tsaritsyn —continúa el revisor—, un chaval muy espabilado. Fíjese usted que lo contrataron de mozo en una pescadería y en cuestión de un año y medio ya es dueño de la suya propia y está a punto de abrir otra en Berlín.

El caballero arruga el gesto, molesto por ver interrumpida la descripción de uno de los más refinados trabajos de su carrera con explicaciones sobre la pescadería del primo de un empleaducho del ferrocarril. Eso le pasa a uno, está claro, por dar pie al servicio a cogerse confianzas.

El revisor, mientras tanto, animado por el indudable interés que muestra su audiencia, prosigue explicando cómo su primo ha ido escalando meteóricamente hasta la cima. Si algo le ha enseñado su experiencia como empleado del ferrocarril, sin duda, es que la gente siempre sabe apreciar una buena historia.

Al fondo del vagón, Franz, a quien hace tiempo desde que su madre vigilara por última vez, se cansa ya de ver pasar vacas o de hablar con el viajante sudoroso, quien por otra parte resulta ser un señor de lo más aburrido que solo sabe parlotear sobre enfermedades y medicinas. Acercándose a aquel viejo que mira por la ventana, le saluda y se lo queda mirando.

—¿Y tú qué quieres, niño?

Al anciano no le gustan los niños; van siempre con las manos pringosas, las narices llenas de mocos y nunca dejan de decir tonterías. Como casi todos los adultos, por otra parte. Y si no solo hay que ver al señorito aquel de la primera fila, creyéndose muy importante con su bigotito y su periódico, diciéndole a un veterano de guerra como él cómo comportarse. Entre otras cosas, haber luchado por su país debería darle a uno el derecho de que los demás no se metan en sus asuntos. ¡Ya está bien, hombre!

—¿Qué estás mirando? —pregunta Franz—. ¿A las vacas? Yo siempre que viajo en tren miro a las vacas por la ventana.

—No, no estoy mirando las vacas. No veo qué interés puede tener mirar a las vacas.

—A mí me gustan.

El anciano responde con un gruñido y Franz le hace una nueva pregunta.

—¿Por qué eres tan viejo?

—Oye niño, ¿por qué no te vas a…?

—Mi abuelo también es viejo pero es mucho menos viejo que tú. Tu cara está mucho más arrugada que la suya.

—Sí, pero yo he estado en la guerra y seguro que tu abuelo no.

—Ya, eso es verdad, mi abuelo nunca fue a la guerra porque según dice mi abuela ha sido toda su vida un infeliz que no valía ni para que le pegasen tiros los austrohúngaros.

—¿Bueno pero todo eso a mí qué me importa?

—¿Y has matado a mucha gente en la guerra?

El anciano, como siempre le pasa cuando sale el tema, se relaja un poco al escuchar hablar de la guerra. A fin de cuentas, un niño con interés por la guerra demuestra viveza de espíritu y mundo interior.

—Pues no me llamaban El Tigre de la Selva Negra por nada, niño.

—¿Te llamaban así porque tenías un tigre? —pregunta Franz abriendo mucho los ojos. A Franz le encantan los tigres.

—¿Que si tenía un ti…? ¡No hombre, no! ¡Me llamaban así porque yo solo maté a más de 150 soldados enemigos! ¡A ver si te piensas que un apodo como ese se lo ponen a uno a la ligera!

Aquello es mucho más divertido que hablar sobre medicamentos o sobre por qué el señor gordo suda tanto. Franz se sienta junto al viejo y le pide que le cuente aventuras, y este accede, a regañadientes primero, y cogiendo más carrerilla que un proyector de cine después.

En ese momento la puerta del vagón, que se abre de nuevo, da paso a un mozo precedido de un carrito cargado de diversos artículos: tabaco, periódicos, revistas, limonada, golosinas variadas e incluso flores para las damas. Empujando el carro con calma, el mozo se pregunta si estos pasajeros van a ser tan tacaños como lo han sido los anteriores. Si Bernd estuviera despierto, allá en la última fila, al menos podría venderle una cerveza o algo de limonada para la resaca. Bernd coge ese mismo tren por lo menos tres o cuatro veces a la semana, y siempre que lo ve o está borracho como una cuba, o durmiendo la cogorza medio inconsciente, o con una resaca de caballo. A veces incluso las tres cosas juntas y al mismo tiempo.

La ronda no se da mal del todo. A Franz, que ha dejado al viejo a media explicación de cómo abrió una vez en canal al corcel de un general, su madre le compra chocolate, y a esta Alexander, después de insistir, le compra una rosa. Por su parte, el caballero del bombín se zafa un momento y se compra cigarrillos.

La suma de las adquisiciones convierte la incursión del mozo en todo un éxito, y eso aún a la espera de que Bernd se despierte con la cabeza como una maraca y la boca como si le hubieran vaciado un cenicero dentro. Satisfecho con el trabajo bien hecho, el mozo aparca el carrito junto a la puerta y se sienta en la primera fila contando el dinero y estirando las piernas mientras el tren deja vaca tras vaca a su paso. Cuando termina, rebusca en el bolsillo de su chaqueta y saca el extraño paquete de chicles que le dio aquel hindú antes de bajarse en la estación de Brandemburgo.

—¿Qué tienes ahí? —le pregunta el niño de hace un momento, quien se ha situado a su lado y lo mira fijamente con la cara cubierta de chocolate. Qué crío tan salao.

—Pues es un paquete de chicles que me dio un pasajero que se bajó en la estación anterior. Nunca había visto uno similar a este. ¿A que es raro?

El mozo se lo tiende y Franz lo coge con sumo cuidado, inspeccionándolo con atención. En verdad es aquel un paquete de chicles extraño:

NUEVA DELHI & ASOCIADOS

¡El chicle más resistente del mundo!

Precaución:
Rogamos que se abstenga de inflar pompas en espacios cerrados bajo ningún concepto. **NUEVA DELHI & ASOCIADOS** *no se hace responsable de ningún accidente derivado del consumo de sus productos.*

—El pasajero que me lo dio me dijo que esperase hasta bajarme del tren para comerme uno de estos chicles, pero si te digo la verdad, a mí me apetece uno ahora —comenta el mozo en tono burlón.

—¿Me das uno?

—Bueno, primero déjame a mí comprobar si realmente hay para tanto y luego ya veremos.

El mozo rompe el envoltorio y saca uno de aquellos alargados chicles de color marrón, llevándoselo después a la boca. Una vez fuera del paquete y al masticarlo no se diferenciaba en gran cosa del resto de chicles que él mismo tenía en el carro, la verdad. Seguramente aquel hindú se las estaba dando de listo.

—Vamos a ver de qué va todo ese asunto de no hacer pompas en lugares cerrados —le dice a Franz mientras le guiña un ojo y coloca los labios para dar forma al chicle.

Los parlamentos allí existentes, ya fueran sobre líneas de suministro de pescado y niños maleducados, o hipoglucemia y platós de cine que se incendian, se ven interrumpidos en tromba por un rechinar agudo, agudísimo, un sonido que hace temblar los cristales de las ventanas y se le incrusta en los oídos a todos los allí presentes que no están durmiendo la mona. El ruido que haría un zapato gigante de ser estrujado y retorcido a conciencia por un par de manos absurdamente grandes. Algo más o menos tal que así:

¡¡¡ÑÑÑÑÑÑÑÑÑÑÑSSSSSSSSSSS SSSSSSSSSSSSSSSSSSSCCCCCCCCCCCCC CHHHHHHHHHHHHHHHH!!!

Todas las miradas se vuelven hacia el mozo del carrito, de cuya boca y sin que pueda hacer nada él por evitarlo, una gruesa pompa de chicle marrón surge y se hincha y alcanza en segundos el diámetro y envergadura de una sombrilla de playa abierta de par en par. El avance fulgurante del chicle amaina un poco entonces, como una rueda que se pincha, pero ni se para ni desiste en su escándalo.

—¡Hala! ¡Mamá, mira!

—¿Pero bueno, pero qué clase de majadería es esta? ¡Le exijo ahora mismo que pare esta necedad, joven! ¡Algunos de los aquí presentes somos personas respetables y no estamos dispuestos a ser molestados con este tipo de chaladuras!

—¡Franz! ¡Aléjate de ahí, hijo!

—¿¡Pero se puede saber qué clase de estruendo es ese!? ¡Hasta bajo una carga de caballería estaba uno más tranquilo que en este tren!

En las últimas filas el viajante entrecierra los ojos en dirección al alboroto, discerniendo apenas una gran mancha oscura. Su vista, sin duda, va de mal en peor a cada vaca que pasa.

El revisor, que se levanta de su asiento y se acerca con temor, lo hace también con cierta satisfacción por ver sus servicios requeridos tan de improviso. Un revisor tiene que estar siempre listo para atajar cualquier problema que pueda surgir en su tren, y eso lo sabe él mejor que nadie.

—¡Timothy! —exclama en referencia al mozo, que se ha puesto ahora de pie para soportar mejor el peso de la pompa, la cual no ceja y sigue creciendo y se apoya ya sobre el suelo—. ¡Detente ahora mismo! ¡Estás molestando a los viajeros!

—Nopfffueffdopffffpafffrarfffflo! —mascula Timothy con la cara roja y moviendo mucho los brazos.

—¿Qué ha dicho? —pregunta el revisor un poco para el resto y un poco para sí mismo.

El ruido prosigue, y la pompa, huraña, alcanza ya casi la misma altura que el mozo. Ahora ya no solo el revisor se acerca hasta allí para observar qué es todo ese barullo. Anna agarra a Franz, que tras tocar el chicle con un dedo se dispone a darle una patada por ver qué pasa, mientras Alexander se interpone entre ellos y aquella cosa mostrando una valentía más fingida que real. En última línea, el viajero suda de nuevo a todo trapo, orondísimo todo él, tratando en vano de recordar dónde ha dejado su pañuelo. El anciano es el único que decide no moverse de su sitio porque él no ha pagado un billete de tren para ponerse a mirar tonterías, y en caso de querer mirar tonterías ya las puede ver perfectamente desde donde está sentado.

—¡Este chico se ha vuelto loco! ¡Señor revisor, le exijo ahora mismo que ponga fin a esta astracanada! ¡O tenga muy claro que los abogados del duque de Tsaritsyn van a tener unas cuantas palabras con la empresa de ferrocarriles y por extensión con su persona!

¡¡¡¡ÑÑÑÑÑÑSSSSSSSSSSSSSSSSSSSSCCCCCC CHHHHHHHHHHHHHHHH!!!!!

El chicle redobla el envite y el estrépito, y empuja a Timothy hacia atrás y poco menos que le hace caer en brazos del revisor. Acto seguido, el guirigay se estabiliza y se reduce, pero no se apaga.

Tras las palabras del caballero, el revisor, poco acostumbrado a verse bajo tela de juicio, se desembaraza como puede del mozo y le pregunta que a qué demonios está jugando.

—¡Nopfffuefffdo! ¡Nopfffuefffdopffffpafffrarfffflo! —responde este.

—¿Qué ha dicho?

—Ha dicho que no puede pararlo —responde Franz, disfrutando del que es sin duda el mejor viaje en tren de su vida.

—No, no, estoy seguro de que no es eso. Yo por mi profesión, como ustedes comprenderán, veo a este chiquillo todos los días. Timothy, ¿qué estás intentando decir?

El chicle continúa a lo suyo, reclamando y requisando espacio, y aunque ninguno de los allí presentes (quizás Franz sí) quiere pensar al respecto, acercándose ya peligrosamente al techo.

—¡Nopfffuefffdopffffpafffrarfffflo! ¡Nopfffuefffdo!

—Yo creo que está diciendo algo del carro ¿no les parece a ustedes?

—Está diciendo que no puede para...

—Franz, cariño, deja hablar a los mayores.

—¿Alguno tiene papel y lápiz? —inquiere Alexander mirando a su alrededor y encogiéndose de hombros—. Quizás así salgamos de dudas.

—Yo te... tengo —contesta el viajante, tendiéndole una temblorosa libreta y un no menos agitado lápiz.

Alexander abre la libreta por una página en blanco y se la facilita al mozo para que escriba en ella. Timothy a estas alturas tiene ya la cara de color rojo púrpura y no sabe muy bien cómo colocar el cuerpo, aunque apoyado contra la pompa y girando un poco la cabeza así hacia un lado resulte sorprendentemente cómodo. De la mejor forma posible, se las ingenia para garabatear lo siguiente:

¡No puedo pararlo!

—¡En efecto! Como sospechábamos, el pobre Timothy no puede pararlo —exclama el revisor.
Sobreviene entonces un murmullo colectivo, en el que miran todos con aprensión aquella pompa que llega ya al techo y continúa en su avance implacable. De un momento a otro, si eso sigue así, empezará a empujarlos hacia el final del vagón. El viajante sudante comenta con un atisbo de pánico que aún quedan casi tres horas de viaje hasta Sebastopol, y de pronto Anna cae en la cuenta de algo que, por obvio, se les había pasado a todos por alto.
—¡Oh Dios mío! ¡La puerta está del otro lado!
Las tripas de los allí presentes respingan a un tiempo, y llega entonces la comprensión de que, por extraño que parezca, una inexorable pompa de chicle que no para de crecer los acaba de encerrar a todos dentro de un vagón de tren. Un conato de incendio y de alarma se extiende y nadie sabe muy bien qué hacer hasta que un bramido se abre paso:
—¡Pues la reventamos y punto! ¡Menudo problema!
Todos se vuelven para mirar al viejo, que ahora sí se ha sumado al grupo y observa al chicle y al mozo con ojo feroz.
—¡Y si hace falta abrir en canal al chico, pues se abre!
La llegada de estas palabras es recibida con cierto entusiasmo por el pasaje, con la excepción de Timothy, que farfulla algo ininteligible pero aún con todo se hace entender.

—¿Alguno tiene algo que podamos usar? —inquiere el revisor tratando de recobrar su lugar al mando de la situación.

—Yo tengo aquí mi paraguas —responde el caballero del periódico con vacilación y, todo sea dicho de paso, indignación menguante.

Alexander ve en esto su gran momento de gloria y se muestra voluntario para realizar la operación (pues a pesar de que le tiemblan las piernas, a las viudas les encantan los valientes), a lo que los demás acceden sin más que una tímida objeción por parte del revisor, a quien no le parece correcto que uno de sus pasajeros tenga que hacerse responsable de semejante tarea, pero al que desafortunadamente le duele el codo por diversos motivos propios de su profesión. Entonces la pompa redobla su chirrido, antipática, y presiona contra el techo y los empuja todos para atrás y le arranca al viajante un chillido de auténtico pavor, convirtiendo aquello por un momento en un sainete y un sindiós.

¡¡¡¡ÑÑÑÑÑSSSSSSSSSSSSSSSSSSSCCCCCCCHHHHHHHHHHHHHHHH!!!!!

Tras el revuelo y el retroceso, Alexander se recompone un poco e inspira hondo. Empuñando el paraguas como si fuera una bayoneta, les dice a Anna y a Franz que se aparten, y a Timothy que se haga a un lado en la medida de lo posible. El resto de pasajeros no necesitan ser exhortados al respecto pues se encuentran ya todos a una distancia más que prudencial. Al fondo del vagón, Bernd continúa tapado con su chaqueta durmiendo la mona, y por la ventana del tren hace tiempo ya que no se ve ninguna vaca.

Cae el silencio en el vagón, roto apenas por el ruido del chicle que se estira y por algún que otro ronquido ocasional proveniente desde la última fila. Alexander inspira hondo, se persigna mentalmente sin saber muy bien qué demonios está haciendo, y embiste con energía contra aquella bola de chicle más grande que él. El paraguas se hunde hasta casi la empuñadura y por un momento parece perforar la gruesa capa marrón de la burbuja. Los allí presentes abren mucho los ojos con mal disimulada expresión de júbilo hasta que, de improviso, Alexander sale despedido por donde ha venido como si lo hubieran masticado y también escupido, y por poco se abre la cabeza tras aterrizar sobre sus posaderas y dar un par de vueltas de campana.

—¡Vaya trompazo!

—¡Ay, Alexander! ¿Te encuentras bien?

—¡Mi paraguas está totalmente destrozado!

—¡Pfffsocpffdorffffrrfffroo!!

Como en respuesta al ataque, la burbuja se infla y se hincha, reculando Timothy con ella varios pasos, y antes de que se den cuenta solo queda ya medio vagón sin ocupar por aquel chicle extra resistente. Los pasajeros, aglutinados en la última fila, se esfuerzan en pensar con claridad sin lograrlo del todo.

—La culpa la tiene usted por sugerirnos lo de reventar esa burbuja, fíjese lo que le digo —le recrimina el caballero al anciano señalándolo con el dedo.

—¡Yo soy un veterano de guerra y usted a mí no me habla así porque le ando en la cara!

¡¡¡¡ÑÑÑÑÑÑSSSSSSSSSSSSSSSSSSSSCCCCCC CHHHHHHHHHHHHHHHH!!!!!

—¡Caballeros! ¡Por favor! ¡Que hay mujeres delante!

—¡Usted se calla! —le responde el viejo.

—Ay, creo que voy a sufrir un infarto —exclama el viajante, sudando por cuatro y totalmente fuera ya de sus casillas—. ¡Mi corazón es demasiado delicado para soportar esto!

¡¡¡¡ÑÑÑÑÑÑÑSSSSSSSSSSSSSSSSSSSSSSSSS CCCCCCCCCCCCCCCCCCC CHHHHHHHHHHHHHHHH!!!!!

Vuelta el chicle a expandirse, malencarado y ruidoso, mientras que todavía desde el suelo, Alexander les recrimina su total falta de saber estar delante de una viuda.
—¿Qué significa viuda, mamá?
—Calla, Franz, ahora no.
—¿Y quién es usted, si puede saberse? —le pregunta el caballero, desprovisto ya de toda compostura.
Alexander hincha el pecho y responde que él es Alexander Fritz, actor famoso, y el caballero le replica que eso a él le da igual, que a él ningún mocoso le da lecciones sobre cómo comportarse porque él es el arquitecto personal de un duque, y la burbuja redobla entonces el chirrido y la mala catadura y la invasión de metros cuadrados...

¡¡¡¡ÑÑÑÑÑÑÑSSSSSSSSSSSSSSSSSSSSSSSSS CCCCCCCCCCCCCCCCCCC CHHHHHHHHHHHHHHHH!!!!!

... y todo el mundo se encoge como pulgas pero nadie se aleja más de ella porque ya no queda de hecho espacio físico para hacerlo.
—Bueno, ¿pero qué es todo este jaleo? —pregunta de pronto Bernd, el borrachín, saliendo de debajo de su chaqueta con el pelo como una pajarera, la voz pastosa, y aspecto de encontrarse fatal.
Todos se le quedan mirando sin saber muy bien qué clase de explicación dar, y tras un par de segundos en blanco, Bernd echa una ojeada a Timothy, allí pegado a una pompa de chicle más grande que él, y a un montón de extraños y al revisor arremolinados junto a él en la última fila, y tras preguntarle

a este que qué tal el nuevo empleo y que qué tal su primera semana, vuelve a taparse con la chaqueta y se queda otra vez dormido.

—¿Primera semana? Creía que llevaba usted casi veintitrés años trabajando en este tren —acusa el caballero arquitecto al revisor. A este se le pone el gesto culpable, y con una sonrisa no muy convincente replica que, bueno, je je, a lo mejor había exagerado un poco con las fechas.

—Quiere usted decir que se lo inventó.

—También se podría decir así, sí —replica el revisor, bajando la voz y la mirada al suelo, y lamentando el mal tiento de Bernd y esa manía compartida por los borrachos del mundo de decir siempre que pueden la verdad.

En ese momento, y moviendo mucho los brazos, Timothy produce un nuevo ruido que no habían escuchado antes, una contundente ventosidad que suena más o menos como el pitorro estropeado de una olla a presión:

... ppppppppppppffffffffffffffffffffssssssssssssssssss shhhhhhhhhhhhh...

—¡Oiga usted joven!
—¡Ay por dios!
—¡Hala mamá! ¡Como el abuelo!
—¡Es usted un desaprensivo y un cochino, joven mío!

Ante el barullo general en sus diversas formas, Timothy insiste en que le acerquen el papel y el lápiz.

¡A mí no me miren, esto lo ha hecho el chicle por su cuenta!

—¿Por su cuenta? ¡Deja de tomarnos el pelo chaval! —le recrimina Alexander, todavía dolorido en sus traseras y en su ego.

¡Oye, a ver si te piensas que yo estoy aquí por gusto, tío listo!

—Bu... bueno, tampoco se pongan ustedes así.
—¡Usted se calla!
—¿Bueno, pero entonces aparte de seguir cacareando, ahora qué hacemos? Porque algo habrá que hacer —pregunta Anna.

Eso digo yo, ¡soy demasiado joven para morir pegado a un chicle!, ¡coñe!

—Tápate los oídos, Franz.
—¡Yo digo que lo abramos en canal!
—¡Por favor! ¡Caballeros, por favor! —intercede el revisor, sobrepasado ya, mal que le pese, por los acontecimientos.

Franz mira en ese momento pasar una vaca por la ventana, y los demás pasajeros, como si callaran para coger impulso de nuevo, contemplan la rotunda mole que se extiende hacia ellos, calculando mentalmente que sin duda falta bastante menos para que los empotre contra la pared y los asfixie que para llegar a Sebastopol.

Al viajante, que lleva ya un rato largo sudando como un minero, se le enciende una duda.

—Ti... Timothy. Si no es mucha molestia pre... guntar. ¿Qué has querido decir con eso de que el chicle ha expulsado ese... bueno, ese aire, eeeh, por su cuenta?

Timothy se encoge de hombros como buenamente puede.

A mí que me registren, esta cosa tiene vida propia. De repente le dio por ahí y se puso a soplar.

—Pe...¿pero eso a qué atiende?
Timothy se encoge de nuevo de hombros y señala al revisor,

que lo mira con gesto culpable pero sin entender bien del todo.
Fue como si respondiera a lo que había dicho él.

—¿Lo que dijo el revisor? ¿Pero qué está diciendo?
—¡Yo digo que abramos al chico en canal y nos dejemos de perder el tiempo escribiendo notitas!

El desconcierto recorre el tren.

—¿Está este chico acaso diciendo que el chicle se ha hinchado por culpa del revisor?
—Pues eso es lo que parece.
—¡Pues entonces yo digo que también abramos al revisor en canal! ¡Por si acaso!
—Caballeros, por favor se lo pido, discurramos todo este asunto con un poco más de serenidad —replica el revisor levantando las manos con gran alarma—. Estoy seguro de que no hay necesidad de abrir a nadie en canal.
—¡Pues yo digo que sí! —exclama el viejo.
—¡Usted déjese ya de pegar voces y de decir sandeces! —increpa el caballero arquitecto.
—¡Óigame! ¡Yo he estado en la guerra y digo lo que me da la gana! ¡Y las voces se las voy a pegar yo a usted en el oído como no se calle!

¡¡¡¡ÑÑÑÑÑÑÑSSSSSSSSSSSSSSSSSSSSSSSSS CCCCCCCCCCCCCCCCCCCC CHHHHHHHHHHHHHHHH!!!!!

La pompa se redobla, arisca y enervada y encimando todavía más, y todos pegan un respingo y el orondo viajante exclama que necesita un nuevo pañuelo y Franz le pregunta a su madre que si es verdad que van a morir todos, porque a él no le apetece morirse porque prefiere llegar a Sebastopol y ver a su padre, que en la carta que le mandó el otro día le prometió llevarlo al circo a ver a los tigres.

—¿Qué es lo que está diciendo tu hijo, Anna? —pregunta Alexander—. ¡Me habías dicho que tu marido había muerto de tuberculosis hacía años!

Anna, sin saber muy bien qué cara poner, confiesa que en realidad su marido está más sano que una rosa, ante lo que Alexander pone ojos como platos mientras de fondo, apuntillando, Timothy expele una trabajosa ventosidad.

... ppppppppppppffffffffffffffffffffsssssssssssssssssss shhhhhhhhhhhhh...

El resto de los allí presentes, con tanto frente abierto, ha dejado ya de tener muy claro a cuál de ellos deberían estarle prestando atención.

—¡No me lo puedo creer! ¿Y cuándo pretendías compartir esa información conmigo, si puede saberse? ¿Al presentármelo en la estación?

—Bueno, ¿qué quieres que te diga, Alexander? Ahora mismo tenemos cosas más importantes de las que ocuparnos que de mi marido ¿no te parece?

Timothy agita mucho los brazos y se señala las posaderas, como dando a entender que de allí había surgido un viento de nuevo.

—Gracias, Timothy, nos habíamos percatado.

—Pero y eso qué significa exactamente. ¿Esa cosa por qué sopla?

Pues vaya usted a saber. Es como si a la cosa esta le hubiera parecido bien que la señorita le diera calabazas al tío ese.

—Yo no le he dado calabazas a nadie —replica Anna levantando mucho el mentón—. Me he limitado a decir la verdad.

—Sí, por variar un poco, ¿no?

—Mira, Alexander, te agradecería que no me des el viaje actuando como una solterona despechada, haz el favor.

Franz aprovecha ese momento para acercarse a Alexander y propinarle una patada en la espinilla, sofocando de paso cualquier intento de réplica.

—Pues yo juraría que esa cosa se mueve ahora más lento. No sé a ustedes qué les parece —intercede el revisor, al que las riñas del pasaje tienen casi más preocupado que su propio futuro.

Los ojos de vuelta al chicle, que ahora más que belicoso parece somnoliento, menos voraz.

—Oiga se... ñorita, ¿qué fue eso último que dijo?

—¿Lo de la solterona?

—No, eso no, lo otro.

—Pues que yo no le he dado calabazas a nadie. Me he limitado a decir la verdad, ni más ni menos. O a ver ustedes qué se piensan.

El viajante sudante, que ahora también es pensante, enfurruña mucho el gesto y se queda muy muy quieto, como hibernando.

—¿Y a uste... des no les da esto qué pensar? —pregunta entonces al vuelo.

Una remesa de vacas se deja ver fugazmente por la ventana, y el resto de concurrentes se miran unos a otros sin tener del todo claro en qué se supone que deberían estar pensando.

—Llámenme loco, pero tengo una te... oría. A juzgar por su compor... tamiento y por lo que nos ha dicho este chico, parecie... ra que esta cosa reaccionara ante lo que se dice en este tr... tren. ¿No les pa... rece?

Tras un instante en el que nadie se atreve a decir nada y se rumian sus palabras, alguien dice por fin algo.

—¡Usted a callar, gordo!

—¡Por favor! ¡Caballeros! ¡Mantengan las formas! —implora el revisor, cuya autoridad moral se ha visto seriamente afectada pero su sentido del deber todavía no.

—¡Y usted también a callar! ¡Habría que ver si en realidad es usted siquiera revisor! ¡A los cuentistas como usted cuando estaba yo en la guerra los colgábamos por los pulgares!

¡¡¡¡¡ÑÑÑÑÑÑSSSSSSSSSSSSSSSSSSSSSSSSS CCCCCCCCCCCCCCCCCCC CHHHHHHHHHHHHHHHH!!!!!

Vuelta aquella cosa a enfurecerse y a retomar el ritmo y crecer rauda. Más chicle, más chirrido y más pánico desbocado. De un momento a otro solo les hará falta estirar el brazo para palmear a aquella burbuja extra resistente desde allí donde se encuentran, apretados como sardinas al fondo del vagón.

Pues oiga usted, yo estoy con lo que dice el gordo. Cada vez que alguien ha admitido, dios les libre, haber contado una verdad en este tren, esta cosa se ha puesto a soltar aire. Pero cuando se las dan de importantes, que es cada dos por tres, esto se hincha y se hincha, y así nos luce el pelo.

—¿Entonces lo que está sugiriendo este chico es que este tren está lleno de embusteros? —pregunta Anna.

En mi opinión, a estas alturas está bastante claro que sí.

—Yo de eso ya había empezado a darme cuenta hace rato —musita Alexander con expresión dolida.

El caballero arquitecto, quien hace un rato que ve ya con buenos ojos el diálogo abierto con las clases proletarias, intercede.

—Por mucho que me cueste creer semejante teoría, resulta evidente que disponemos ya de pruebas suficientes para secundarla, o al menos para darle un voto de confianza, por lo que sugiero que cualquiera de los presentes en este vagón con algo que aclararle al resto se dé prisa por hacerlo. Quizás si entre todos… entre todos ustedes son capaces de comenzar a decir la verdad podremos hacer que esta cosa expulse el aire suficiente eeehhmm, a través de este joven, como para frenarla lo necesario y llegar todos de una pieza a nuestro destino.

Aquellas son palabras que calan en la audiencia, a excepción de Bernd, que duerme bajo su chaqueta a pierna suelta, y de Franz, que aunque preocupado por la perspectiva de perderse el viaje con su padre a ver a los tigres, se lo está pasando moderadamente bien. Los demás hace ya tiempo que sudan con profusión y sin que haya pañuelo alguno que los salve.

El chicle, por su parte, sigue a lo suyo, creciendo como si tuviera prisa por estar en algún sitio.

¡Oigan, que no tenemos todo el día!
¡O se ponen ustedes a largar o de esta no la contamos!

Empujado por el pánico del momento, el revisor exclama que de acuerdo, que él será el primer voluntario porque después de todo y aunque sólo sea desde hace una semana, aquel sigue siendo su tren. Inspirando entonces hondo y con resolución, exclama:

—¡Ni mi primo es dueño de una pescadería ni mucho menos va a abrir una en Berlín! ¡De hecho, mi primo nunca ha estado en Berlín! ¡Y esto es así porque yo no tengo primo alguno! ¡Lo de mi primo no es más que una anécdota que me invento para amenizarles el trayecto a los pasajeros! ¡Y además no me duele el codo, eso no fue más que vergonzosa excusa que puse porque me daba miedo clavarle el paraguas a esta cosa! ¡Ya está, ya lo he dicho!

... ppppppppppppffffffffffffffffffffssssssssssssssssss shhhhhhhhhhhhh...

—¡Bravo! ¡Así se hace! —celebraron algunas voces la ventosidad.

¡El siguiente! ¡Hay que seguir frenando esta cosa! P.D. Esa ha sido de las confesiones más tristes que he escuchado en mi vida.

Las buenas noticias se mezclan con las malas al constatar que las palabras del revisor no van a ser, por sí solas, ni mucho menos suficientes para frenar aquel avance: alguien más tiene que confesar.

—¡Pues a mí que nadie me mire! —grita el viejo—. ¡Yo no he dicho una mentira en mi vida, y menos aún en este tren!

¡¡¡¡ÑÑÑÑÑÑÑSSSSSSSSSSSSSSSSSSSSSSSSSS CCCCCCCCCCCCCCCCCCCC CHHHHHHHHHHHHHHHH!!!!!

Allá se va todo el progreso, derechito por el sumidero
—¡Por favor, que nadie vuelva a abrir la boca a menos que tenga algo que confesar!
—Especialmente si es para inventarse batallitas de guerra —comenta el caballero por lo bajo.
—¡Y eso qué significa, a ver!
—¡Bueno, ya está bien! ¡Esto no tiene sentido! —intercede de pronto Alexander, harto de la situación—. ¡Yo no soy un actor famoso! ¿De acuerdo? Acudí en una ocasión a hacer las pruebas para una película y fui rechazado por mis pésimas dotes interpretativas. Desde entonces les digo a todas las chicas que conozco que estoy a punto de estrenar una película como protagonista porque a todas les encanta escucharlo. Y todas

esas anécdotas sobre el rodaje que conté también eran inventadas. ¡En realidad trabajo vendiendo seguros!

... ppppppppppppffffffffffffffffffffssssssssssssssssss shhhhhhhhhhhhh...

Anna recibe aquello regular: le llama embustero y le atiza con el bolso, errando por accidente y alcanzando de rebote al revisor en la cara. Alexander le replica que mira quién va a hablar y Timothy envía una nueva nota que a nadie le da tiempo a leer.
—¡Me invento lo de que tengo problemas de salud porque me gusta llamar la atención! ¡He visto a ocho doctores diferentes y todos han coincidido en que tengo la salud de un roble, y que lo de sudar tanto es algo natural dada mi constitución! ¡Las pastillas que llevo en la maleta son todas completamente falsas pero las sigo tomando porque me relaja y lo del tartamudeo es totalmente fingido y aunque lo sé de sobra continúo haciéndolo sin saber muy bien por qué!

... ppppppppppppffffffffffffffffffffssssssssssssssssss shhhhhhhhhhhhh...

Todos se giran para mirar al viajante, que con la cara roja y una vena hinchada en el cuello boquea para coger aliento.
—Eso que acaba de decir usted, amigo mío, ha sido de las confesiones más valientes que he escuchado en mi corta carrera como revisor —le dice el revisor, palmeándole en el hombro y dedicándole una honda sonrisa.
—Muchas gracias. La verdad es que ahora me siento hasta mejor. Y oiga, si le sirve de consuelo, aunque fuera inventado, eso de su primo seguía sonando como una buena historia.

¡A ver, coñe! ¡El siguiente, que no tenemos todo el día!

Los demás contemplan la antipática masa marrón que tienen delante, volviendo a continuación la mirada hacia el caballero arquitecto y al anciano veterano de guerra.

—Muy bien, ¿quién quiere ir primero? —preguntan todos a una.

***

Una vez que los operarios de ferrocarril de la estación de Sebastopol, ante el estupor general, terminaron de desmontar el último vagón del tren proveniente de Brandemburgo para rescatar a sus pasajeros (los cuales salieron de allí en completo silencio con la excepción de una animada conversación sobre pescaderías y remedios caseros contra la varicela), un equipo conformado por un capataz y varios obreros armados con cizallas, sierras y cinceles, se hizo cargo del joven pegado a aquella inmensa bola de chicle marrón, la cual fueron posteriormente capaces de reventar no sin antes posar con la mejor de sus sonrisas para varias fotografías tomadas para la prensa. Todos los pasajeros fueron rescatados en perfecto estado de salud, y con la excepción de una aislada resaca de campeonato, no hubo mayores desgracias que lamentar. Ninguna vaca resultó herida en el transcurso de aquel viaje.

Un par de semanas después, cuando el tren fue por fin devuelto al servicio y aquellos estrafalarios acontecimientos comenzaban ya a formar parte del pasado, nuevos pasajeros volvieron pues a tomar asiento para cubrir la ruta Sebastopol–Brandemburgo.

En uno de aquellos viajes, jugando entre los asientos del último vagón mientras su padre mantenía una animada conversación con una señorita que acababa de conocer en la estación, una niña llamada Louisa encontró un extraño paquete de chicles en el que podía leerse:

NUEVA DELHI & ASOCIADOS

{ ¡*El chicle más resistente del mundo!* }

Precaución:
Rogamos que se abstenga de inflar pompas en espacios cerrados bajo ningún concepto. **NUEVA DELHI & ASOCIADOS** *no se hace responsable de ningún accidente derivado del consumo de sus productos.*

Ante semejante descubrimiento, la niña, apreciando que a su padre no le gustaría que lo importunaran en un momento como aquel, decidió que sería una buena idea comerse uno de aquellos chicles en secreto, pues después de todo, ¿qué sería lo peor que podría pasar?

Fin.

Maraña de conceptos

—¿Y qué decías que era esto?
—Una maraña de conceptos.
—¿Mara…?
—Maraña de conceptos.
—¿Seguro?
—Sí.
—Parece un puñado de cables, o un vertedero dentro de un cajón, o una...
—Es una maraña de conceptos.
—Pero…
—Maraña de conceptos, te digo.
—¿Y ese gato?
—Es un gato.
—¿Y esa llave?
—La llave de los…
—¿De los conceptos?
—La misma.
—¿Y abres muchos conceptos con ella?
—Así no es cómo funcionan los conceptos.
—Entiendo.
—Lo dudo.
Después, el artista conceptual les bufó en la cara y se arrancó de cuajo de allí.

Norberto Nutrias y el comercio

Veinte meses antes de que lo visitara la policía, a Norberto Nutrias habían intentado atracarlo. Cuando lo rodearon se meó encima, sonriendo y mirando a los tipos por turnos. Nadie allí contaba con eso, y aquellos tres no tardaron mucho en empezar a dudar de si lo habían rodeado ellos a él, o había sido al contrario. Embozado en el factor sorpresa que le reportaba el incipiente caos resultante, Norberto procedió entonces a liarse a hostias con la concurrencia.

Después, a uno le quitó el tabaco, al otro no le dijo nada, y tras arrancarse un puñado de setas de la espalda, se las metió al tercero en la boca, por vacilar, porque estaban asquerosas. Después se fue a casa silbando y se metió directo en la cama, sin quitarse ni pantalones ni zapatos, y durmió a pierna suelta por primera vez en toda la semana.

Cerveza. Pitillo. Cerveza. Flema al suelo. *Hay que ser capullo para que no se te haya ocurrido antes.* Cerveza, dos pitillos. Fin de la cajeta.

¿Y él qué cojones sabía? Él no sabía que la gente hacía esas cosas. A él ni siquiera le gustaba la gente, y el sentimiento además era mutuo. Que le den a la gente. Aunque eran ellos los que tenían el dinero, y él estaba ya harto de colillas y de cerveza de mierda, si es que podía conseguirlas. El dinero de la gente era la clave. Y de eso él quería todo el que pudiera conseguir.

Mejor ahora que nunca, se decía.

Cállate la puta boca, se respondía.

—¿Ties tabaco?
—No.
—¿Coque no?
—Que no coño. Esta vez lo comprabas tú.
—Yo lo compré latra vez, Norberto, nosas cabrón eh.
—Joder, que no tengo tabaco.
—Pues con cuarentaños que ties ya podíaster tabaco, mamón.
—Vete a cagar.
—Yafui hace cuarentaños.

Norberto estuvo a punto de claudicar y darle un pitillo a su madre, pero en su lugar soltó un eructo y se marchó de casa a fumarse un cigarro.

Se enteró por casualidad en la puerta de un colegio, amenazando niños. El horario de desempleado a duras penas le permitía levantarse con el tiempo contado para hacer la ronda de colegios, sudando para llegar justo cuando salían los minicerdos para irse a comer.

—¿Las setas?
—Sí.
—¿Las de mi espalda?
—Sí.
—¿Y dices que por cuánto?

A Norberto Nutrias le costaba creer que aquel fulano con la sonrisa en cabestrillo no le estuviera timando, pero al mismo tiempo notaba los pelos de las orejas, y los pelos de la nariz, y las setas de su espalda erizándose como antenas parabólicas, como si todo su cuerpo se concentrara en sintonizar lo mejor posible la señal que le estaban transmitiendo.

Pidió quinientas pesetas, por si colaba. Coló. Y así fue como Norberto le vendió un puñado de las setas de su espalda a uno de aquellos tres tipos de la semana pasada.

Hachís sí. Cigarrillos también, claro. Y cerveza. Y whisky y cocaína y toda esa mierda. ¿Pero también con setas? ¿Desde cuándo? A Norberto le daba la sensación de que todo el mundo había sido invitado a una fiesta de la que él no tenía ni idea, y se sintió traicionado. ¿Con setas como las de su espalda? ¿Y había tardado cuarenta años en enterarse?

Con las 500 pesetas en la mano, salivando pero también pensando en todos aquellos fajos de dinero que nunca había tenido y que podría haber tenido, Norberto sintió algo muy parecido al fracaso.

—Petues gipollas.

Norberto hizo un ruido con la boca.

—¿A quinientos lascobras?

Norberto rumió algo entre dientes.

—¿Y nopues cobrar más?

Norberto no dijo nada.

—¿Noteseabía ocurrido, aque no?

Norberto se revolvió en el sofá, la vista fija en una de las manchas del techo.

—¿Noves como tues gipollas?

Norberto tuvo la incómoda sensación, clavada como un manillar de bicicleta en las costillas, de que en aquello estaba de acuerdo con su madre.

El cielo se derretía. Su cuerpo ascendía, ligero como el helio. Aquel paisaje explotaba entre colores, iridiscente y hecho de gasolina, lo engullía en su arcoiris. El mundo ascendía con él. Las casas, los árboles, los coches. De su boca surgían manantiales, palomas, dos libélulas negras, dos almas conectadas alzando el vuelo. El cielo se lo tragaba y él era feliz, más feliz de lo que lo había sido en su vida.

Se despertó gritando, sudando, sin entender dónde estaba. Después se tocó las setas y sus pulmones se desinflaron con estruendo, liberando estrés y alivio a partes iguales. Después estuvo dos horas despierto. Después se durmió de nuevo.

.

Cuando las cosas carburaron, carburaron a fondo. Nadie tenía una mercancía como aquella, unas setas como aquellas. Durante los siguientes quince meses, como una corriente de agua dinamitando terreno virgen, el rumor arrasó en los mentideros. Primero cuatro hippies. Después dieciséis. Después doscientos cincuenta y seis. Llegaron los bakalas, los moteros, los banqueros; las colas en la puerta de su casa, ignífugas ante los elementos. Las tiendas de campaña que habían colonizado los parques colindantes tenían ya puestos de refrescos y hasta sus propios aparcamientos.

El calibre de aquellas setas era como el napalm, te abrasaban el cerebro y hasta las pestañas. Primero venía gente de Zamora, de Granada. Después gente de París, de Tokio, de Berlín.

Norberto se compró una báscula, se compró una calculadora. El medio puñado a diez mil, si te parece mucho te vas a tomar por culo. Su madre y él ahora fumaban Ducados a dos carrillos, bebían la Mahou bien fría.

Legalmente inimputable, la mercancía de Norberto anidaba en un confortable vacío legal en el que no se prohibía explícitamente su venta, al menos mientras no ilegalizaran al propio Norberto. Él a veces pensaba al respecto, fantaseando con el concepto.

Desde la ventana, Norberto los miraba y fumaba, pensando en todo el dinero que había dejado de ganar, viviendo como un pringao. Después les escupía una flema por la ventana y les gritaba que ahora el medio puñado estaba a veinte mil.

—Yo ese tío no sé quién era.
—Hombre, de algo te sonaría.
—¿Por?
—Trabajabais en lo mismo, ¿no?
—Yo no tengo trabajo.
—Eso no es lo que hemos oído.

Norberto miró a los maderos, simétricos en sus sillas como un par de testigos de Jehová intentando hacerse los duros, y pensó en cuánto le habría gustado hacer chocar sus cabezas como si fueran dos cocos.

Aquello tenía mala pinta, se dijo.

Muy mala pinta.

Cuando diriges un monopolio no te gusta oír hablar de competencia. Y Danilo Cocinero era la competencia.

Se le había presentado un día en casa, sonriendo mucho, hablando mucho, proponiéndole muchos tratos. Le enseñó el pecho rebosante de setas, más del doble de las que tenía Norberto en la espalda.

—Norbertito, piénsalo coño. A medias los dos. Te sale bastante más a cuenta que que te quite la mitad de los clientes, eso seguro.

Resoplando y rumiando, pensando en todo ese dinero que nunca tuvo, *Norbertito* no dijo nada.

Flotaba en un mar de terciopelo rosa, un mar cálido como un abrazo. Lo mecían las olas. En lo alto el cielo estaba en calma, su paz perturbada tan solo por el vuelo de mariposas, de nubes que eran tan benévolas como eternas. Si algún lugar era el mejor lugar del mundo, tenía que ser allí cerca.

Entró de cuajo en la vigilia, derrapando, vomitando el corazón por la boca, las sienes palpitando como mangueras. Acurrucado en la cama, cubierto en sudor frío, Norberto no volvió a pegar ojo hasta pasadas las doce de la mañana.

—Se habrá ido de vacaciones, a mí qué me cuentas.
—Nos consta que ha desaparecido.
—Y a mí qué me cuentas.
—Nutrias, no me jodas. Cocinero lleva desaparecido cuatro meses y tú te estás forrando más que nunca.
—Lo dicho, a mí qué me cuentas.
—Esto lo vamos a seguir discutiendo.

Norberto se encogió de hombros.

En retrospectiva, una vez que el asunto se resolvió *por sí solo*, no había sido necesario tanto preocuparse. Cuando Danilo llamó a su abuela desde un pueblo dominicano los ánimos se relajaron un poco. Estaba bien, estaba a gusto. Caso aparcado.

Los negocios siguieron su curso, la producción aumentando a marchas forzadas. Ciento cincuenta mil el cuarto de kilo. Hasta agosto del año que viene no se garantiza el envío. Sí, incluye IVA. No, no se acepta metálico.

—¿Lasdao ya decomer?
—Te tocaba a... mah, da igual.

Silbando, Norberto cogió una lata de alubias y media barra de pan del lunes, dura como un garrote, y bajó los peldaños del sótano a zancadas.

—A ver, *Danilito*, la cena. Y pasado mañana cosechamos, así que ponte las pilas y no me vengas otra vez con mamonadas.

Después echó de nuevo el pestillo y se encendió un pitillo. Sin pensar ya casi en el dinero nunca conseguido, Norberto Nutrias sonrió con la sonrisa de oreja a oreja del que lleva meses durmiendo a pierna suelta.

Todo un ganador

Volvía de hacer la compra cuando me encontré a Maribel en la cama con el paquistaní de la tienda de la esquina. Me había dicho que aquello no volvería a ocurrir. Me lo dijo cuando me la encontré en la cama con el Curro, el novio de Julia con tatuajes en las cejas; y me lo dijo cuando me la encontré con el tipo que nos estuvo arreglando la lavadora todos los martes durante los últimos dos meses. Incluso después de que comprásemos una nueva.

Maribel me miró desde la cama con cara de hastío y me preguntó que si ya había vuelto.

—Sí, hace media hora te dije que iba a hacer la compra. Ya he vuelto —le respondí. Y debería haber añadido que el paquistaní no estaba allí cuando me fui, pero a Maribel no suele hacerle gracia cuando me pongo sarcástico con ella.

—¿Y me has traído los pomelos?

—Se les habían acabado, así que he traído mandarinas.

—¿Cómo se les pueden haber acabado los pomelos? —me preguntó como si fuera mi culpa; a Maribel siempre le gusta pensar que tengo la culpa de que en el supermercado le hagan la puñeta. El paquistaní se revolvió incómodo en mi lado de la cama.

—Crea que son hora de irme. Hola señor Martínez.

—Pues ya sabes que me gusta tomarme un zumo de pomelo cada mañana, es bueno para la piel. Las mandarinas ni siquiera me gustan —prosiguió Maribel a lo suyo, como si el paquistaní no estuviese allí y casi ni yo tampoco.

—Ya, pero se da el caso de que no les quedaban y por eso he traído…

—Bueno pues prueba en otro supermercado.

—Pero el otro supermercado está a cuarenta y cinco minutos en autobús, y eso solo de ida.

El paquistaní no parecía muy interesado en los pomelos ni en dónde conseguirlos.

—Yo me yendo ya —dijo con cara de pena.

—No, no, tú quédate donde estás —le respondí, suspirando— yo me tengo que ir a comprar pomelos, por lo que parece.

—Oye te he dicho que no soporto cuando te pones sarcástico —exclamó Maribel—. Sabes que me repatea.

Estaba a punto de aclararle dónde podía meterse los pomelos cuando Julia entró en la habitación con su típica cara de asco.

—Oye papá, ¿no tendrás setenta euros, no?

—Hola a ti también.

—¿Este otra vez aquí? —preguntó ella, ignorándome—. Últimamente te duran más que antes, mamá.

—Cómo que "*¿otra vez?*" y "*¿últimamente?*" —exclamé.

—¿No vas a preguntarle a tu hija que para qué quiere setenta euros? ¿Es que te da lo mismo? —mi mujer tiene la extraña habilidad de conseguir que todas las pelotas acaben siempre en mi tejado.

Miré a Maribel como el que mira una carta de Hacienda, luego miré al paquistaní, que me dio hasta un poco de pena. No le deseo a nadie una familia como la mía, aunque sea solo por un rato. Luego miré a Julia, suspiré, y le pedí una explicación que ya sabía de antemano que ni me iba a gustar, ni iba a ser en absoluto relevante que no me gustara.

—¿Para qué se supone que quieres setenta euros, a ver?

—Me voy a hacer un tatuaje.

—No, no, pero cuéntaselo todo, anda, cuéntaselo —intervino

Maribel con su tono de ordenar que le compren pomelos.

—El Curro me va a tatuar su nombre en el culo.

El paquistaní y yo casi nos atragantamos al mismo tiempo.

—Estoy harta de decirte que el Curro es gentuza, no sé para qué te le acercas —apuntilló su madre.

—Un momento, a ver si me aclaro, ¿Curro era el abogado o el ingeniero? ¿O es el tatuador de treintainueve años de Getafe?

El paquistaní volvió a hacer un nuevo esfuerzo por escaparse, pero esta vez Maribel le dio una colleja preventiva y no le dejó ni pronunciarse.

—¡Que no interrumpas!

Demostró ser un tipo listo y se quedó donde estaba. Cuando Maribel te chilla de esa forma tienes suerte si no te atiza con un cenicero o con una grapadora. Mimetizarse con el entorno suele ser la mejor opción para que no huela tu miedo.

—Sí, el Curro es tatuador, ¿y qué? Los dos nos queremos y aunque no os guste yo soy su chula. Así que ¿me vas a dar los setenta euros o qué?

—¿Su chu...? Nah, si en realidad da lo mismo. Y digo yo, ¿ya que me vas a hacer abuelo no podría mi yerno marcarte las posaderas gratis?

Me entró envidia en ese momento de la maceta con hortensias de la ventana. Qué paz ser una hortensia. Ser yo, sin embargo, no te acarrea más que problemas. Y yo no quiero problemas, yo lo que quiero es que me dejen tranquilo.

Maribel estaba a punto de abrir las fauces para, seguramente, echarme a mí la culpa de las ocurrencias de la niña cuando el teléfono irrumpió en la escena. El paquistaní, que era el que más cerca estaba, descolgó y contestó con voz de oficinista.

—¿Diga? ... sí, sí, esté aquí misma —y le pasó el auricular a Maribel.

Mientras mi esposa contestaba y se olvidaba de pomelos y tatuajes, intenté hacer un poco de patria con mi hija, a ver si con suerte ella también se olvidaba de los setenta euros.

—¿Y de qué equipo dices que es el Curro?

—No sé, del Madrid o del Barsa. Oye ¿te estás haciendo el loco para no darme el dinero? Porque no tengo todo el día.

Maribel se reía al teléfono con la que ella considera su voz pícara y sofisticada, de actriz ganando tres o cuatro Goyas, pero que a mí me recuerda más bien a una bocina antiincendios, molesta y estridente. El paquistaní se había puesto un par de almohadas en el respaldo y ojeaba un *Qué me dices!*. La que sí seguía atenta a la conversación era Julia, que no es muy persistente en el instituto pero sí cuando le toca sacarme los cuartos.

—¿Y no te podrías, no sé, tatuar un poema de Becker o un fragmento del Cantar de mio Cid en vez del nombre de un tipo que se llama como la mascota de la Expo de Sevilla?

—Eres graciosísimo, papá, en serio. No me extraña que no te vayan a dar el ascenso.

¿Qué no me iban a qué? ¿Pero de qué puñetas estaba hablando la niña?

—¿Pero de qué puñetas estás hablando, niña?

—Uy, esto se ponga interesante ahora —exclamó el paquistaní regresando de las profundidades de la revista.

Julia puso cara de funcionario y replicó:

—Te lo digo si me das los ochenta euros.

—¿No eran setenta?

—Ya, eso.

Mientras tanto, Maribel seguía a carcajada limpia con quien fuera que le estuviese dando palique al teléfono.

—Oye. ¡Oye! ¿Se puede saber de qué está hablando Julia?

—¿Aún sigue a vueltas con lo del tatuaje? —preguntó como si fuera una conversación de la semana pasada. Y de repente empezó a partirse de nuevo con quien puñetas fuera que estaba hablando—. ¡Qué tonto eres! ¡Ja ja ja! ¡ya verás, ya!

El paquistaní se levantó, en calzoncillos como estaba, y salió de la habitación soltando un discreto *ahora vuelva*. Maribel me miró con aburrimiento y le dijo al auricular:

—A ver, Miguelón, habla con *este,* anda—. Y me pasó el teléfono para que hablase con el tal Miguelón.

—¿Sí?

—¡Agustín! ¿Qué tal andas machote?

—¿Don Miguel?

—¡Claro coño! ¿Quién va a ser? ¿Nelson Mandela? JA JA JA —y tras aquello me separé del aparato para evitar una perforación de tímpano. Don Miguel se ríe siempre empleando todo el diafragma. Don Miguel es mi jefe y tenor amateur.

—Eehm, ¿le puedo ayudar en algo, don Miguel?

—Nah, realmente no hace falta que te molestes machote. Le estaba comentando a Maribelita que ya no hace falta que te pases por el despacho para firmar eso.

¿Maribelita? La última vez que yo me referí a Maribel como Maribelita aún me quedaba pelo en la cabeza y cierto interés por el futuro en el alma. ¿Y de qué puñetas iba eso de no ir a firmar?

El paquistaní volvió corriendo del baño, a juzgar por el ruido de cisterna que lo acompañó al entrar, y de la cocina (digo yo, a juzgar por el yogur de limón y el plato de morcillas que me había traído mi madre el otro día). Después, se parapetó de nuevo en mi lado de la cama masticando a dos carrillos y le pidió a Julia que le pusiera al tanto de lo que se había perdido.

—Ahora es cuando le dicen a mi padre que es un perdedor.

—¡Uy! ¡Esto sí que yo no me lo pierda!

—¿Por qué no voy a ir a firmar? ¿Hay algún problema? Pensaba que eso ya estaba hablado —exclamé, apretando mucho el auricular del teléfono como si de lo contrario se fuese a escapar por la puerta.

—Ya, hombre ya, pero al final lo del puesto de jefe de departamento hemos decidido que se lo vamos a dejar a Sebastián.

—¿"Hemos"? ¿Hemos quiénes?

—Bueno, quien dice "hemos" dice "he", ya sabes. Pero el caso es que con lo de la suegra de Sebastián tan reciente, pues para que se anime un poco el hombre.

¿Sebastián? ¿El tuercebotas de Sebastián era el que me pisaba el ascenso?

—Tenía entendido que la prótesis de cadera se la había pagado la seguridad social y que los de la bolera le habían dado una indemnización del copón —repliqué sin poder evitar la mala leche.

—¡Agustín! —me gritó Maribel con cara de escándalo—. Pobre hombre, con lo que le gustaba aquel gato a la señora.

—¿Y de qué conoces tú a Sebastián?

—¿Yo? ¿Pero no te acabo de decir que le voy a dar el ascenso? ¡Lleva con nosotros nueve años en la empresa!

—No, no hablaba con usted don Miguel, hablaba con *Maribelita*.

—¡Ah, Maribelita! Menuda fiera tienes ahí, ¿eh machote? JA JA JA.

—¿Perdón?

—Nada, nada, que le preguntes a Maribelita que si le gusta el brazo de gitano.

—Maribelita, dice don Miguel que si te gusta el brazo de... un momento, ¿eso qué tiene que ver con nada de lo que estamos hablando? Y además, Sebastián llevará nueve años en la empresa, pero yo llevo dieciséis.

Julia se había sentado junto al paquistaní en mi lado de la cama y se habían puesto a compartir las morcillas, hasta que se acordó de repente de nuestros asuntos monetarios y volvió de nuevo a la carga.

—Papá, a ver, que se me hace tarde, ¿me vas a dar los ochenta euros o no? ¡El Curro me está esperando!

—Ya, Agustín, machote, es una pena que no te lo podamos dar este año, pero no te preocupes que está al caer una baja el departamento de contabilidad. Me han dicho que Juan tiene medio pie en la tumba.

—¿Juan? ¿El hijo de su cuñado, el veinteañero?

—Sí, pero ya sabes cómo es esta juventud, con tanta droga,

tanto bacalao y tanto trap y tanta gaita, lo raro es el que pasa de los treinta. Oye, entre tú y yo ¿a Maribelita le gusta el brazo de gitano o no?

La cara de Jaime de Marichalar, que por lo visto está llevando muy bien lo de su separación y ya vuelve a sonreír, me atizó directamente entre ceja y ceja. Julia siempre ha tenido una puntería envidiable, aunque hubiera preferido que en lugar del *Qué me dices!* me hubiera lanzado un beso, o una almohada, pero no pudo ser, el paquistaní las estaba usando todas.

—¡Mamá! ¡Papá no me está haciendo ni caso!

—¡A ver Agustín! ¡Acaba ya de hablar por teléfono!

—¿Me pueda comer la última morcillita, señor Agustín? ¿O no me la pueda comer?

—¡Machote, machote! ¡No desesperes hombre que en cuanto te descuides pegas un pelotazo de miedo, ya verás!

—¡Como llegue allí y el Curro se haya marchado no os vuelvo a hablar en la vida!

—Oye que yo aún no había terminado de hablar con Miguelón, Agustín, ¡que eres de un maleducado!

—Me va a comer la última que quede de la morcillita ¿le importe? ¿o no le importe?

—Ahora en serio, Agustín, a Maribelita le gusta el brazo de gitano o no, porque conozco una pastelería donde...

Colgué sin despedirme; le dije a Julia que le diera recuerdos al Curro de mi parte; le respondí al paquistaní que no, que la morcillita para él y que le aproveche, y le dije a Maribel que me iba a comprar tabaco.

—Pero si tú no fumas.

—Bueno, algún día tenía que ir empezando.

Y me largué de allí con viento fresco.

Naturaleza domesticada

Observando el canal al abrigo de los árboles, los sentí como naturaleza domesticada, emisarios de un tiempo anterior varados en nuestra presencia. Después, inmóvil como me encontraba, entendí que yo también era naturaleza domesticada. Sujeto yo también al suelo por sus mismas cadenas, obvio a la vista del que quisiera verlo, que para todos nosotros brillaban allí también las mismas luces cansadas.

La cualidad humana

Y allí, cuando estaba en lo más bajo, comprendió que había un elemento común, una cualidad que unía la cima y el fondo, la cumbre y el llano, lo feo y lo sucio con lo feliz y lo bello: la cualidad humana. Ese era el nexo común, el barro con el que construimos nuestros días, nuestros triunfos y nuestras derrotas, el hilo que nos conecta a todos en algún punto extraño.

En lo más bajo, fue donde pudo alzar la vista hacia lo más alto.

La leyenda del Tinto Carranza

"Poca gente de Burgos ha llegado más lejos que yo".
David Gutiérrez "El Tinto" Carranza, 1994

Cuando el Tinto se fue, nos dejó huérfanos. Huérfanos de fútbol y de arrestos, de una forma de entender la vida y el mundo que era propia, que no se enseña. "Las drogas son para maricones" decía el Tinto hace diez años, escasos meses antes de abandonarnos para siempre. Nunca quiso amigos. Los que tuvo habrían encajado una bala por él.

Burgalés nacido en 1945 del que se llegó a decir que el gol era su némesis, el número de sus detractores en vida sólo ha sido superado por el número de aficionados al fútbol que lloramos su muerte aquel trágico agosto de 1995, cuando un infarto en una gasolinera de Segovia terminó con su vida. Rápido y directo, sin avisar, como se mueren los grandes. Atrás quedaban encarnizados y frecuentes encontronazos con la prensa y el colectivo arbitral, con directivas y aficiones de media España, también del extranjero. Para sorpresa de nadie, y si no pregúntenle a su hijo, la propia sangre no era eximente para salvarse de la quema.

Y es que esta es la leyenda del Tinto Carranza, la leyenda de un tiempo en que los banquillos de España los habitaban hombres que fumaban Ducados, que blasfemaban y hacían comentarios racistas en ruedas de prensa. Un tiempo en el que las leyendas como esta se forjaban a base de empates a cero y testosterona, entre bosques de piernas en campos embarrados donde el agua de los vestuarios salía congelada, con sabor a óxido; lugares inhóspitos a los que se accedía por carreteras comarcales, de los que se volvía escoltado por la Guardia Civil.

Esta es la leyenda de David Gutiérrez Carranza, *"uno de los entrenadores con los cojones más grandes que ha dado este país"* (Luis Aragonés dixit), a quien el santoral futbolístico español recordará siempre como el Tinto Carranza.

Esta va por ti, maestro.

La mañana es fría en Burgos, pero me siento con gusto en la plaza mayor a tomar un café y charlar un rato con Alfonso Carrilleras (Burgos, 1946), taxista jubilado y amigo de la infancia del Tinto. Testigo de excepción de los inicios, polémicos como no podía ser de otra manera, del apodado como *el Conductor de Monbús*.

"El Tinto no se andaba con hostias" exclama categórico, dándole un sorbo al café con la mirada perdida en algún punto lejano. *"Menudo estaba hecho"* apostilla, *"aquí en Burgos era toda una celebridad, mi paisano, se imaginará usted, pero había que tener cuidado con él, porque a la mínima le mentaba a la legítima a cualquiera que se le acercase a incordiar tras un partido, o a interrumpirle la partida de mus de los lunes, que para él era sagrada hasta que se marchó a entrenar al Mirandés, y menuda la que se podía armar. Fíjese cómo era que en una ocasión no la tuvo con el cura de milagro".*

Alfonso hace una pausa para reírse con esa carcajada honesta de quien ya ha vivido lo que tiene que vivir, y después continúa.

"Resulta que el cura, que era nuevo en la ciudad, había ido un día a ver un partido de los chavales cuando el Tinto aún

entrenaba al segundo equipo, y por lo visto se quedó tan escandalizado por las blasfemias que le escuchó soltar desde el banquillo que se fue corriendo del campo antes de que acabara la primera parte, indignadísimo. Así que al día siguiente, cuando se lo encontró jugando la partida aquí dentro en este mismo bar, le fue a llamar la atención y claro, como bien le respondió el Tinto, a él no venía a llamarle la atención ni su padre, ni la Virgen María en carromato ni mucho menos un cura maricón. Y después de eso ya se imaginará usted, hubo que mediar para poner paz, porque al cura eso no le sentó muy bien y casi llegan a las manos".

"¿Dónde ponía el límite el Tinto?" inquiero *"¿No era llegar a esos extremos con un sacerdote demasiado incluso para él?"*

Alfonso hace un gesto con la mano, como quitándole hierro al asunto.

"El Tinto era como era, tenía sus cosas, pero muy a su manera, muy en el fondo, tenía respeto por las instituciones. Como él mismo decía: ′*A mí no me gustan ni la Iglesia ni el Real Madrid, pero están ahí y hay que tenerles un respeto*′*. Y predicaba con el ejemplo, no se vaya usted a pensar, porque la única vez al año que se ponía traje y corbata el Tinto era cuando iba al Bernabéu o cuando le tocaba el Madrid en casa. El resto del año, ya tal. Eso sí, también es verdad que luego a la mínima les mentaba a Franco o decía que en toda Concha Espina no juntaban ni medio par de huevos".*

Tras eso nos quedamos un momento en silencio, sorbiendo nuestros cafés. Las lejanas palabras del Tinto flotan en el aire y al fondo, oportunas como si se dieran por aludidas, comienzan a escucharse las campanadas de la iglesia señalando las doce en punto.

"Aquel partido había quedado en empate a cero, si no recuerdo mal" añade Alfonso.

¿Quién era realmente el Tinto Carranza? ¿Cuál fue su legado y por qué deberíamos recordarlo? Preguntas como estas le salen al paso al viajero de la memoria, a quien intente echar la vista atrás y adentrarse en el personaje, en el hombre detrás del nombre. Deportivamente hablando, el Tinto Carranza comenzó su andadura en las categorías infantiles del equipo de su ciudad natal, el Burgos CF. Centrocampista de contención de la vieja escuela, de esas hornadas que antaño producía en abundancia el fútbol español y a día de hoy son raras de ver como la escarcha en primavera, David Gutiérrez Carranza era un jugador recio y de disparo potente, con buen criterio y malas pulgas, alguien que sabía suplir sus carencias técnicas metiendo la pierna más fuerte que el contrario, imponiéndose por lo civil o por lo criminal. A este respecto, ilustrativa es la frase que él mismo les repetía a sus jugadores, a los muchos que más adelante se curtirían y sufrirían bajo sus órdenes, para que la interiorizaran y se la repitieran a sí mismos sobre el tapete: *"Ni tácticas ni tácticos, de mí no se ríe ni mi puta madre"*.

Con dieciocho años recién cumplidos, interrumpiría voluntariamente su proyección para incorporarse al servicio militar y atender a su obligación en el destacamento de Ávila, donde no tardaría en dejar constancia de su carácter sobre el campo embarrado del cuartel cuando, a las dos semanas de empezar el servicio, le provocó una fractura múltiple accidental a un cabo primero en un partido de reclutas contra suboficiales.

"Le rompió la rodilla por tres sitios distintos" relata por teléfono Severino Tomelloso (Zamora, 1945), recluta de la misma promoción que el Tinto, *"porque era un partido amistoso que si le llega a pillar en serio le deja a la familia de luto, ¡menuda entrada le hizo al tío!, ¡chillaba como un gorrino! No se me olvidará en la vida, y mira que he visto salvajadas. Lo de Goikoetxea rompiéndole la pierna a Maradona al lado de aquello parecía una visita al quiropráctico"*. Cuando años más tarde ganó notoriedad pública y esta historia salió a la luz,

el Tinto se limitó a responder que él no había ido a la mili a hacer amigos.

Ni a la mili ni por los campos de España, dirán para sus adentros quienes aún recuerden sus tormentosas ruedas de prensa, a las que el Tinto llegaba como un pelotón de un solo hombre, al fusilamiento de España entera si hacía falta. Solo era necesario cotejar su semblante con el resultado del partido correspondiente para saber si ese día habría indulto o tocaba ponerse a cubierto. En una de aquellas breves tardes de su breve paso por el Compostela, el Tinto llegó a increpar ásperamente a la directiva y a su propio equipo afirmando que *"menos el domingo, que me viene mal, me pueden comer los huevos cuando quieran"*.

Pero volvamos atrás en el tiempo.

"Yo a David no le he llamado el Tinto *en mi vida, eso que se lo llamen otros. A mí eso de ponerle motes a un hermano no me parece de buen gusto, mire usted. Eso es para sus amigotes y para los juntaletras como usted. Pero yo a David lo llamo David, igual que lo llamaban padre y madre, estaría bueno".*

Doña Carmen Gutiérrez Carranza (Burgos, 1941), hermana mayor del Tinto, habla con el mismo ademán severo y la palabra directa que caracterizaron a su hermano en vida. Entre el par de vasos de garnacha y la tortilla de patatas con la que me recibe en Zaragoza, cuando me llego a su casa en la avenida de San José, nos adentramos con buen tiento en la bruma de la remembranza. Por la ventana entran los rayos de sol de la mañana, y en el aire flotan algunas de esas motas de polvo amigables que se muestran ante los ojos atentos. Y así, entre álbumes de fotos y los testimonios privilegiados que brotan de las palabras de doña Carmen, aplacamos preguntas y perfilamos algunas de aquellas tardes, si acaso olvidadas hasta hace no mucho, de años atrás...

"David fue un niño que tuvo un temperamento horrible toda la vida. Pero mire, gracias a eso fue también toda la vida un niño que no se dejó tocar nunca las narices. Y una cosa muy característica de él de cuando crío, fíjese usted, era que no le vi yo

ni una vez ni soltar una lágrima ni contar una mentira. Ya podía llegar a casa con ocho años hecho un ecce homo, con la nariz rota o con una pedrada en la ceja, sangrando como un gorrino, porque allí en Burgos eran todos más brutos que un arado, que cuando padre o madre le preguntaban que qué le había pasado él decía "una pelea". "¡Pero cómo!" *se escandalizaban ellos.* "Se torció el día" *les contestaba el mocoso. Y padre, que tenía más mal genio que un carbonero pero a David lo quería mucho, le preguntaba* "¿Y con quién te has peleado, si puede saberse?". "Eso no se lo puedo decir yo a usted, padre" *le decía él.* "¿Pero cómo que no? ¡Como no me lo digas te tundo a golpes niño!", *y David le respondía sin cambiar la cara* "pues me va a tener que tundir usted a golpes, padre, porque por mucho respeto que le tengo a usted, de la lengua no me pienso ir". *Y padre, que en el fondo se le notaba que se ablandaba un poco cuando oía esas cosas, porque se conoce que se debía acordar de cuando él era también chico, le decía* "¡Que me saco el cinturón, niño!", *y David que le respondía* "Sea". *Y entonces padre venga a tundirlo a golpes, pero con cariño, porque en el fondo padre apreciaba esas cosas y David no se las tomaba a mal. Y luego ya el tema quedaba ahí y hasta la próxima, y a la media hora tan amigos él y padre, hasta que ya a David no le hizo falta curtirse el lomo con nadie más. Ese de niño ya era un hombre hecho y derecho. ¡Menudo tremendo!".*

"¿Qué opinaron sus padres cuando el Tinto…?"

"David. En mi casa a mi hermano se le llama por su nombre".

"Perdón, ¿qué opinaron sus padres cuando David decidió que quería dedicarse al fútbol de forma profesional?"

"Pues hombre, a padre, que había sido guardia civil cuando la guerra, eso le parecía oficio de vividores y de desarrapados, y a madre tampoco le hacía mucha gracia, porque una cosa era que su hijo le diera unas patadas al balón para sacarse unas perras, y otra que anduviera todo el día a voz en grito con hombres *de pelo en pecho en pantalones cortos, porque eso a ella no le parecía un buen ambiente. Me acuerdo yo de que tuvieron sus más y sus menos cuando aquellas, pero a David, que cuando se le metía una cosa entre ceja y ceja no había quien lo apeara de la burra, porque era más terco que una mula, pues no reculó. Pero tampoco se crea usted que les duró la desavenencia mucho tiempo. Padre y él en realidad eran muy parecidos y si tenían bronca era más por no dar el brazo a torcer que otra cosa. Al final, en cuanto a padre y madre los empezó a saludar la gente por la calle por ser "los del Tinto", ¡dichoso mote!, pues se les pasó, porque después de todo aquello le daba buen nombre a la familia, hágase cuenta. Y eso que ni padre ni madre fueron nunca a verlo al campo, porque decían que a ellos les gustaban más los toros, aunque luego anduvieran todo el día pendientes de ver cómo había ido la cosa".*

Una vez reintegrado a la vida civil tras su etapa castrense, David Gutiérrez Carranza entrenaría con buen pulso a los varios equipos juveniles del Burgos C.F. hasta que, un gélido noviembre de 1982, el aguardiente y una mala pasada en un burdel impedirían que Ramiro Sierra, entrenador titular del equipo, llegara a tiempo al partido. Sería el Tinto, destinado estaba, quien serviría de torniquete tras coger al equipo apenas un par de horas antes del encuentro.

Así, un 4-3 a favor sellaría su primera victoria al mando de la escuadra y daría el pistoletazo de salida a su camino hacia la élite. Según cuentan los mentideros, la ristra de adjetivos que el Tinto dedicaría tanto a los jugadores de su plantilla como también a sus madres por los tres goles encajados ese día, retumba aún por los vestuarios de todo Burgos.

Aquel día, David Gutiérrez Carranza demostraría ser un hombre que se crecía ante la adversidad, un hombre siempre preparado y con la mano en alto cuando hicieran falta voluntarios.

Tras aquel insatisfactorio triunfo, el Tinto cubrió de hormigón armado el espacio entre sus tres palos. Y al año siguiente. Y al siguiente. Nadie en Burgos vio muchos goles entre el 82 y el 85, eso es cierto. Lo que la gente vio fue a porteros de brazos entumecidos, a delanteros perdiendo la fe, y a su equipo aguantando como una roca ante tempestades y granizadas de balones al área, así como un reportaje del diario Marca cuyo titular rezaría *"Carranza se escribe con ′C′ de cerradura"*. En los mentideros de la época, entre pisotones al suelo y un frío de mil demonios, comenzó a acuñarse el mote que le precedería hasta la tumba: el conductor de Monbús.

"Al Tinto nunca le hizo gracia irse de Burgos" me cuenta Alfonso Carrilleras con la mirada perdida, la mirada habitual entre quienes, comienzo a darme cuenta, conocieron al Tinto en sangre y letra. *"Pero es que por un lado había muchas pesetas sobre la mesa, y por el otro al Tinto aún a pesar de tener al equipo como lo tenía, que a veces parecía que no le hacía falta ni jugar con portero ("¡ni con delantero!"* se suma alguien desde la barra*), no había quien lo aguantase. En el fondo yo creo que le vino bien irse"*.

Y así fue como en la temporada siguiente el Logroñés se fijó en él para poner en orden las muchas cosas que no le iban bien al equipo en Segunda. Al Tinto, coger al equipo a falta de siete partidos y a tan solo cuatro puntos del descenso le pareció un buen trato. Ganó su primer encuentro por la mínima y empató tres de los cuatro siguientes, los tres a cero y contra perseguidores directos. Con el equipo salvado a falta de dos jornadas y entre graves desavenencias con el vestuario y la directiva, el Tinto dimitió esgrimiendo que *"entre tanto vividor se va a quedar otro"*. El Logroñés durmió un año más en Segunda y el Tinto se marchó de un portazo.

Tras eso, el Oviedo cogió el testigo entre la 86 y la 88. Ahí vino el ascenso a Primera y su entrada definitiva (*"entradón"* lo definirían algunos) en la Historia con mayúsculas. Fueron días de árbitros tarjeteros y traumatólogos pluriempleados; de cartulinas amarillas y rojas sobre el verde, con insultos y fuego amigo, y también del otro, de fondo. Días de sirenas, ambulancias y silbatos. Las calculadoras en aquellos días se movían poco, cierto, pero se movían lo justo. El Tinto estaba en Primera y no le hacía falta gasolina para el coche de línea: lo había dejado bien aparcado.

Cuando el esférico echó a rodar en la 88/89, la polémica, esa que siempre sale al paso de los genios para batirse el cobre con ellos, supo encontrar al conductor de Monbús donde siempre había estado: en la angosta trinchera de la línea de cal.

Me desplazo hasta Santander para charlar con Enrique Valiente y Valiente (El Bierzo, 1963), historiador deportivo y locutor de radio ya retirado, observador en primera línea de aquellos turbulentos años en la historia de nuestro fútbol y admirador con todas sus consecuencias, como lo son siempre aquellos que han apreciado alguna vez la gesta y la épica en el deporte rey, de David Gutiérrez "el Tinto" Carranza.

El día es lluvioso e inclemente en Cantabria, y mi anfitrión me recibe en su despacho con el buen ánimo y entusiasmo que despiertan esos temas de conversación que todos guardamos a la altura del corazón. Nos acompañan sus tres perros labradores (Munitis, Karanka y Engonga), y en las paredes nos rodean viejos retratos y vivos recuerdos, números antiguos de Don Balón y fotografías firmadas por los protagonistas de sus portadas. Desde una de las estanterías, en una fotografía enmarcada entre otras de Zubizarreta y John Toshack, Enrique Valiente y Valiente sonríe junto a Emmanuel Amunike. *"Muy buena gente"* me dice, antes de zambullirse de lleno en nuestra conversación.

"En Primera no habíamos visto una cosa igual. El Tinto rompía cualquier molde, dentro y fuera del campo. Su fama ya empezaba a precederle, pero al llegar a Primera fue cuando la gente se fijó de verdad en él". Enrique esboza una sonrisa, entusiasmado, *"casi lo primero que hizo, a los cuatro partidos*

y con solo un gol encajado, fue irse del Oviedo. Cuando le preguntaron por los motivos dijo "que le pregunten a ellos". A la semana siguiente estaba entrenando al Cádiz y manteniendo la portería a cero siete partidos seguidos. Metieron dos goles, eso sí, pero canjeó once puntos y disparó contra todo el que se le puso por delante".

"¿Cómo era el juego del equipo en aquellos momentos?"

"Puro Tinto. Puro Tintismo, como no podría ser de otra manera. Solía salir con tres centrales, los laterales bien lejos de la medular y un mediocentro de contención apuntalando el eje de la zaga, casi casi ejerciendo de cuarto central. Su esquema predilecto era el 6-3-1 con el delantero incrustado atrás actuando de falso mediocentro. Allí ya no cabía un alfiler". Enrique suelta entonces una carcajada y continúa mientras le rasca la cabeza a Munitis. *"Me acuerdo de escucharle decir una vez que él defendería con doce si pudiera".*

"¿Qué opinaba la gente de sus métodos?"

"Había opiniones para todos los gustos, por supuesto, el Tinto no dejaba indiferente a nadie, y otra cosa no sé, pero desde luego nunca le faltaron detractores. Pero es que era imposible que no polarizase a la gente. Quiero decir, el Tinto pulverizó el récord de mayor número de puntos con el menor número de goles anotados de toda la historia de la Primera, ¡y la Segunda! división española, un récord que aún no ha sido superado. Estuvo en ocho equipos distintos en siete años, yéndose por las malas de todos y cada uno de ellos. Fue el creador del concepto de roja directa táctica. Sus equipos siempre eran los que más expulsados tenían. Él siempre era el entrenador que más amonestaciones tenía. Bernardino Carrasco, su segundo, con el que se peleó en público más veces de las que puedo recordar, solía irle además siempre a la zaga. Hubo temporadas en las que la mitad de los partidos de sus equipos los vio por la tele... el Tinto era un huracán, un ciclón. Pero claro, no era un hombre para todos los gustos, y yo lo entiendo. Pero

para mí y para muchos otros no. Para mí... para mí el Tinto representaba... "

Enrique se ve aquí forzado a detenerse en mitad de la frase, visiblemente conmovido. Se serena dándole un beso a Munitis y respira hondo para domar la emoción antes de proseguir.

"Me acuerdo de que en aquellos días Loquillo lo definió como "lo más rock and roll que le ha pasado al fútbol español desde Tarzán Migueli, una mezcla entre la Benemérita y los tacos de una bota". *Y eso incluso después de que el Tinto dijera en público que Loquillo le parecía un macarra y un mindundi. Qué más se puede decir... el Tinto no era un entrenador de fútbol, el Tinto era una forma de ver la vida, una filosofía vital".*

"Y en medio de ese ambiente polarizado en torno a su figura" le pregunto, *"¿qué respuesta daba el Tinto a los que criticaban el juego de sus equipos?"*

"A él le daba lo mismo. Hubo una rueda de prensa en la que le preguntaron que si se había planteado alguna vez tratar de hacer que su equipo dejara de jugar al patadón y él respondió que "a mí hasta que no me haga la pregunta uno que no sea un cornudo yo no tengo nada que decir". *Lo de llamarle cornudos a los periodistas era algo que hacía muy a menudo".*

"¿Y los aficionados? ¿Qué opinaba él de sus críticas?"

"En cuanto a los aficionados el Tinto decía que el que quisiera ver florituras que se fuera al circo a ver bailar a su padre, que en sus equipos se jugaba a sacar puntos y que para eso a él le sobraban hasta los goles. El Tinto siempre fue de cara con todos".

"Y contra todos" añado.

"Y contra todos, desde luego".

Mientras Engonga se rasca a mi lado y Munitis bosteza, Enrique enciende la televisión para enseñarme antiguos vídeos del Tinto. Y allí lo veo a él, impertérrito, el rostro ceñudo y el espíritu hosco. Y lo veo en ruedas de prensa y en campos en los que él era la yesca y la llama, y por un momento yo también me emociono, y no me queda más remedio que darle un abrazo a Karanka para que mi anfitrión no perciba que ahora soy yo quien pugna por mantener el ademán sereno, aunque solo a medias lo logre.

¿Cómo llegó el Tinto a ser quien fue? ¿Con qué materiales se construyó el muro de su legado? Como todos los grandes héroes, como todas las grandes historias, la historia del Tinto Carranza es también la historia de una tragedia y del hombre que a ella se enfrentó.

En la primavera de 1989, en la que habría de ser la temporada de su confirmación en la élite, el Tinto recibiría terribles noticias: a su mujer Marisa Cabezas, su esposa desde hacía más de quince años, le sería detectado un cáncer de páncreas extendido más allá del alcance de ningún médico. En menos de dos meses, la enfermedad se la llevaría por delante. El Tinto, el hombre detrás del mito, acusaría el golpe.

"Yo le decía "¿Pero Marisa, tú estás segura de que te quieres casar con este hombre?". "Tú tranquila Carmen, tú tranquila que yo sé lo que me hago" *me decía, y se reía. Pobrecita Marisa, pobrecita, qué mujer más buena, qué pena. A madre y a padre los tenía embelesados. Y a David también, aunque no le gustara que se le notará. Qué desgracia, qué desgracia".*

A doña Carmen, quien pronuncia estas palabras, le vacilan los ojos por un momento recordando a quienes ya no están entre nosotros.

"Cuando lo de Marisa, David se quedó muy tocado. Padre lo repetía siempre, que el humor a David se le había quedado torcido desde entonces. Más de lo normal, se entiende. Y a mí siempre me dio esa sensación, la verdad, de que lo suyo era como el que empotra el coche y después ya no le anda igual, ¿sabe usted?... a David le vino muy bien que entre padre, madre y yo le ayudáramos con el chaval, porque yo creo que si ahí nadie le echa una mano se viene abajo el pobre".

Doña Carmen no es, sin embargo, la única con algo que decir al respecto de aquellos días.

"*Uy, a Marisa la quería David muchísimo, ¿sabe usted?*" recuerda Alfonso Carrilleras. "*¿Esa?, esa es la única que me aguanta, Alfonso*" *decía muchas veces con una sonrisa. Pobrecita, Marisa. ¡Y una santa que era, además! Fíjese que ha de ser la única persona con la que no vi yo nunca discutir al Tinto*". De nuevo se le queda al señor Alfonso la mirada perdida en la lejanía, antes de añadir "*Bueno, miento. Discutieron una vez sobre quién iba a bautizar al chaval, porque ella quería que viniera a Burgos a bautizarlo el cura del pueblo de sus padres y el Tinto decía que a su hijo no lo bautizaba un cura comunista. El Tinto es que era muy suyo con los curas ¿sabe usted? Ahí sí que es verdad que anduvieron con marejada, con tan buena suerte al final que al párroco le agarró un ataque de varicela así de improviso que no vea, ¡casi se queda en el sitio el hombre! Al final por poco hay que organizar un entierro en vez de un bautizo, pero bueno, pues eso, que al final a Santi se lo bautizó un cura neutral y ya no hubo más jaleos*".

Otra de las personas que más de cerca viviría aquellos días aciagos en los que los cimientos del héroe llegarían por primera vez a agrietarse, sería Bernardino Carrasco (Aranda de Duero, 1942), segundo entrenador del Tinto durante la mayor parte de su trayectoria profesional y "*... el tío al que más gritos le pegó el Tinto en vida, pero también el que más se los pegó de vuelta*", según palabras del propio Bernardino.

"*Aunque tuviera arrancadas puntuales el Tinto nunca fue una persona de muchas palabras, vive Dios. Hasta para cagarse en la Virgen María o en los muertos del padre del árbitro solían hacerle falta menos palabras que a un telegrama. Pero el Tinto que yo conocía, el que conocí cuando jugábamos juntos o con el que empecé a entrenar, ese Tinto se fue a la tumba con Marisa. El Tinto que quedó después de aquello era una persona más cerrada, mucho más hermética*".

Nos encontramos en la plaza de España, en Sevilla, donde Bernardino pasa ahora varios meses al año visitando a su familia. *"Mi hija se vino a vivir aquí hace diez años, y después de nacer los críos aquí se quedó"* me comenta de pasada, vigilando a sus dos nietos dándole patadas a un balón en un partidillo con amigos por allí cerca. *"¡Joaquín, hostia! ¡Que se te cuelan por la banda me cago hasta en mi puta madre!"* le grita al pequeño en un lance del juego.

"David nunca habló de aquello con nadie. Ni una palabra dijo. Pero que estaba jodido lo sabíamos todos", continúa una vez que el ritmo del encuentro le permite retomar la conversación. *"Después del entierro dejó al crío con su hermana y estuvo dos semanas pasando el luto sin decirle a nadie adónde iba. A mí me llamó justo cuando salió la fecha del arranque de la temporada contra el Valladolid para decirme* "Bernardino, en Pucela entrena tú, hazme ese favor" *y eso fue todo. Ni una palabra a nadie más. Ese partido contra el Valladolid fue la única vez que yo le viera faltar a un partido, a David. Así estaría de jodido que al volver al banquillo a la jornada siguiente nos empataron a uno en el '80 y ni se ciscó en los muertos del alcalde ni casi dijo una pala... ¡Gabriel me cago hasta en San Dios bendito! ¡Animal! ¡Pero vas a meter el pie o a qué coño andamos!... casi ni una palabra dijo. En el vestuario le dijo a los chavales que había que andar más concentrados atrás y poco más".*

Me dispongo a preguntar algo, pero intuyo que para Bernardino, aunque concentrado en el partido de sus nietos, aún no es tiempo de cerrar esa ventana en el tiempo que abrimos al darle comienzo a nuestra conversación.

"Después de aquello, hasta el infarto, no hubo un solo año en el que el día en que cayera el aniversario de la muerte de Marisa el Tinto no se fuera solo a la iglesia. El único día del año que la pisaba, pero no se perdió uno. A qué iglesia fuera daba lo mismo, pero siempre iba solo, ni con la familia ni con el cha-

val. Siempre solo. Y si nos coincidía en la carretera por algún partido él se separaba del grupo con su coche para ir a alguna ermita cercana o lo que fuera más conveniente, y ya después lo veríamos cuando tuviéramos que verlo".

"¿El Tinto viajaba separado del grupo?"

"Siempre. Ni una vez lo vi yo en el autobús con el equipo. Decía que a él tanto hombre junto le recordaba a la mili, y que milis ya había hecho muchas".

En ese momento el balón sale mal despejado hacia nosotros y le cae en el pie a Bernardino, que lo manda de vuelta de una patadón.

"Eso sí, en Mérida a la semana siguiente, jugando con nueve y tres centrales desde la primera parte, y una lluvia de tres pares de cojones, que ya me contarás tú cuándo ha llovido en Mérida, nos metieron el 1-0 en el descuento y casi hay que traer a la Municipal para sujetarlo".

Bernardino Carrasco, el andamiaje en la sombra, la mano derecha del Hombre del Candado, suspira entonces. Y aunque él trate de hacerlo pasar por desesperación cuando su nieto Gabriel en vez de darle al balón despeja en falso y le da al aire, yo estoy casi seguro de que su gesto viene de un lugar más profundo, de ese lugar escondido en el que a veces los suspiros se convierten en nostalgia.

"Ahí fue cuando lo vi yo claro otra vez. Ahí fue cuando el Tinto nos dijo que ya estaban de vuelta".

"¿Quiénes?" inquiero. "¿Quiénes estaban de vuelta?"

"¿Quiénes van a ser?" contesta él como si mi pregunta no tuviera sentido. "El Tinto y sus dos cojones".

Se antoja este un buen momento para distanciarse de las bifurcaciones de la tragedia, pues a ellas habremos de volver más adelante, y retomar el sendero antes transitado al hablar de la irrupción del Tinto Carranza en la categoría reina del fútbol español.

A pesar del magnífico desempeño mostrado por el equipo del Conductor de Monbús en la campaña anterior, en la 89/90 el Tinto abandonaría el Cádiz C.F. a falta de once jornadas para finalizar la temporada. Como no podría ser de otro modo, lo haría envuelto en la tormenta, y así, la última imagen que se tendría de él a cargo de la escuadra con cuyo estadio compartía apellido, sería la del corte de mangas que le dedicó a su propia afición tras el pitido final de un turbulento cero a cero cosechado en casa ante el Mallorca. La portada del diario Marca rezaría "El Tinto se venga del Carranza", mientras que el diario AS simplemente lo titularía *"Le salió del alma"*. Cuatro jornadas después, el Conductor pondría rumbo hacia los gélidos banquillos del norte de España.

En posiciones de descenso y a falta de siete partidos por jugarse, la situación del Alavés era crítica cuando el héroe, el Hombre del Candado, se puso al mando. Al más puro estilo *tintista,* e igual que con el Logroñés dos años antes, David Gutiérrez Carranza llegaría, aparcaría el autobús y mantendría la categoría. ¿El bagaje? Más tarjetas rojas que partidos jugados, el cero como cifra talismán y un segundo corte de mangas a la afición gaditana.

"El equipo había logrado la permanencia la jornada anterior, justo antes de cerrar la temporada visitando al Cádiz, al que con un empate le valía para entrar en Europa por primera vez en su historia", me cuenta Enrique Valiente y Valiente. *"El Tinto les metió el 0-1 a los seis minutos de empezar y el 0-2 en el descuento. La primera vez en toda esa temporada que un equipo suyo marcaba dos goles en un mismo partido. Con el 2-0 el Tinto se volvió hacia la grada, que le había estado silbando todo el partido, y les volvió a hacer otro corte de mangas. El campo casi se viene abajo".*

"Yo no sé cómo salimos vivos aquel día" se ríe Bernardino Carrasco con aplomo de gladiador. *"Había gente saltando al campo y tirándonos botellazos, y se montó un pifostio de cojones*

entre los jugadores. A Valverde, el lateral ese que teníamos que no tenía muchas luces pero era un animal casi le saltan el ojo de un patadón. De los cristos más gordos en los que estuve yo con el Tinto, que ya es decir. Aquello fue un sindiós, una batalla campal. Con decirte que el partido había terminado a las cinco de la tarde y la policía no fue capaz de sacarnos de allí hasta las nueve te haces una idea".

Finalizada aquella temporada con los deberes hechos, cinco partidos de sanción a cuestas y la enemistad de una nueva capital de provincia ganada a pulso, el Tinto y Bernardino Carrasco cambiarían el húmedo paisaje vascongado por la árida meseta castellana. Así, la temporada 90/91 les vería lograr un noveno puesto con el Valladolid C.F., equipo que habrían de abandonar al cabo de ese mismo ejercicio aduciendo que, en palabras del propio Tinto, *"en Valladolid son todos unos muertos de hambre".*

A medida que los partidos en la máxima categoría se acumulaban en su haber y las muescas lo hacían en su revólver, una constante que sería ya indisociable de su paso por la élite del balompié español comenzaba a perfilarse en la trayectoria del Tinto Carranza.

Aprovechando que su casa no queda lejos de nuestra redacción, me acerco hasta el madrileño barrio de Argüelles para reunirme con Gustavo Adolfo Perfecto Rincón (Madrid, 1955), inefable trencilla y sempiterna mano negra de los tapetes de la época, a la sazón primo segundo de David Gutiérrez Carranza y el enemigo más íntimo que éste tendría nunca en vida. Durante el tiempo que paso en su casa, en el bonito aunque recargado cuarto de estar en el que cuento hasta doce fotografías de mi anfitrión vistiendo la elástica arbitral, consigo tomarle el pulso a las antiguas rencillas y feudos que el otrora colegiado mantuvo en vida con el conductor de Monbús. El hacha de guerra, salta a la vista, asoma aún entre la arena.

"Ese señor era el hijo de la prima de mi madre, y siempre había sido un tacaño y un maleducado. Y lo digo ahora que ya ni

mis padres ni los suyos están aquí para escucharlo, aunque creo que tampoco estoy descubriendo la rueda. Y sinceramente no entiendo a qué viene esto de encumbrarlo ahora de esta manera, supongo que ha de ser porque está muerto, pero a mí eso me da igual. El Tinto más que un entrenador de fútbol lo que era era un marrullero. Lo era cuando éramos niños y lo siguió siendo cuando nos encontramos en Primera. Con toda la honestidad del mundo opino que el reportaje habría que haberlo hecho sobre mí, una persona con una trayectoria intachable en Primera división que además llegó a arbitrar una Eurocopa, no sobre un señor que se pasaba el día expulsado por andar llamándole de todo a todo el mundo".

"Pero el récord de…"

"¿El récord de qué? Récords hay muchos, y los del Tinto a mí no me parece tampoco que sean para echarle flores. Sinceramente, lo digo con toda la honestidad de la que soy capaz. Yo creo que el reportaje habría sido bastante más interesante de haberlo hecho sobre alguien como yo. Y además, dicho queda aquí sin que suene clasista, pero el Tinto era un poco de pueblo y un poco paleto, y lo fue toda su vida. Y que conste que yo no tengo nada en contra de la gente de pueblo, eh, pero es lo que hay".

"¿Alguna vez llegó a sanar la relación con su primo?"

"Primo segundo".

"¿Alguna vez llegó a sanar la relación con su primo segundo?"

"¿Sanar qué es? ¿Que dejara de decir barrabasadas en ruedas de prensa sobre mi persona? Pues mire, no que yo sepa. Ese señor se murió hace diez años como se pudo haber muerto ayer, que estoy seguro que hubiéramos seguido teniendo la misma monserga que tuvimos toda la vida".

"Si las heridas siguen abiertas, como parece que…".

"De abiertas nada, oiga, no se confunda, que yo estoy tranquilísimo. Estoy muy tranquilo y con ese señor no tengo nada que ver. No entiendo que se le tenga que hacer un reportaje a

semejante individuo, la verdad, pero bueno, ustedes sabrán lo que hacen con su dinero".

"Bueno, no se ponga usted así".

"No, si yo no me pongo de ninguna manera. Aunque esta es mi casa y si quisiera podría hacerlo".

"Faltaría más".

"Bueno, pues ya está dicho. ¿Las fotos cuándo me las hacen?"

"¿Las fotos?"

"Para el reportaje. Digo yo que tendrán fotos mías en el reportaje".

"¿Pero entonces aún quiere salir?"

"¿Pero eso de que no quiero salir lo saca usted de dónde?"

"No sé, por un momento pensé que..."

"¡Pero cómo no voy a salir yo en un reportaje sobre el Tinto Carranza!"

"Bueno, pues si quiere salir se las ponemos".

"¿Tres o cuatro?"

"Hombre, no sé yo si tantas va a ser..."

"¡En el reportaje de mi primo tiene que haber fotos mías!"

"Primo segundo".

"¡Lo que sea!"

En vista de que la sangre corre aún caliente en casa del colegiado, dejaremos que sea ahora un observador desapasionado quien nos ayude a desentrañar la maraña, a escribir y describir lo que supuso la figura de Gustavo Adolfo Perfecto Rincón en la vida de David Gutiérrez Carranza. Más adelante, como es menester, nos adentraremos de nuevo en el terreno del testimonio a quemarropa que sólo nos podrán proporcionar quienes, entre el ruido y la furia, estuvieron junto a las luces y las sombras del héroe.

"La trayectoria de Perfecto Rincón ya era polémica por derecho propio antes de que él y el Tinto compartieran categoría. Había sido uno de los árbitros más jóvenes en llegar a Primera, y ya desde un principio estuvo envuelto en rumores y habla-

durías" me cuenta Enrique Valiente y Valiente con la palabra medida y profesional que le caracteriza.

"¿Qué tipo de rumores?"

"De todo tipo. Eran de dominio popular sus amistades en las altas esferas de la Federación, que él no hacía ningún tipo de esfuerzo por disimular. Era además uno de los árbitros más tarjeteros y que más penaltis pitaba que yo recuerde. A no ser que tocase el Real Madrid, eso sí. Al Real Madrid así a bote pronto no recuerdo que les sacase nunca una roja... lo que sí que recuerdo es la vez en el 89 cuando le fotografiaron abrazándose con Butragueño y Jorge Sanz en la discoteca en la que el equipo celebraba la liga de ese año. Hasta fotografía con la camiseta puesta se hizo y todo. Pero a él le daba igual, le gustaba el papel de villano, incluso cuando fue a la Eurocopa sin que nadie se explicase cómo era posible que lo hubieran mandado a él". Enrique hace un gesto con la cabeza. *"Esa sí que fue sonada, no sé si acuerda".*

Sonrío y asiento, y le respondo a Enrique Valiente y Valiente que por supuesto que recuerdo el momento estelar de Gustavo Adolfo Perfecto Rincón: Eurocopa de 1988 en Suecia, arbitrando el partido inaugural, Suecia contra Yugoslavia. El partido quedó 0-1 y se estuvo hablando de amaño durante años. Les anuló dos goles legales a los suecos, no les pitó un penalti y le concedió un gol a Yugoslavia en fuera de juego en el descuento. Fue tan gordo que lo mandaron a la nevera el resto del campeonato. Un mes más tarde, sería fotografiado en Marbella con el presidente de la federación yugoslava y otras figuras de la jet set.

"Y en ese contexto llegó el Tinto a Primera", añado.

"Así es. La prensa se frotaba las manos, y la verdad es que lo que se esperaba de ellos no defraudó a nadie".

"¿Cómo fue su relación?"

"Desde el principio fue tormentosa. El Tinto se refería a él como Imperfecto Rincón, La Peluquera o El Cagón de Argüelles, *o le llamaba chulo en ruedas de prensa y decía* "ese roba más

que Hacienda", *o le llamaba playboy y decía que ese lo que tenía ganas era de peinarse, pero de arbitrar "ya tal". Perfecto por su lado lo expulsó en todos y cada uno de los partidos en los que le arbitró, en más de una ocasión antes incluso de empezar el partido. Se llamaban de todo en la prensa, estuvieron a punto de llegar a las manos en varias ocasiones... aquello llegó a adquirir tintes homéricos".*

En Sevilla, sin perder de vista a sus nietos, Bernardino Carrasco también recuerda aquellos días de tormenta.

"*¿Perfecto? Qué malo era el cabrón me cago en mi sombra. Normal que el Tinto no pudiera ni verlo. Ni el Tinto ni nadie.* El chulo de la gomina *le llamaba.* "Hoy nos arbitra el chulo de la gomina"*, decía,* "a ver si hay suerte y hoy llueve y se le corre el maquillaje"*, o decía* "yo a ese no lo insulto todo lo que me gustaría por respeto a mi madre". *Harto estaba yo de separarlos cada vez que se veían, y mira que yo por ganas de aplaudirle la cara al mendrugo ese no era ¿eh? Pero es que el Tinto en esos casos se volvía incluso más Tinto que de costumbre, que ya es decir. Menuda tenían liada me cago en la virgen, se amargaron la existencia todo lo que pudieron".*

A las implicadas palabras de Bernardino Carrasco, es de recibo añadir las de doña Carmen Gutiérrez Carranza, otra de las partes implicadas en los acontecimientos que nos ocupan.

"*Gustavo Adolfo fue un antipático y un envidioso toda la vida*" recuerda la hermana del Conductor de Monbús. "*Desde que tengo yo memoria de verlo cuando venía de visita de niño, fíjese. Guapo como un querubín, eso sí, porque Gustavo Adolfo era un niño guapísimo. Y de mayor también un hombre muy bien parecido, pero desabrido y presumido como él solo. Y tampoco voy a decir yo nada más por respeto a madre, ¿sabe usted? Porque después de todo es familia y ni este es el lugar, ni es de recibo, ni le incumben a usted esas cosas. Pero qué mal se quisieron siempre Gustavo Adolfo y David, eso era una cosa... si hubiera visto usted los disgustos que se cogía madre cada dos por tres con ese asunto. Y eso que ella a David no lo veía tampoco nunca por televisión, que yo sepa, a lo más lo escucharía así alguna vez por la radio sin que se notase mucho, así a escondidas si no le coincidía con la novela. Pero ella se enteraba igual, ¡como para no! ¡si estaba todo Burgos hablando de lo mismo! ¡Qué disgustos! Pero es que era cada dos por tres aquello, qué horror… aunque claro, también hay que decirlo todo, y es que lo raro era que David no anduviera todo el día enemistándose con el primero que se le atravesara, que parecía que le pagaban por andar a la gresca, ¡qué mal carácter tenía ese hombre, por Dios!"*

En la lucha del Conductor por la conquista de sus pulsiones, en esa cuerda floja entre la pasión y la ira que transitan los héroes, el Tinto proseguiría su andadura en Primera división bajo la sombra aciaga y alargada de la tragedia. Cuando antes nos referíamos a los días que sobrevinieron tras el fallecimiento de su mujer Marisa, quedó fuera de nuestro relato un factor fundamental, tan fundamental como la propia sangre: su hijo Santiago y la relación quebrada que habría de mantener con su padre hasta el final de los años que al Tinto Carranza le quedaron entre nosotros.

Santiago Gutiérrez Cabezas (Burgos, 1974), a quien más adelante habría de conocerse como Guti Carranza, o por el mal sobrenombre de Santi Discotecas, contaba cerca de dieciséis años el día de la muerte de su madre. La relación con su padre, que hasta entonces había sido distante, quedaría seriamente dañada tras la muerte de aquella, llegando al extremo de romperse completamente durante varios años.

Nos gustaría dejar constancia antes de proseguir más allá de este punto, por respeto a los involucrados en esta historia, que tanto esta publicación como quien estas líneas escribe han intentado en varias ocasiones ponerse en contacto con Santiago Gutiérrez Cabezas, cosechando escuetas negativas en todas ellas, decisión que por supuesto respetamos. Continuaremos nuestro relato, pues, honrando siempre a la verdad y a sus protagonistas con la mayor reverencia que nuestro oficio, nuestra historia y nuestros lectores merecen, y reconstruiremos los hechos con los remiendos fragmentados de los recuerdos de quienes allí estuvieron.

A Carmen Gutiérrez, la persona de cuantas pueblan estas páginas que más de cerca vivió lo que nos ocupa, se le intuye en la mirada el brillo del pesar marchito cuando le menciono a su sobrino. En su voz rebelde e irredenta, se mantiene sin embargo el arresto que la caracteriza.

"Mucho les gusta a ustedes los juntaletras andar hurgando en estas cosas. Mucho les gusta".

"No tenemos por qué hablar de..."

"Pues mire usted. El niño y su padre llevaron la muerte de Marisa cada uno a su manera, pero como eran dos antipáticos y dos ásperos que aquello era una cosa horrorosa, pues lo llevaron fatal. ¿Le parece a usted normal que estén un padre y un hijo sin hablarse una pila de años? Y dirá usted, pues hombre, David algo de culpa tendría, que era el que no asomaba nunca por casa y tenía al crío abandonado. Y no le quito ni una coma. Pero Santiago era un disoluto y un bala perdida que solo ponía de su parte para encabritarse cuando le llevaban la contraria. Y no era un niño de teta cuando murió su madre, óigame usted, que era ya un hombre hecho y derecho. O a ver usted qué se piensa, que padre se quedó huérfano con ocho años y bien que salió adelante y se vestía por los pies. Y con madre tres cuartos de lo mismo, cuidando toda la vida de la familia como una jabata. Eso de poner excusas, para los socialistas, que a Santiago nunca le faltó de nada, ni un techo sobre la cabeza ni un plato de alubias en la mesa. Un Gutiérrez tira siempre adelante con lo que le echen, y punto, el resto son cuentos. Así que eso, lo que le acabo de decir, el padre por el hijo y el hijo por el padre y al final, todos a una, Fuenteovejuna. Y hasta aquí le pienso yo

contar a usted de este tema, que a saber lo que anda usted luego publicando".

En Sevilla, Bernardino Carrasco observa a su nieto Gabriel errar un gol a puerta vacía.

"Dos pies izquierdos tienen estos niños, me cago en mi puta vida… ¿Cuál era la pregunta?"

"El Tinto y su hijo Santiago".

"Ah, sí. Pues mira, lo que pasó fue que después de lo de Marisa el Tinto se refugió en el fútbol. Pasó el luto en los banquillos, si es que alguna vez lo pasó del todo", me cuenta con expresión hosca, *"y eso le trajo factura con el chaval, del que se hizo cargo sobre todo su hermana Carmen. Pero es que al Tinto, aparte de Marisa, no se le daba bien la gente, fueran o no de su familia. Y esa forma de ser, de casi no estar ahí, Santi nunca se la perdonó, el chaval siempre llevó eso como una traición. Andaban todo el día como el perro y el gato. Pero es normal, Santi tenía un carácter difícil de cojones, era hijo de quien era, y David y él chocaban mucho, casi siempre que se veían, y a ninguno de los dos les salía bien ni lo de morderse la lengua ni lo de desdecirse, vive Dios. Y ya cuando el chaval empezó a despuntar un poco y la gente empezó a fijarse en él y en las cosas que hacía, pues obviamente la cosa no mejoró, sino todo lo contrario. Lo que sabiendo cómo se las traían entre ellos, estaba más cantado que la hostia".*

Bernardino hace referencia a la breve, que no inadvertida para quienes recuerdan aquellos años, carrera futbolística de Santiago Gutiérrez, el cual contaría apenas veintiún años al hacerse un hueco en la categoría reina del balompié español junto a su padre y a su primo tercero, Gustavo Adolfo Perfecto Rincón, el cual prefiere no pronunciarse más de lo necesario al respecto.

"Yo a esa persona la conocía más por la televisión que otra cosa, qué quiere que le diga, porque a mí a esa casa ni me invitaron nunca ni quería yo ir. Luego en Primera es verdad que le arbitré una vez y bueno, no se dedicó a llamarme majadero

durante hora y media como hacía su padre, que para alguien de esa familia supongo que ya es bastante progreso".

Veloz delantero centro con cierto olfato para el gol, Santiago Gutiérrez Cabezas, al que casi de inmediato empezó a conocerse como el Guti Carranza, jugaría dos intermitentes temporadas al máximo nivel, llegando incluso a fichar y debutar con gol con el Atlético de Madrid (*"ellos sabrán"* fue el escueto análisis del Tinto). Su notable proyección, no obstante, habría de verse marcada por las lesiones y las polémicas tanto dentro como fuera del campo. Con 23 años recién cumplidos, catorce goles en Primera División, y una carrera irregular aunque no exenta de algunos méritos, una fatídica entrada rival empujaría al hijo de David Gutiérrez Carranza a colgar las botas y desaparecer de la vida pública.

"Era bueno. Peligroso en las contras y asociándose en segunda jugada… cuando había dormido la noche anterior" me cuenta Enrique Valiente y Valiente en Santander.

"¿Cómo fue su paso por el Atlético de Madrid?"

"Irregular… y breve. Ya el primer mes llegaba pocas veces en hora a los entrenamientos. Aún así se las arreglaría para debutar con gol contra el Elche. Después jugaría a ratos durante un par de meses, se lesionaría y acabaría traspasado al Salamanca en el mercado de invierno. Allí le iría algo mejor, con siete goles hasta el final de temporada, hasta que el entrenador lo apartó del equipo por negarse a ir a entrenar los lunes".

"Y en esa época ¿cómo era su relación con el Tinto?"

"Mala. Cuando le preguntaban por su padre él solía referirse a él como 'ese señor'. *Cuando al Tinto le preguntaron que si convocaría a su hijo en caso de llegar a entrenarlo él respondió que antes entrenaba a un equipo de parados, que los parados por lo menos le ponían ganas".*

"¿Qué ocurrió el día en que se encontró con el Tinto en un terreno de juego?"

"Fue cuando jugaba en el Salamanca, la primera vez que se

enfrentaban en un partido. Ni se saludaron ni se dieron la mano antes de empezar. Después, en uno de los lances del juego, a Mateja, uno de los centrales del Tinto, le sacaron roja por hacerle una entradón precisamente a Santiago, al que tenían frito a golpes en ese partido. El Tinto estuvo tan en desacuerdo con la decisión del árbitro que hasta el entrenador contrario se metió a tranquilizarlo. Perdió los papeles de una manera desconocida incluso en él, no fue bonito. Acabaron saliendo él y Santiago del campo casi a la vez, el Tinto expulsado y el chaval en camilla, gritándose y haciendo aspavientos. Un desastre".

La entrada de Mateja pondría ese día fin a la carrera del Guti Carranza, que anunciaría su retirada del fútbol poco después.

"Esto no lo sabe la gente" me cuenta Bernardino Carrasco, *"pero esa misma noche fui con el Tinto al hospital a visitar al chaval".*

"¿Cómo fue el encuentro?"

"Tenso de cojones, cómo iba a ser. Recuerdo la cara de David cuando íbamos de camino, esa cara no se la había visto yo en la vida, y yo a David lo conocía mejor que a mi padre… Yo creo que se avergonzaba. De lo que había pasado en el campo y me da que de algunas cosas más. Las burradas que se habían gritado él y Santiago en el campo, cuando el chaval salía en camilla y se le saltaban las lágrimas pero aún así le gritaba de vuelta… mala estampa". Bernardino tuerce el gesto pero mantiene la mirada fija al frente. Escupe después en el suelo y carraspea hondo. *"A Santiago lo retiramos del fútbol aquel día. Y eso iba en el sueldo y lo sabía él, lo sabía el Tinto y lo sabíamos todos. Pero la forma en la que se desgañitaba el Tinto desde la banda para que le fueran a la piel, cómo se desgañitaba después con la roja a Mateja o con la suya propia… la escena se había salido de madre. Aquel día David estaba fuera de sus casillas, vive Dios".*

"¿Qué ocurrió en el hospital?"

"Cuando llegamos pasé yo primero a ver a Santiago, que

malditas las ganas que tenía de verme, jodido como estaba. Pero me recibió y no me negó la palabra, el chaval era como era pero nunca fue mala gente. Después me fui y entró el Tinto con cara de funeral, y ni sé lo que hablaron allí dentro ni se lo pregunté nunca, aunque me lo imagino. Salió al poco con cara de póquer, sin abrir la boca hasta que llegamos al aparcamiento. "Mañana a entrenar", fue lo que me dijo antes de subir al coche".

Después de aquel día el Tinto Carranza y su hijo Santiago no volverían a dirigirse la palabra. Cuatro años después, un fatídico infarto segaría la vida del Conductor de Monbús. Entre medias, nacería su nieto Serafín, al que nunca conocería.

"Lo de no conocer a su nieto... eso al Tinto le dolió como una puñalada, vive Dios. Como que me apellido Carrasco que le dolió... Siempre he pensado que sabiendo cómo eran esos dos no quedaban más cojones que terminar así". Bernardino permanece sombrío entre la algarabía infantil que se desata en la lontananza: al equipo de sus nietos le acaban de encajar un gol.

Bernardino y yo suspiramos.

Y así, en pugna contra los elementos y contra sí mismo, los banquillos de Logroñés, Compostela y Tenerife *("me marcho antes de que se me pegue el acento"),* serían transitados por el Hombre del Candado, quien los hollaría y los dejaría ardiendo a su paso. En la 93/94, como el hijo pródigo que regresa a casa, el Tinto Carranza retomaría las riendas del equipo de su ciudad natal, el Real Burgos Club de Fútbol, con un quinto puesto que clasificaba al conjunto automáticamente para la Copa de la Uefa del año siguiente: el autobús estaba a punto de ser aparcado en terreno internacional. *"¿Europa? Europa es Burgos"* diría el Tinto.

Aquel año llegaría su famoso doble récord: mayor número de puntos cosechados con el menor número de goles anotados de toda la historia de la Primera y la Segunda división españolas, pulverizando además cualquier cifra de tarjetas rojas recibidas por ningún equipo español en los últimos cincuenta años. El Tinto no iba al campo, iba a la guerra.

En Europa, entre la polvareda y la épica, Olympique De Lyon y Brujas (*'para brujas las que hay en mi pueblo'*) doblarían la rodilla a su paso. Consabida su costumbre de acostarse a las diez para así levantarse al alba, el Tinto Carranza dejaría muy claro que entre el Bayer Leverkusen, reciente campeón de la Bundesliga, o contra un desconocido Ankara Demirspor turco él preferiría jugar en cuartos contra los alemanes por suponer un menor trastorno. '*Que trasnochen los taxistas*', diría. Los alemanes, cosas del fútbol, besarían la lona en el '92 y el Tinto se iría directo al hotel sin pasar por vestuario ni rueda de prensa. En la siguiente ronda, la Lazio lograría sin embargo derribar al Hombre del Candado y poner fin así a su aventura europea. *"Pues venga. Arreando que aquí ya estuvimos"* daría por toda respuesta.

En España, mientras tanto, el Tinto se las arreglaría para llegar a semifinales de Copa del Rey contra el Español con un equipo en cuadro.

"No le quedaban jugadores" me cuenta Enrique Valiente y Valiente moviendo mucho los brazos. *"A esas alturas ya toda Europa estaba pendiente de él. Todos nos preguntábamos hasta dónde sería capaz de llegar. Hasta cuándo podría mantener ese ritmo. Tres, cuatro expulsiones por partido... se estaba quedando sin jugadores hasta en el filial".*

Exhausto, el Conductor arrancaría un pírrico empate a cero contra los catalanes, fiándolo todo a una carta en el partido de vuelta en Burgos. El silbato aquella tarde, parecía destinado, lo empuñaría Gustavo Adolfo Perfecto Rincón. En su casa, Valiente y Valiente me enseña el vídeo de la célebre tarjeta roja al Tinto en aquel partido, cuando el trencilla se acerca a su banda tras una jugada polémica.

"¡Eso no ha sido penalti, David, que lo he visto yo!"
"¡Pues entonces eres un hijo de puta!"

Cinco jugadores más todo el equipo técnico expulsado fue la penitencia infligida por Perfecto a la escuadra visitante aquel día. Con todo, aún serían necesarias una prórroga y doce penaltis para doblegar al tintismo. Aquel día, su actuación le valdría al colegiado una inhabilitación de más de dos años y nuevos rumores de corrupción por amaño de partidos de los que ya nunca se recuperaría. El Tinto cayó aquel día, sí, pero se llevó a su primo con él.
"Primo segundo".
A su primo segundo con él.

Y así sobreviene el ocaso de un héroe. Apenas un mes después, tras elevarse hasta lo más alto, David Gutiérrez, el Tinto Carranza, fallecía de manera fulminante en una gasolinera segoviana. Con él terminaba una estirpe, se extinguía una llama.

En la temporada en la que nos abandonó, cuando puso el broche a su vida antes de su muerte, el Tinto Carranza grabaría su legado en piedra, en el granito de un muro levantado con mimbres indelebles, hechos de cartulina roja y erigido con cinco centrales atrás. El taco por delante elevándose a la categoría de noble arte y el insulto arreciando desde la banda, con la tez roja y oscura, tinta, de la orden táctica que se fundía con la mención de la madre del árbitro y los cuernos del jugador contrario, a veces también del propio.

Al Tinto lo encontraron desplomado junto a su coche. En la cartera, una fotografía de su mujer Marisa, y junto a ella, otra de su hijo Santiago vestido de corto.

Descansa en paz, maestro.

Ojos de serpiente

Con manos temblorosas le ganó la batalla al pestillo. Cerró la puerta tras de sí y se recluyó en el baño, la música entrando quebrada tras él. Atenazado el estómago, desbordando el sudor por sus poros. Algo iba mal, algo iba muy mal...

Oleadas de agujas a través de su espinazo. Oleadas que no era capaz de contener llegando a su garganta, el aire alcanzando apenas sus pulmones exhaustos. Olor a cañerías, paredes acechando. Manos que se agitan y buscan asidero en la penumbra. Le desfallecía la vista.

Trató de mantener la calma, trató de controlarse.

Piensa... repitió para sí mismo. *Piensa, Manuel, piensa.*

El frío del mármol en sus manos. Claustrofobia. En aquel baño no había ventanas. ¿Qué hora era? ¿Cuánto tiempo llevaba allí dentro?

Acabas de entrar. Manuel...acabas de entrar...

Cerró los ojos. Susurró su propio nombre sin hallar cobijo en aquel mantra. Extraños pensamientos, ideas oscuras que se ciernen, que estrechan el cerco.

¿Cuánto tiempo? ¿Cuánto?

¡Acabas de entrar! gritó sin saber si en voz alta o para dentro. ¿Acaso importaba? Algo no iba bien pero él no sabía qué era.

Enfrentó su reflejo en el espejo: la mirada frágil y las bolsas alrededor de los ojos; el pelo ralo, escaso y grasiento, triste sobre la frente; la piel macilenta y las orejas de soplillo tratando de escapar con patetismo a cada lado; el diente mellado en una esquina y la mirada abatida de siempre. Todo estaba allí… ¿en su sitio?

El espejo… aquel rostro en el espejo… era *como el suyo*. Aquella *parecía* su cara. Todas las piezas estaban allí, se decía, dedos vagando sobre sus facciones una a una, una vez y otra vez y otra vez después de la anterior. Y sin embargo… sin embargo eran ojos de serpiente los que veía allí dentro.

Tiritando los huesos. Extraviada la noción del tiempo observándose… ¿a sí mismo? Observando aquel reflejo que *casi* parecía él, que *casi* parecía una réplica perfecta de Manuel mismo.

—¿Quién eres? —se escuchó preguntando.

—¿Quién eres? —respondió su reflejo.

—Soy yo, Manuel.

—¿Lo soy?

—¡Soy yo!

—¿Lo soy?

—¿Estoy perdiendo la cabeza?

—¿Estás perdido en tu cabeza?

No podía separarse. Le pitaban los oídos, le dolían los brazos, el sudor le escocía en los ojos y la sed le quemaba en el vientre. El rostro en el espejo le devolvía la mirada. ¿Interrogante? ¿Severo? A Manuel le costaba distinguir lo que tenía delante, el pitido en los oídos creciendo insoportable.

—Esto no es real.

—¿No lo es?

—¡Esto no es real!

—¿Y qué significa real?

El rostro le mordía en el espejo. Una silueta lejana se acercaba. *Algo* había cambiado, *algo* asomaba que antes solo se intuía. Logró apartarse, derramarse lejos del cristal, la habitación cerrándose inexorable como un cepo.

—Tengo que salir de aquí. ¡Tengo que salir de aquí!

—¿Estás seguro? —El tono era ahora burlón; el rostro menos familiar, el semblante más extraño.

Manuel se giró buscando la puerta pero no había puerta tras él. No había puerta a su derecha ni la había a su izquierda. Aquel baño era un ataúd. Cuatro paredes y ninguna salida.

Una trampa.

Un foso.

Un pozo.

—¿¡Dónde está la puerta!? —Lágrimas huérfanas, implorantes. Con horror Manuel observó cómo el reflejo que el espejo le devolvía cada vez le recordaba menos a sí mismo. Las facciones habían cambiado: más duras, más dementes, más viejas y despóticas.

—¿Qué puerta? —le espetó el rostro.

—¡Déjame salir! ¡Déjame irme!

El espejo graznó una carcajada fúnebre, una carcajada que sonaba a huesos rotos. Manuel no fue capaz de aguantar su mirada. Se apartó. Se giró en redondo, desorientado como un niño perdido en el bosque.

¿Cuánto tiempo llevaba allí dentro?

Entonces notó algo a su espalda y allí estaba la puerta. Confuso y temblando quitó el pestillo. Como si fuera el último umbral del mundo se abatió contra él, cruzó la salida.

En la distancia, el rostro del espejo le observó entrar. Apenas recordaba a Manuel ya. Era una cara adulta, del doble de edad que la suya. Sus ojos más descarnados, más inyectados en sangre. Aquel rostro eran todos los rostros. Aquel rostro eran insultos y mentiras, palabras de odio y caminos que terminaban en miseria. Aquel rostro eran días grises y corazones negros. El rostro de una araña. Aquel rostro eran todos los rostros que Manuel había conocido en su vida... .y sin embargo el baño era el mismo, y Manuel no comprendía.

Empujó la puerta y estaba en el baño. Estaba en un torbellino de luz enferma que agotaba los ojos, de baldosas barnizadas de mugre, de peste a cañerías profanando su olfato.

El rostro no dijo nada, y lo miró en silencio.

Manuel empujó la puerta pero seguía en el baño. Un torbellino de olor a cañerías en el olfato, baldosas y mugre, luz agotada como agotados estaban sus ojos.

El rostro no dijo nada, y lo miró en silencio.

Empujó la puerta con toda su fuerza... pero seguía en el baño. Allí aguardaba un rostro que se burlaba, y un torbellino que lo agitaba, que lo envolvía en baldosas y mugre, en cañerías que profanaban su olfato, en una luz que moría como también parecía hacerlo él.

El rostro no dijo nada, y lo miró en silencio.

Implorante, empujó la puerta...pero seguía en el baño. Allí un rostro burlón, una cara en un espejo. Olor a cañerías. En aquel baño no había ventanas. Allí la luz era enferma y formaba un torbellino, y Manuel, maniatado, estaba en su centro.

El rostro no dijo nada, y lo miró en silencio.

Empujó la puerta y cayó de bruces...

                ... pero seguía en el baño.

El rostro.

        No dijo.

                Nada.

      Y lo miró en silencio.

—Déjame salir —exhaló Manuel.

El espejo habló al fin, la voz afilada, metálica como la sangre.

—¿Hay algún sitio en el que debas estar? ¿O acaso ya estás allí? ¿Estás seguro de que no es aquí donde debes estar? ¿Eh, piojoso? ¿Has pensado en eso? ¿Has pensado que quizás tu sitio está aquí? ¿Aquí conmigo? A ti nunca se te ha dado bien pensar, ¿eh, piojoso? ¿O acaso me equivoco?

"*Míralo*".

"*Patético*".

"*¿Por qué va tan sucio?*"

Se volvió buscando voces, buscando sombras. Las palabras habían sonado en su cabeza. El espejo lo miraba y callaba de nuevo. Voces llegando a sus oídos. Voces jóvenes y homicidas, voces decrépitas de ultratumba que hablaban sobre él, que lo insultaban, voces que se amontonaban unas sobre otras, confundiéndose en una madeja de ruido en sus oídos. ¿Cuánto tiempo llevaba allí dentro?

¿Cuánto tiempo?

¿Cuánto?

Una colmena de voces. Un avispero.

—¡¡Callad!!

Embistió contra la puerta, trató de escapar. Estaba de nuevo en el baño y las voces gritaban más alto. El rostro del espejo reía y reía, y sus carcajadas se alzaban sobre el fuego en sus oídos.

Cedió al pánico. Intentó salir.

Estaba de nuevo en el baño.

Intentó salir.

Pero estaba de nuevo en el baño.

Su mirada cayó a plomo sobre el espejo. Aquella cara... nada allí recordaba ya a... ¿a quién? ¿a quién debía recordar?

"Es un piojoso".

"Siempre lo ha sido".

Miró a los ojos de la serpiente y esta devolvió su mirada, y sus pupilas podían ver dentro de él.

—¿Quién eres? —preguntó.

—Tú no eres nadie. Tú no existes.

Y después la serpiente sonrió, y su espinazo (¿el de quién?) parecía a punto de quebrarse como una rama.

Y entonces su cara y la cara en el espejo comenzaron a derretirse, a colapsar sobre sí mismas. A deshacerse y gotear sobre el suelo. Y él (¿acaso tenía nombre ya?), intentaba gritar, tocar su rostro pero sus manos se derretían también, y trató de gritar de nuevo y solo un burbujeo acudía a su garganta, y su rostro se derretía sobre un charco en el suelo. Y él (¿quién? ¿cuál era su nombre?) se agachó tratando con manos inútiles... (¿el qué? ¿qué trataba de hacer?) y de entre aquel charco en el suelo surgían aullidos, fauces que le atacaban, dentelladas intentando alcanzarlo. Y algunas fauces gritaban, y otras reían, y en aquel baño solo había voces que gritaban y carcajadas que le helaban el alma, y las risas y los gritos resultaban indistinguibles unos de otros. Y él, quienquiera que fuera, se había disuelto, se había derretido, había dejado de existir. Y desde el suelo, pataleando, revolcándose, vio cabezas y manos surgir de las paredes. Rostros de gárgola. Rostros atormentados. Rostros sin rostro escupiendo frases que no comprendía, en idiomas muertos que no conocía. Manos que eran garras y lo sujetaban y lo zarandeaban. Manos que le arañaban la cara y herían su carne. Voces que lo maldecían y gritaban en sus oídos…

…y entonces…

... con crueldad y misericordia…

... se hizo el silencio.

El silencio.

Silencio.

En ese momento, Manuel (¡Manuel!) se vio a sí mismo sobre el suelo del baño, acurrucado. Las manos sobre la cara, empapado en azufre, su corazón latiendo entre arritmias. Ahora el sonido de la fiesta entraba pálido, amortiguado. Manuel no recordaba cuándo lo había escuchado por última vez. Confuso. Perplejo. Doblegado por las migrañas, atravesado por el llanto y el sudor que empapaba su ropa.

Intentó incorporarse, luchando apenas contra el temblor de sus piernas, de sus huesos famélicos. Cara congestionada. Delirios de una noche de tormenta. Trató de ponerse en pie y cayó de rodillas, conteniendo apenas las arcadas antes de alcanzar el retrete y vomitar abandonado a su suerte, envuelto entre estertores que sonaban como ríos de lágrimas… como los ríos de lágrimas que se derramaron cuando el fin del mundo fue cancelado a pesar de todo.

Por momentos le costaba recordar qué había ocurrido, recordar dónde estaba. Entonces veía de nuevo las siluetas y los aquelarres. No alzó la vista hacia las paredes. No alzó la vista hacia el espejo. Con él iba ahora el rastro moribundo que dejan las reses bajo los ojos del cuervo. Sobre su espalda cargaba los restos de algo que acaba de romperse allí dentro, algo que quizás ya no pudiera volver a reconstruirse. Con esa pregunta pendiendo sobre él, con cadenas en sus pies, Manuel abrió la puerta y salió del baño.

La vuelta a casa

Nevaba y hacía frío, más frío que entre las tetas de una irlandesa. ¿De qué iba la vuelta a casa? No de gran cosa. De lo que va siempre. Canciones que te gustan y canciones que no. Hay melodías nuevas, es cierto, pero sigue siendo la misma canción. Hoy había rap y charlas motivacionales en un podcast de Joe Rogan. Caminos resbaladizos, lo son. Supongo que cuando me resbalé iba encogido, hacía frío. El caso es que caí. Cambio radical en la geometría, cayendo en plano sobre mi espalda. Me sentí rebotar sobre el hielo, mi cabeza haciendo un ruido que nunca querrías escucharle hacer a tu cabeza. El sonido de la conversación interrumpida. Auriculares que pierden su sitio y de fondo mi grito confuso.

Al principio, qué iba a hacer, me lamí las heridas. Después me di cuenta de que aquella caída, aquella hostia, me había despertado. No más ruidos de fondo, ahora podía escuchar el frío. Ya no estaba encogido. En todo el resto de la vuelta a casa caminé más erguido de lo que lo había hecho esa noche.

Creo que mañana me dolerá el cuello.

Hermetismo
e irrelevancias

Estaba tan lleno que me costaba no blasfemar al respecto, pero me daba lo mismo. Por la ventana seguían lloviendo espaguetis, lo cual me daba también lo mismo. Antes habían llovido vacas, macetas y creo que incluso un par de vecinos. ¿Y qué? El tiempo no había quién lo entendiera y a mí eso me daba lo mismo.

—Lloviendo espaguetis de nuevo ¿eh? —me dijo el hombre de la mesa de al lado—. Está el tiempo que no hay quien lo entienda.

—A mí eso me da lo mismo.

—Ya me figuro, pero cuando…

—¡La cuenta! —comandé al camarero. Aquel señor me daba también lo mismo.

Historias de bar: Piñas coladas

Era *happy hour* en el Michael Joaordan's Bar, en pleno corazón de Copacabana, cuando aquellos dos tipos entraron en el local.

Joao Miguel, brasileño, propietario y entusiasta de la NBA (aunque no por ese orden), limpiaba vasos detrás de la barra. En una esquina un perro negociaba a mordiscos el desahucio de sus pulgas sin que estas le hicieran mucho caso, y en otra de las esquinas (porque se sobreentiende que allí dentro había más de una esquina) un tipo que quizás se pareciera a Caetano Veloso, aunque no estamos seguros porque nunca hemos visto qué aspecto tiene Caetano Veloso, tocaba versiones de Caetano Veloso.

Así pues, ataviados con sendas camisas hawaianas, que es algo así como el traje típico y tradicional de los turistas en Copacabana, aquellos dos se sentaron en una de las mesas vacías, justo entre cuatro señores que se estaban metiendo una mariscada que daba miedo verla, y el servicio de caballeros, que si bien no era el sitio con más clase del Michael Joaordan´s Bar, era sin duda uno de los más prácticos.

—¿Y cómo dices que lo reconoceremos? —preguntó uno de ellos, que era alto, sin pelo en la cabeza y con barba (por ese orden).

—El jefe dijo que es pelirrojo y lleva coleta y un tatuaje de un pájaro en el brazo —le respondió el otro, que era bajito, con pelo en la cabeza y sin barba (en el orden que se prefiera).

—¿Qué clase de pájaro?

—No sé, un pájaro.

El otro se encogió de hombros, dando la respuesta por buena, y se sacó un paquete de tabaco del bolsillo.

—¿Y cuándo dices que vendrá?

—El jefe dice que viene siempre a las nueve en punto, así que aún queda un rato. Oye, ¿no irás a fumar aquí dentro, no?

El tipo alto miró su propia cajetilla de tabaco como si fuera la primera vez que la veía, y luego miró a su compañero, que lo observaba con una expresión que recordaba mucho a uno de esos simbolitos de *No Smoking*, de esos que se iluminan siempre en los aviones durante los despegues y casi siempre también durante los aterrizajes, suponiendo que el avión no se haya estrellado y se haya saltado la última de estas dos partes.

—¿Qué pasa, aquí tampoco se puede fumar?

—¿Cómo que "aquí tampoco se puede fumar"? Va contra la ley fumar en locales cerrados, ¿por qué iba a poderse aquí? ¿No te parece lo suficientemente cerrado?

El tipo alto soltó una especie de gruñido y se guardó el tabaco en el bolsillo.

—Bueno, pues si aquí no se puede fumar entonces me voy a mear —dijo levantándose de la mesa—. Pídeme algo de beber.

—¿El qué?

—No sé, cualquier cosa.

Y al momento el tipo alto estaba ya dentro del servicio (como ya dijimos, aquellos dos tenían la mesa más práctica del local), así que el tipo bajito le hizo una seña a Joao Miguel y pidió lo que le pareció más oportuno. Así, cuando el otro volvió del baño se encontró en la mesa dos piñas coladas al estilo Río de Janeiro, que como su propio nombre indica es a lo grande y con una sombrillita de papel.

—¿Pero qué es esta mierda?

Sorprendido, el tipo bajito miró al tipo alto mientras sorbía por una de sus pajitas.

—¿A qué te refieres?

—¿Cómo que a qué me refiero? A esta mierda —replicó el tipo alto señalando su bebida y mirando a su alrededor con miedo de que hubiera allí dentro algún conocido, y es que ya se sabe que estas cosas las carga el diablo.

—Me dijiste que pidiera cualquier cosa, así que como aún es *happy hour* te pedí una piña colada. Tienen un 40% de descuento.

—Ya, pero me refería a una cerveza, o a un tequila o algo así, joder.

—Para empezar, no hay necesidad de ser tan malhablado, y para seguir no veo qué tiene de malo la piña colada. A todo el mundo le gusta la piña colada. Mira, tiene hasta una sombrillita de papel.

—¡Exacto! ¡Tiene hasta una jodida sombrillita de papel!

El tipo bajito sorbió esta vez a través de ambas pajitas en señal de disgusto, y el tipo alto volvió a la carga.

—¿Qué pensaría el jefe si nos viera bebiendo esto?

—Pero si el jefe es lo único que bebe. Lo bebe incluso en navidades.

—Ya, pero es distinto.

—¿Y por qué es distinto?

—Pues porque es el jefe, joder. Nosotros hemos venido aquí a cargarnos a alguien.

—No veo qué tiene que ver el venir aquí a cargarse a alguien con beberse una piña colada. No veo qué tiene que ver eso con nada.

—Ya, pero es que tú nunca ves qué tiene que ver nada con nada. Se supone que no estamos aquí para mariposear como dos maricas de playa. Tendríamos que estar bebiendo algo que infunda un poco de respeto. Si yo fuera el tío ese y entrase aquí y viera que los dos tipos que han venido para darme matarile están en una mesa sorbiendo por una pajita y además van vestidos con estas putas camisas de turista me pillaría un rebote muy gordo. ¡Esto no es serio, carajo!

El otro había ido enarcando las cejas más y más a medida que su compañero exponía sus puntos de vista, hasta el extremo de que ahora su cara recordaba a un gran par de cejas enarcadas conectadas a una piña colada (con una sombrillita de papel) a través de un par de pajitas.

—¿Y qué le pasa ahora a las camisas, si puede saberse? ¿Ahora resulta que tampoco te gustan las camisas?

—¡Son otra mariconada! ¡No sé por qué te dejé que me convencieras para ponérmela!

—A ti siempre te parece todo una mariconada. Estamos en Río de Janeiro, aquí se llevan estas cosas.

—Ya, bueno, ¿y eso quién lo dice? Aquí no veo a nadie que lleve puesta una puta camisa como esta.

—¿Cómo que eso quien lo dice? —replicó un tanto ofendido el tipo bajito, que a pesar de la indignación no tenía muy clara la respuesta—. Pues lo dice... no sé quién lo dice exactamente, es sabiduría popular.

—¿Sabiduría popular?

—Sí, sabiduría popular o algo así... bueno, da igual, aunque no te guste la camisa tienes que reconocer que por lo menos es fresquita, ¿o no es fresquita?

La camisa, todo hay que decirlo, era fresquita; aunque fuera una horterada la camisa era fresquita y al tipo alto, sin pelo en la cabeza y con barba, no le quedaba más remedio que reconocerlo.

—¡Pero lo de la piña colada sí que no, carajo!

—Pues menos mal, porque ya te has bebido la mitad.

—¡Ya, pero me la estoy bebiendo sin ganas! —replicó el tipo alto, que esto también hay que decirlo, había estado aprovechando siempre que la conversación se lo permitía para zurrarse media piña colada con un entusiasmo que daba gloria verlo. ¡Cómo bebía el tío! ¡Metía hasta miedo!

Uno de los señores de la mesa de al lado, aprovechando que el tipo que quizás no se parecía a Caetano Veloso había hecho un parón para salir a fumarse un cigarro o quizás a llamar a su señora, decidió que era buen momento para meter baza en la conversación de aquellos dos turistas de camisas horteras que habían estado hablando a gritos y de paso chafándoles un poco la mariscada a él y a sus amigos. Y es que las cosas como son, las mariscadas son como ir a los toros, o se disfrutan a gusto o si no es tontería.

—Si me permiten que meta baza, ya que no he podido evitar escuchar su conversación... ¿por qué no se pide usted otra cosa si no le gusta la piña colada?

—Sí, exacto, ¿por qué en vez de quejarte tanto no te pides otra cosa? Un cosmopolitan, o un daikiri, por ejemplo, aún están en el *happy hour* —añadió el tipo bajito, con pelo en la cabeza y sin barba, señalando con la mano a aquel tipo desconocido en señal de aprobación.

—No me voy a pedir ninguna de esas cosas.

—¿Y por qué no? ¿Qué tienen de malo los cosmopolitan o los daikirs?

—¡Pues que son otra mariconada, joder!

—¿Te importaría no utilizar ese tipo de lenguaje?

—¡Yo uso el lenguaje que me da la gana, carajo!

—En mi opinión, los cosmopolitan o los daikiris son tan masculinos como cualquier otro tipo de bebida —intervino el hombre de la mesa de al lado.

—¡Exacto! —replicó el tipo bajito, contento de encontrar apoyos—. ¿Y qué le parecen a usted las camisas, si no le importa que se lo pregunte?

—Parecen fresquitas.

—¡Lo que sea! —dijo el tipo alto, al que diremos que ya se le estaban empezando a hinchar las narices aunque en realidad se le estaba hinchando otra cosa—. ¡Pero yo he venido aquí a cargarme a un tío y no voy a beberme ninguna de esas pijadas! Tú si quieres sigue bebiendo como si tuvieras la menopausia pero yo me voy a pedir una jarra de cerveza y una chuleta para acompañar.

—¿Ahora también te vas a poner a cenar?

—Tanto discutir me ha dado hambre—. El tipo alto, enfurruñado, se encogió de hombros. Y es que se podrá discrepar con él en otras cosas pero es bastante obvio que las discusiones siempre le abren a uno el apetito.

—Bueno, pues pídete lo que te dé la gana, pero te agradecería que no fueras por ahí gritando que te vas a cargar a nadie.

—Bueno, ¿y si lo grito qué pasa? ¿Me va a detener el tío este o qué?

—Oiga, sin faltar.

—Bueno hombre, tampoco se ponga así que no era a malas.

El tipo de la mesa de al lado parecía una persona razonable, así que replicó:

—Se le acepta. Y por nosotros no se preocupe, que ni somos policías ni tenemos intención de ir por ahí metiéndonos en los asuntos de los demás. ¿A que no, chicos? —dijo volviéndose hacia sus tres amigos, que estaban allí despatarrados cada uno en sus respectivas sillas sin prestar mucha atención, claramente un poco mareados batallando con la digestión de aúpa que se les venía encima.

Sus tres amigos rumiaron algo en señal de asentimiento, y uno de ellos incluso levantó un poco el vaso con desgana, mientras con la otra mano se hurgaba en una de las muelas del fondo, que como todo el mundo sabe son las más inaccesibles de todas las muelas que hay.

—Aquí cada uno que se meta en sus asuntos y Dios en los de todos. Faltaría más —concluyó el señor aquel.

—¿Ves? —dijo le dijo el tipo alto, sin pelo en la cabeza y con barba, al tipo bajito, con pelo en la cabeza y sin barba.

Este, al que más que hambre todo aquello le había dado ganas de orinar, se levantó anunciando que le habían entrado ganas de orinar. Si no fuera porque por lo visto habían entrado allí para pegarle un tiro a algún desgraciado, cualquiera diría que aquellos dos habían entrado al bar porque tenían asuntos pendientes de vejiga.

—Bueno, pues nada, a ver si cuando vuelva podemos ir finiquitando y tenemos una noche tranquila.

Y se marchó al servicio de caballeros, en el cual como ya hemos dicho, casi se podía meter la cabeza desde donde estaban sentados.

De nuevo, aunque esta vez al revés, cuando el tipo bajito volvió del baño se encontró en la mesa un panorama probablemente peor que el de unas piñas coladas con un descuento del 40% y música de Caetano Veloso para ambientar. Y es que ver a los cuatro tíos que hasta hace nada luchaban por domesticar una mariscada apuntándole con una pistola (una cada uno, se entiende), y a su amigo con las manos esposadas a la espalda y una cara que recordaba un poco a una hemorroide maltratada, de *happy hour* la verdad es que no tenía mucho.

—Vaya, hombre —fue lo único que alcanzó a decir.

Un minuto después, cuando el reloj daba las nueve en punto por segunda vez aquel día, un tipo pelirrojo, con coleta y un tatuaje de un pájaro en un brazo (por el orden que se prefiera) entró en el Michael Joaordan's Bar y se cruzó en la puerta con dos tipos vestidos con unas camisas hawaianas bastante horteras pero que parecían fresquitas, que salían esposados y a empujones de allí, mientras otros cuatro fulanos trataban de separarlos para que no se enzarzaran en una gresca de padre y muy señor mío. Entre el jaleo que iban montando, que la verdad es que no dejaba entender mucho, se oía no sé qué de una piña y una mariscada.

—¿Y a esos qué les pasa? —le preguntó el tipo a Joao Miguel, sentándose en la barra.

—Unos turistas, que les sueltas en el *happy hour* y se vuelven locos. ¿Qué va a ser?

El tipo pelirrojo se encogió de hombros y se pidió una piña colada. Allí las servían al estilo Río de Janeiro, que como su propio nombre indica es a lo grande y con una sombrillita de papel.

FIN.

Humo y espejos

La polución era espesa sobre Hong Kong. La lluvia había cesado de castigar la ciudad por primera vez en semanas pero las nubes no habían reparado en ello, reagrupándose antes de llegar a disolverse, impidiendo que el sol llegara hasta a los edificios y hasta quienes habitaban en ellos y entre ellos. Para sus diecisiete millones de habitantes, aquel era el estado natural de las cosas.

Erigido donde antes se hallaba el parque conocido como Chai Wan Park, en mímesis con los edificios colindantes se levantaba el Chai Wan Park Shopping Centre. Siete pisos de altura, más de cuatrocientas tiendas y restaurantes y capacidad para casi seiscientos aerotaxis y vehículos privados.

En una de las tiendas de la planta sexta, una boutique italiana especializada en la venta de seda sintética, los clientes que traspasaban el umbral recibían un mensaje de bienvenida a través de la Mente-Colmena. Según los entendidos, las prendas que allí se vendían eran lo más cercano a la seda auténtica que podía comprarse en Hong Kong. Con toda lógica, referencias como aquella atraían un flujo constante de curiosos e interesados, y aunque los precios no eran baratos seguían siendo mucho más asequibles que los de la seda auténtica, la cual sólo podía ser costeada por porcentajes muy reducidos de las élites de la UP.

En aquel momento había dentro de la tienda unas veinte personas, incluyendo a las dos dependientas y al guarda de seguridad. La presencia de las chicas era en su mayor parte testimonial, pues en Hong Kong como en la mayoría del mundo civilizado era práctica habitual ordepensar la compra de cualquier producto. Pero servían de reclamo, y de vez en cuando alguien incluso requería sus servicios. La presencia del guarda tenía más sentido, habida cuenta del valor de las prendas que custodiaba.

Dos de los clientes actuaban de forma extraña. Ninguno había comprado nada ni parecía pretenderlo, y tras casi veinte minutos sus miradas habían pasado de saltar inquisitivas e insistentes entre los otros clientes a dirigirse con persistencia cada vez más prolongada en la dirección en la que se encontraba el otro. Sus actitudes, sin embargo, diferían en su contraste: Uno era un veinteañero delgado y nervudo, con aspecto de estudiante y una mueca que recordaba a la de un perro acorralado enseñando los dientes. El otro era un hombre de unos cincuenta años con poco pelo e incipiente barriga, a todas luces amedrentado pero sin hacer ningún ademán de salir de allí. El espacio entre ambos parecía inclinarse de arriba hacia abajo. Arriba, daba la sensación, siempre se encontraba el más joven de ambos.

Tras observarlos extrañado durante un tiempo, girando alrededor de una de las mesas situadas en el centro de la tienda como si hubiera algo que querían hacer pero no se atrevieran, el guarda decidió intervenir.

Al interponerse entre ambos, bloqueando la visión del hombre por ser quien se encontraba más cerca de él, apenas tuvo tiempo de ver la pistola que el chico sacó de improviso de algún lugar, apuntándola con violencia hacia ellos, apretando el gatillo en lo que pareció un único movimiento. El proyectil atravesó el cuello del guarda con un ruido viscoso que pareció sonar más alto que el disparo, y lo último que este vio mientras moría, ahogándose en su propia sangre al tiempo que caía a plomo sobre el hombre que tenía enfrente, fue la mirada aterrorizada de este intentando sacar a su vez un arma del bolsillo.

El peso del guarda cayendo sobre él tiró al hombre al suelo, atrapando la mano con la que asía la pistola bajo su cuerpo. De repente se encontraba mirando al techo, escuchando gritos, tratando desesperadamente de zafarse. Comenzó a patalear, tratando por todos los medios de recobrar la verticalidad. Al mismo tiempo, el chico había cubierto los escasos metros que los separaban apretando repetidamente el gatillo sin producir ninguna otra detonación. Cuando estuvo a suficiente distancia, dejando caer la pistola, se abalanzó sobre el cuerpo inerme del guardia y de quien se encontraba atrapado bajo él.

Con espanto, las dependientas observaron cómo el agresor agarraba la cabeza de aquel hombre y la estrellaba una y otra vez contra el suelo. Había algo primario en sus movimientos, gruñendo como un animal mientras el aire se llenaba de los crujidos del cráneo de aquel hombre al romperse y el suelo se teñía de rojo y trozos de materia gris salpicaban la seda de las estanterías cercanas.

Apenas unos segundos después, el chico consiguió erguirse con un tambaleo exhausto sobre el charco de sangre formado por los cuerpos sin vida a su alrededor. Como una figura inestable apenas de pie en un matadero, le dio incluso tiempo de poner los brazos en alto justo antes de que los cuatro empleados de seguridad que acababan de entrar por la puerta de la tienda abrieran fuego sobre él.

La silueta del conductor se difuminaba ante Miguel, imponiendo su presencia contra la visión de Londres desde el cielo. Las formas de los edificios se desnudaban ante sus ojos como una mujer destapando sus ropas al verlo llegar. A su encuentro, el Shard, Saint Paul o el London Eye, junto con otros lugares reconocibles de la geografía urbana, se diseminaban a ambos lados del trazado del Támesis. Miguel siempre disfrutaba de aquella visión, aunque le habría gustado que la figura de aquel hombre no interfiriera en la armonía de la escena.

No le costaba especialmente reconocer ante sí mismo su clasismo. Sin llegar a sentirse orgulloso al respecto, no era reacio a reconocer aquella como una de las facetas características de su personalidad. Después de todo, un cierto clasismo era inherente a los círculos en los que se movía, y era una obviedad que Miguel y aquel conductor pertenecían a planos de realidad diferentes, siendo la suya por tanto una actitud en cierto modo natural.

Distraídamente, ordepensó una búsqueda de segundo grado en la Mente-Colmena. Aprendió así que tan sólo el 4% de la población total de la UP tenía la capacidad económica para permitirse aterrizar en aerotaxi en el mismo corazón de Londres. 4%... *"¿Cuánto es el 4% de 17.000 millones? ¿Y cuántos de ellos viven en la Tierra?"* ordepensó mirando la cabeza del conductor desde su asiento. La Mente-Colmena arrojó una cifra en la esquina superior derecha de su retina casi al momento: *"El 4% de 17.000 millones son 680 millones, de los cuales aproximadamente 547 residen actualmente en la Tierra".*

"Silenciar", ordepensó Miguel. Por un instante se percató de la banalidad que resultaba el comprobar cuánta gente, aparte de sí mismo, tenía dinero suficiente para costearse un aerotaxi, como si el poder subirse a una de aquellas cosas representase algún tipo de hazaña. Estaba siendo ridículo.

Antes de que pudiera concentrarse en algo más productivo, el rostro de Serge se apareció ante él en modo prioritario.

"Llamada entrante. Contacto: Serge. *Ubicación: Estación marc..."*

"Aceptar" ordepensó Miguel.

Por todas partes se podían apreciar ya los helipuertos de aterrizaje en las azoteas cercanas, como si una mano gigante se hubiera dedicado a desperdigar dianas a lo largo de la ciudad. En cuanto aceptó la llamada, la Mente-Colmena conectó los nódulos mentales de Miguel y Serge, y durante una fracción de segundo el escudo dorado de la UP parpadeó ante él. Después, el rostro de Serge recibió acceso de primer grado a su retina y la comunicación quedó establecida.

"Tienes una pinta horrible" comentó una vívida representación de la cara de su compañero, sobreimpuesta sobre la visión real del mundo desde dentro del aerotaxi. Las últimas actualizaciones en la Mente-Colmena habían llegado a un grado de perfección asombroso adaptando rostros al discurso que les acompañaba.

"Eso es lo que me dice siempre tu hermana" replicó sonriendo Miguel, *"¿Qué ocurre?"*

Serge y él, al igual que el resto de miembros de su bufete, se compenetraban bien. No en vano la Mente-Colmena los había incluido a todos ellos como los individuos más preparados, pero al mismo tiempo compatibles, del catálogo de candidatos seleccionable, y el bufete de Miguel no era de los que pagase poco por su catálogo de candidatos. En su caso, eran compatibles en un 90,26% en áreas como asociación abstracta y análisis conjunto en la escala Zhang, llegando casi al 92,33% en argumentación lógica colaborativa. Su última media global conjunta, actualizada anualmente, era del 90,15%, siendo la de su bufete en la última actualización global de un 91.22%, lo que los colocaba directamente en la élite londinense, y por lo tanto de toda la UP. Tan sólo había en Londres otros dos bufetes de abogados que fueran capaces de puntuar tan alto en la escala Zhang.

"¿A qué hora te reúnes con el viejo judío?" preguntó Serge con sorna.

"En media hora, a las 2 en punto" replicó Miguel. *"Le propuse almorzar en el Casse-Croûtte. En cuanto le dije al abuelo que por supuesto nosotros correríamos con la cuenta se le iluminaron los ojos. A esta clase de vejestorios agarrados siempre te los ganas con algún tipo de agasajo que ellos también podrían permitirse, pero para el que no les suele dar la gana de soltar la pasta. Me apuesto una cena a que antes del segundo plato lo tengo firmando".*

"El Casse-Croûtte fue una buena elección" comentó Serge con apreciación. *"En ese sitio sirven vino auténtico, nada de esa mierda sintética que te encuentras en otros restaurantes de Londres",* y tras una pausa, añadió: *"Y ya de los restaurantes de esta estación mejor ni hablamos... Tendrían que haberte encargado a ti venir aquí durante un año y a mí dejarme en la Tierra almorzando caro".*

"¿Marte sigue apestando tanto como siempre?"

"Esto es una mierda. Pero bueno, ya solo con la prima por estar aquí me podré comprar esa casa en Italia de la que te hablé, así que tú concéntrate en que al viejo no se le vaya la mano con el vino, de lo contrario nos van a recortar a los demás el sueldo para poder pagaros a vosotros la cuenta".

"Tranquilo, en cuanto firme el preacuerdo le pongo el tapón a la botella y se la devuelvo al camarero a cambio de un descuento. Por lo que conozco de este tío, si le dejo coger carrerilla va a terminar atornillado a la silla".

Ambos se rieron. A menudo bromeaban pretendiéndose gente con dificultades para llegar a fin de mes. Casi al tiempo, el aerotaxi se posó sobre la azotea.

"Por cierto, he hablado con los de Green Valley sobre la patente XR45/66589" dijo Serge. *"He hecho un par de cambios en algunas de las cláusulas sobre terraformación biológica que me gustaría que revisaras, quiero saber tu opinión al respecto antes de seguir adelante con ellas. De todas formas no corre prisa, ahora lo primero es que emborraches a ese cabrón y que firme".*

"Los cabrones como este son mi especialidad", replicó Miguel sin una pizca de humor.

Su compañero le deseó suerte antes de terminar la comunicación. Al tiempo que abandonaba el aerotaxi sin despedirse del conductor, Miguel ordepensó una visualización de segundo grado de aquella patente. Ocupando el lugar donde había estado el rostro de Serge apenas unos segundos atrás, algunos extractos de las modificaciones mencionadas por su compañero se presentaron ante su retina. De una ojeada rápida se hizo una idea general al respecto. Por lo general los cambios parecían tener buena pinta, aunque siempre había algún detalle que pulir con este tipo de cláusulas.

Entonces, sin apenas darse cuenta, ordepensó llamar a Laura. Al instante se arrepintió, pero aún así decidió no cancelar la llamada. No le gustaba llevar la cuenta de las veces que había tratado de contactar con ella en la última semana: más veces de las que él habría reconocido, menos de las que le habría gustado intentarlo. Cada una de aquellas llamadas, hechas o canceladas, hería como si viniera cargada de metralla. Podría haberle ordenado a la Mente-Colmena que bloquease todo aquello, pero Miguel no se sentía preparado.

"Llamada saliente nº 22. Contacto: Laura. *Estado: No es posible conocer el estado actual de este contacto. A este nódulo mental le ha sido denegado el acceso a esa información".*

Durante un lento segundo se esforzó por no perder los nervios. Una sensación familiar, a caballo entre la desesperación y la ira, caminaba por su espalda como un largo ciempiés. Hacía una semana que no hablaba con su mujer. No tenía ni idea de dónde se encontraba. Miguel estaba al borde del divorcio y era dolorosamente consciente de ello.

"...denegado el acceso a esa información". Aquello era lo más patético: Conocía el estado de sus acciones en la Mars-Co. en el mismo minuto en que este cambiaba; se enteraba con tediosa celeridad del contenido de cada nuevo informe de la UP sobre lluvia ácida o superpoblación en el puto Tercer Mundo, y sin embargo en una semana no había tenido ni una sola noticia del paradero de su mujer…nunca habían pasado tanto tiempo sin hablar desde que se conocían.

Se paró en mitad de la azotea cerrando los ojos con fuerza, concentrándose con rabia en mantener aquella sensación a raya para acto seguido encerrarla bajo llave. Lo consiguió como siempre que se esforzaba por recuperar el control de sí mismo, recordando quién era, dónde estaba y cómo había llegado hasta allí.

Abrió los ojos y miró a su alrededor. Hacía frío, viento. La niebla se cerraba hermética sobre las siluetas de los edificios cercanos al suyo, y aunque apenas pasaba del mediodía y la luz era exigua, a Miguel aquello no le impedía sentir como una de las capitales del mundo (*de los mundos*, se corrigió) palpitaba viva a sus pies. Pasó así varios segundos. Entonces dirigió la mirada hacia el empleado del edificio, invisible e inmóvil a unos metros de allí, aguardando junto a la puerta para abrirla a su paso. A Miguel le reconfortó imaginarse a cuánta gente, en la cúspide tecnológica de la civilización, le abrían aún la puerta manualmente.

Para cuando llegó al interior del restaurante, se sentía mejor.

Tomó asiento en la mesa reservada a su nombre a las dos menos cuarto. Tenía tiempo de sobra antes de que llegara Mr. Scherzer, "*el viejo judío*". Un camarero alto y de tez oscura, de aspecto mediterráneo, se acercó a preguntarle si deseaba beber algo. Pidió agua mineral. Lo de Scherzer era casi un trámite pero aún no estaba cerrado, y no era profesional ni su estilo pedir el vino antes de que llegase.

El *Casse-Croûtte* era de los pocos lugares de Londres en los que aún se podían encontrar platos elaborados en torno a delicias como el faisán o el salmón, alimentos que hacía ya años que a una gran parte de la población le sonaban exóticos y únicamente de oídas. Además, que en una época como aquella, en la que incluso establecimientos de considerable nivel habían estipulado que sus clientes ordepensasen su comida en lugar de pedírsela a un camarero, que en el *Casse-Croûtte* la jerarquía quedase claramente delimitada desde un principio le otorgaba un encanto clásico y de cierta exclusividad al lugar.

Con capacidad aproximada para treinta comensales, había en aquel momento alrededor de unas veinticinco personas almorzando o aguardando a ser servidas: Ejecutivos en comidas de negocios, un par de parejas, gente de mediana edad y aspecto acomodado almorzando a solas. Cerca de Miguel, tres japoneses trajeados dialogaban ordenadamente. En la barra, un voluminoso hombre bebía con la mirada fija en su copa.

El camarero trajo el agua. Tras beber un poco, y más que nada por matar el tiempo, decidió repasar por encima algunos de los puntos clave del trato que iba ofrecerle a aquel vejestorio. Acomodándose en la silla, ordepensó una visualización de primer grado y comenzó a deslizarse con confianza a través de sus propias notas.

Entonces ocurrió algo extremadamente inusual. El documento se vio de pronto envuelto en una especie de ruido estático, como si una miríada de diminutos insectos bullera dentro de él y por toda su retina. Aquello le causó una profunda impresión. Había escuchado, como todo el mundo, rumores y leyendas urbanas sobre fallos en la Mente-Colmena, interferencias, reacciones erráticas ante ordepensamientos, funcionamientos anómalos que desembocaban en virulentos derrames cerebrales e incluso llegaban a inducir al coma clínico al portador del nódulo mental, pero nunca había conocido a nadie al que le hubiera ocurrido personalmente ni a nadie que conociera a alguien al que le hubiera pasado. Por lo general aquellas informaciones sensacionalistas eran repetidas por gente ingenua, o vertidas por elementos radicales a los que nadie otorgaba la más mínima credibilidad. Ahora, sin embargo, le estaba ocurriendo a él.

Se asustó. Los nódulos mentales de la Mente-Colmena no fallaban nunca, no estaban diseñados para fallar. Al igual que cualquier otra persona, llevaba aquel implante desde que era un niño y su comportamiento había sido siempre impecable. ¿Qué iba a ocurrirle? El ruido estático era cada vez más cerrado y su visión cada vez más reducida, y Miguel empezó a sudar, su rostro se crispó y sus músculos se agarrotaron de pánico, bloqueados en su búsqueda de oxígeno.

Y entonces todo cesó... y un mensaje apareció en su retina.
"Mantén la calma. No grites".
Tras un segundo, un nuevo mensaje sustituyó al anterior:
"Hazme caso y todo irá bien, pero no grites. Actúa normal. ¿Cómo te llamas?".

Aquello no tenía sentido. Aturdido e incapaz de ello, Miguel trató de tragar saliva.

"Sé que puedes leerme. Sigue mis instrucciones y no hagas tonterías. No tenemos mucho tiempo, así que necesito que colabores. ¿Cómo te llamas?".

Con una sensación extraña, sin reconocer su propia voz, Miguel le dijo su nombre.

"Muy bien, Miguel. El siguiente paso es cambiar el modo en que nos comunicamos. Necesito que tengas la visión completamente despejada así que voy a cambiar a modo sonoro. En un momento dejarás de leerme y empezarás a escucharme."

Miguel abrió los ojos como platos. Un escalofrío le recorrió la espalda cuando una voz templada, de mediana edad y en apariencia amigable, la voz que podría tener el recepcionista de un hotel caro, comenzó a pronunciar palabras en su oído.

"Como imagino que supones, la voz que estás escuchando no es la mía, sin embargo me he tomado la libertad de escoger un tono agradable como una deferencia hacia ti. En cuanto a tus mensajes, me temo que voy a tener que mantenerlos restringidos a modo visual por su mayor discreción. Necesito que sigas comunicándote conmigo, pero los mensajes sonoros podrían atraer demasiada atención. Siento que tengas que estar en esta situación, pero ya no está en tu mano decidir al respecto, así que espero que seas inteligente y hagas exactamente lo que yo diga. ¿Comprendido?"

Con perplejidad creciente, pero al mismo tiempo tratando en algún lugar de recobrarse de la sorpresa, Miguel asintió con la cabeza sin darse cuenta de que quien fuera que le estaba enviando esos mensajes no podía verlo.

"Repito: ¿Comprendes lo que acabo de decir?, necesitamos empezar". La voz se endureció casi imperceptiblemente. El simple hecho de que estuviera comunicándose con él bajo esas circunstancias suponía una amenaza mayor que el tono de su voz. Con toda seguridad aquel extraño era consciente de ello, lo que convertía esa inflexión en algo mayor de lo que parecía.

"¿Empezar? ¿Qué es todo esto? ¿Quién eres? ¿Cómo has conseguido acceder a mi nódulo?" articuló en modo visual por toda respuesta, comprendiendo a un tiempo que acababa de acatar las órdenes de aquel extraño sin ni siquiera pararse a pensarlo.

"Responderé a alguna de esas preguntas más adelante, ahora necesito que inspires hondo, recobres la compostura y mires a tu alrededor con el mayor disimulo posible. Es fundamental que parezca casual. Necesito reconocer el entorno y encontrar posibles anfitriones".

Nada de aquello tenía ningún sentido. ¿Reconocer el entorno? ¿Encontrar posibles anfitriones? Miguel experimentó un cambio en sus emociones cuando la rabia sustituyó parcialmente a la sorpresa y al miedo. Tratando de que su respuesta sonara dura para darse apoyo a sí mismo, se recordó que quien fuera que estaba hablándole no era más que una voz en su oído, que no había nada que pudiera hacerle. Aquella broma había ido demasiado lejos.

En un susurro mal contenido, pronunciando sus propias palabras a modo de reto, respondió:

—¿Quién cojones te crees que eres? ¿De qué hostias me estás hablando capullo de mierda? No pienso "reconocer ningún entorno", lo que voy a hacer es llamar a la policía para que te encuentren y te arruinen la vida ¿entiendes tú eso?

Sin dar tiempo a que el otro se pronunciara, ordepensó una llamada de emergencia a la policía. Al momento, aquel extraño ruido estático llenó sus ojos y un mensaje intermitente, de un tipo que no había visto nunca, apareció ante su mirada:

«Im?pos?ible re?alizar con?exi?n. N?odul?o ment?al bl?o-que?ado.»

Mierda.

"Sabía que harías eso. ¿Por qué siempre os resistís tanto? Estamos perdiendo un tiempo muy valioso con todo esto. Tu nódulo está bloqueado mientras yo así lo quiera, así que es inútil que intentes avisar a nadie. Verás, Miguel, no me gusta el término, pues preferiría referirme a ti como "anfitrión", pero lo que debes comprender es que tu estatus en estos momentos ya no es el de hombre libre, sino que acabas de convertirte, lo quieras o no, en un rehén: El mío". La voz hizo una pausa, después continuó. *"Déjame que te enseñe algo".*

Una visualización de primer grado se desarrolló entonces en su retina. Varios informes policiales, de apenas unos meses de antigüedad y de aspecto clasificado, comenzaron a desfilar ante él: Fotografías de personas aparentemente asesinadas en diversos escenarios, una oficina, un supermercado, una tienda de ropa... Los informes describían los diversos sucesos sin que Miguel tuviera tiempo de pararse en detalles, las imágenes y las páginas sucediendo en cascada. Distintos términos resaltados en cada documento parecían, sin embargo, confeccionar un hilo narrativo: *"Rapto mental". "Violación de seguridad". "Autor o autores desconocidos". "Sin relación entre las víctimas". "Móvil del crimen sin determinar".*

Con manos temblorosas asió los bordes de la mesa, con todas sus fuerzas, como si así pudiera evitar que las imágenes lo arrastraran con ellas. No emitió el más mínimo sonido, o al menos no se lo pareció.

"¿Qué te ha parecido eso como explicación? No me gusta tener que enseñaros estas cosas, pero por lo general ayuda a que seáis más razonables. No tengo ningún interés en que termines como esas personas, Miguel, pero si no me dejas más remedio esto va a acabar muy mal... así que ya es hora de que demos por

concluida la fase de negación y aceptes lo que está ocurriendo".

Lamentándolo nada más hacerlo, de nuevo en modo visual, Miguel no pudo sino exclamar:

"¿Qué quieres de mí? ¿Extorsionarme? ¿Cómo sé que todo lo que acabo de ver no es falso, algún tipo de montaje?"

No hubo respuesta. Durante largos segundos aquella voz no dijo nada. Después, respondió:

"De acuerdo. Piensa en lo siguiente: he violado la seguridad de tu nódulo mental, no solo estoy realizando una tarea extremadamente compleja, sino que estoy cometiendo uno de los peores crímenes que pueden cometerse en nuestros tiempos. Conoces la ley al igual que todo el mundo: "Un nódulo mental, una persona", y sabes tan bien como yo que si me cogen por esto me enfrento a la pena capital. Obviamente, si alguien con los suficientes conocimientos técnicos como para hacer lo que estoy haciendo decide arriesgarse de esta manera, tiene que tener una buena razón para ello. ¿De verdad crees que fiaría mi propia vida a ir de farol? Podría ser, no me conoces lo suficiente como para tener ninguna certeza al respecto, pero el pensamiento más lógico en este caso es asumir que esto no es un farol. Porque no, eso que has visto no es un montaje, Miguel, esos documentos han sido extraídos de la propia base de datos de la policía. Lo que nos lleva otra vez al aspecto técnico de todo este asunto. ¿Si soy capaz de acceder a tu cabeza y a la base de datos de la policía, no crees que también parece razonable que pueda sobrecargar tu nódulo hasta prácticamente fundirlo, derritiéndote de paso los sesos desde dentro? ¿Alguna vez has sufrido quemaduras internas en el cerebro, Miguel? Porque eso es lo que va a pasar si continúas sin cooperar. Voy a freírte el cerebro desde dentro y lo último que vas a ver en tu vida será tu propia materia gris goteando a través de tu nariz sobre ese mantel tan caro".

Miguel se sintió encoger, sus piernas y sus brazos replegándose sobre sí mismas en un único punto situado en el centro de su estómago.

"¿Qué quieres que haga?" preguntó, abatido.

"Eso está mejor". Aquellas palabras que de pronto sonaban amigables otra vez, con una neutralidad clínica, transmitían emociones muertas y vibraciones extrañas. *"Antes que nada, quiero que inspires hondo varias veces y te relajes. Es importante que tu rostro refleje normalidad, recuerda que estás en un restaurante, no hay motivo para parecer asustado. Después, necesito que te des la vuelta de forma casual. Es preciso que examines el restaurante para que pueda hacerme una composición de lugar. Comienza a girarte como si buscaras al camarero y yo te iré dando las indicaciones necesarias".*

Esta vez no se reveló. Agarrotado y aturdido, se percató de que sus manos aún asían con fuerza los bordes de la mesa. Las soltó e inspiró profundamente dos, tres veces. Se concentró en no parecer asustado y en recobrar el control de su rostro. No era fácil. Haciendo acopio de todo su valor, comenzó a darse la vuelta.

"Vas a tener que hacerlo más rápido que eso, Miguel, o vas a delatarnos antes de empezar. No mantengas contacto visual con nadie durante más de un segundo, pero asegúrate de ofrecerme una visión completa del entorno".

Su asiento, de espaldas a la puerta del restaurante, le obligaba a girarse algo más de unos 90 grados para hacer lo que se le requería. Sin saber con qué fin, comenzó a observar lo que le rodeaba como un mal actor que se simulaba indiferente.

Los tres japoneses en la mesa de enfrente. En la mesa a su lado una pareja de mediana edad, él con aspecto de intelectual, ella, embarazada y con aspecto de profesora de universidad. En la barra el hombre de gran tamaño llevándose el vaso a los labios. A su lado una mujer joven con aspecto de ejecutiva conversando con una mujer de aspecto similar que la doblaba en edad. En una mesa más alejada un hombre de pelo rubio y escaso, almorzando solo y enfrascado en una conversación a través de la Mente-Colmena. De pie, pasando a su lado, el camarero que le sirvió el agua a su llegada. Detrás de ellos varias mesas más que Miguel no era capaz de ver bien debido a la distribución en forma de ele del local.

"Suficiente, vuelve a girarte".

Miguel obedeció.

"Necesito conocer tus impresiones. A juzgar por la ubicación de esta mesa, apostaría a que es de las mejores del restaurante, una mesa como esta probablemente ha requerido una reserva, a todas luces conoces bien esta clase de sitios. ¿Me equivoco? —La voz parecía razonar en alto, sin esperar una respuesta en retorno—. *¿Hay algo en alguna de esas personas que te haya resultado extraño o discordante?"*

"No…no sé, todo el mundo parece normal. ¿Qué se supone que es un comportamiento extraño según tú? ¿Qué se supone que deberían estar haciendo?"

"¿Crees que alguno de ellos suponía una amenaza?"

Con alarma, Miguel comprendió que aquella situación estaba aún más fuera de su control de lo que había pensado. Hasta ese momento para él sólo había existido un único peligro, aquella voz en su cabeza. Ahora sin embargo aquel intruso estaba buscando a posibles agresores a su alrededor, amenazas que ni él mismo conocía. Nada de aquello tenía ningún sentido, y aún así sabía que era preciso hacerse con el control de la situación en la medida de sus posibilidades. Tenía que forzarse a reaccionar, tenía que sacudirse el miedo de encima. Sabía que en algún lugar dentro de él había una rabia que le era familiar, escondida como una serpiente al fondo de una madriguera. Tenía que concentrarse en llegar hasta ella. Tenía que forzarse por sacarla a la superficie.

"Todos parecían inofensivos". —Todos menos tú, capullo de mierda, pensó con acritud. Consiguió recobrar un poco de aplomo.

La voz no tuvo tiempo de pronunciarse al respecto. Con un sobresalto, Miguel escuchó cómo alguien detrás de él le llamaba por su nombre. Al girarse para mirar se encontró a Mr. Scherzer a escasos metros de distancia, dirigiéndose hacia él con una sonrisa bobalicona en la cara. Aquello no era bueno.

—Joder, me había olvidado de él —masculló entre dientes.

"¿Quién es ese?"

"Es Mr. Scher…un cliente. Por eso estoy en este restaurante, vine aquí para reunirme con él. Se suponía que esto iba a ser una comida de negocios".

"Deshazte de él. Sin trucos y sin llamar la atención".

Esas palabras implicaban algo imposible de ignorar: Decirle a Mr. Scherzer que se volviera por donde había venido iba a costarle su empleo, en el mismo instante en el que lo hiciera se convertiría en un paria, en uno de esos donnadies que tanto despreciaba. Podría ir olvidándose de volver a encontrar un trabajo después de algo así… ¿Y todo por qué? ¿Porque un desconocido se había colado en su cabeza y le había asustado enseñándole unas cuantas fotos? ¿Le daba eso la suficiente certeza como para tirar por tierra todo lo que había conseguido en su vida? No, no le daba ninguna certeza, no tenía certeza de que esas fotos fueran reales como no la tenía de lo contrario. Podría tratarse de un juego de humo y espejos… y a la vez, si aquello estaba ocurriendo también podría ser que ocurrieran cosas peores.

Quizás podría intentar comunicarse con Mr. Scherzer, hacerle saber de alguna forma lo que estaba ocurriendo. Sin embargo, Miguel seguía pensando en todas aquellas fotografías de cuerpos sin vida, desmadejados en posturas extrañas, en entornos extraños… Acompañado de un espasmo nervioso, el rostro de Laura se hizo un hueco entre aquellas escenas macabras y Miguel comprendió dos cosas: que si moría en aquel restaurante no volvería a verla, y que no estaba dispuesto a que ni lo primero ni lo segundo ocurrieran.

—Perdona que llegue con retraso —dijo Mr. Scherzer sin reparar en que Miguel, rígido en su asiento, no se había levantado para darle la mano.

Lo peor de lo que estaba a punto de hacer, pensó, es que ni siquiera sabía por qué lo estaba haciendo.

—Mr. Scherzer... me temo que tiene que disculparme, pero ha ocurrido alg...

—Hacía mucho tiempo que no venía por aquí —le interrumpió el otro, enlazando sus primeras palabras con las siguientes como si Miguel no hubiera abierto la boca—. La última vez vine con mi mujer, fue parte de su regalo por mi cumpleaños. Sandra es una mujer encantadora. Si este trato sale adelante, que estoy seguro de que sí, tendréis ocasión de conoceros.

—Mr. Scherzer, por favor, tiene que...

Pero Mr. Scherzer tenía la desagradable costumbre de interrumpir siempre a los demás.

—Creo que sería mejor ir pidiendo algo, ¿no te parece? Aquí hacen un faisán exquisito, no una de esas porquerías sintéticas que te ponen por ahí. Si no lo has probado te recomendaría que lo hicieras. La última vez que vine traté de que me dijeran dónde tenían la granja, pero no hubo manera de que...

"Tiene que irse. Ya" exhortó la voz en su oído.

Mr. Scherzer, con su sonrisa estúpida y su verborrea simplona no parecía capaz de escuchar nada más que sus propias palabras. De pronto, Miguel se sorprendió a sí mismo dando un golpe mal contenido sobre la mesa. No fue escandaloso, o al menos no se lo pareció, pero el titileo de los cubiertos causó una impresión inmediata en aquel hombre que ahora lo miraba con los ojos desencajados.

—Tiene que marcharse de aquí. Ahora —exclamó entre dientes.

—¿Perdón? —Mr. Scherzer no salía de su asombro.

"¿Qué estás haciendo? ¿Te has vuelto loco?"

Aunque las palabras sonaban dentro de su cabeza, parecían de pronto incapaces de alcanzarle. Sin saber lo que hacía, con la vista fija en el plato que Mr. Scherzer tenía delante, masculló entre dientes:

—Tiene que marcharse ahora, antes de que coja este tenedor se lo clave en el puto ojo. ¿Entendido? Y hágalo con calma, sin escenas. Levántese despacio y márchese por donde ha venido.

Mr. Scherzer observó la mano de nudillos blancos con la que Miguel asía el tenedor, en su cara la mirada asustada de un niño asaltado por un abusón al que no había visto llegar.

—Esto es inconcebible… esto no es… tendrás noticias mías… nunca jamás me habían…

—He dicho que lo haga con calma y sin escenas, Mr. Scherzer. Es lo mejor para ambos.

Sin girarse a observar cómo lo que quedaba de su antigua vida se esfumaba camino de la puerta, con la vista fija por primera vez en la serpiente dentro de la madriguera, Miguel ordepensó un mensaje visual para su intruso.

"Deja de amenazarme y dame una explicación de una puta vez o seré yo mismo quien se clave esto en la cabeza hasta sacarte de ahí dentro. ¿Qué está ocurriendo? ¿En qué estoy metido?"

El tiempo se suspendió mientras su corazón latía desbocado, de ira y de miedo, mientras Miguel resistía el impulso de cerrar los ojos ante lo que fuera que venía. Si iba a morir quería hacerlo con los ojos abiertos. Se dijo que no le importaba. Sabía que no era cierto.

Pero no ocurrió. Nada ocurrió hasta que la voz en su cabeza empezó a hablar.

"Estoy impresionado, Miguel, y no es sarcasmo. A pesar de la brusquedad con la que te has conducido has manejado esa situación notablemente bien". La voz parecía totalmente sincera, aún a pesar de su artificialidad—. *"Tienes razón, sin conocer el contexto es difícil que puedas desenvolverte. Créeme cuando te digo que pensaba hacerlo pronto, pero la llegada de ese hombre lo ha precipitado todo. Acepta mis disculpas".*

"Tus disculpas me dan igual" ordepensó Miguel. *"¿Qué es todo esto? ¿Quién cojones eres?"*

La voz comenzó a explicarse.

"Has tenido la mala suerte de que tu nódulo mental haya sido asignado a un jugador, en este caso, yo. Hasta hace un segundo, ni te conocía de nada ni sabía nada de ti, no hay ningún motivo oculto para que te haya tocado a ti, simplemente una probabilidad calculada al azar entre todas las personas de este restaurante. Simple y pura mala suerte, eso es todo. ¿Y cuál es la razón de que me sea "asignado" el nódulo mental de un desconocido? La razón última es por supuesto el dinero, hay cantidades mareantes de dinero en juego en todo esto, Miguel".

La voz hizo una breve pausa, dejando que sus palabras fueran digeridas.

"Como habrás notado, acabo de referirme a mí mismo como "jugador", término que supongo que a ti te resultará cuanto menos de mal gusto, pero sin embargo descriptivo de mi rol en este contexto. Desde el momento en el que accedí a tu nódulo mental, dio comienzo una partida contra otro jugador a quien también le ha sido aleatoriamente asignado el nódulo mental de otra persona presente en este restaurante".

"En cuanto esa asignación fue hecha, ambos hemos tenido que burlar las barreras de seguridad de nuestros respectivos nódulos para poder acceder a comunicarnos con nuestros anfitriones, tú, en mi caso. Normalmente soy capaz de hacerlo en menos de cuatro o cinco minutos, y no tengo motivos para pensar que el otro jugador haya tardado más en lograrlo, por tanto, debo suponer que en este mismo momento hay otra persona en este restaurante en una situación idéntica a la tuya, posiblemente recibiendo explicaciones similares a esta. Hay quien se refiere a esta como la fase de sometimiento del anfitrión, aunque yo soy más partidario del término aclimatamiento. Sea como fuere, ni el otro jugador ni yo tenemos a priori ningún modo de identificar al otro anfitrión. Por este motivo, es esencial que aparentes la máxima normalidad posible y no te delates mientras trato, o tratamos, pues tú estás metido en esto incluso más que yo, de

identificar a esa otra persona antes de que ella te identifique a ti. Esto debe ser hecho cuanto antes, pues es preciso asumir siempre que el otro jugador se encuentra un paso por delante y actuar en consecuencia. Con suerte, tu reacción ante ese hombre habrá pasado desapercibida por haber sucedido en los primeros compases de la partida. A medida que avanza el tiempo, por lógica, aumenta el riesgo de que el otro anfitrión sospeche más y más de tus gestos".

"Uno de los aspectos fundamentales de este juego, si bien no el único, es el tipo de anfitrión repartido en la asignación. Nunca se asigna a menores de edad pues impediría un desarrollo más o menos equilibrado de la partida, pero a partir de ahí cualquier persona es válida para ello. Es exactamente igual que una partida de póquer, donde una mala mano puede dar al traste con todo. Es evidente la ventaja inicial que puede tener un anfitrión de gran envergadura y complejidad atlética sobre un anciano o una persona en una silla de ruedas. Debo decir que a juzgar por mis percepciones, he sido afortunado en ese sentido. Sea como fuere, debemos asumir que el otro jugador se encuentra en óptimas condiciones para derrotarnos. Debemos siempre asumir como cierta la opción más perjudicial para nuestros intereses, dejando al azar el menor número posible de factores".

La entereza que Miguel había podido recuperar se había ido esfumando a medida que el "jugador" diseccionaba con pulcritud siniestra sus propias palabras. La respuesta parecía evidente, pero aún así se obligó a preguntar.

"¿Qué ocurre cuando encuentre al otro anfitrión… o cuándo él me encuentre a mí?"

La agilidad en la respuesta, pensó, parecía la de alguien acostumbrado a repetirla.

"Creo que ya has visto las fotos, Miguel. Cuando un anfitrión descubre al otro debe tratar de, digamos, hacerle perder la partida… El ganador será el jugador cuyo anfitrión elimine antes al anfitrión contrario".

En una larga fracción de segundo, escenas de sí mismo de niño, de su abuela, de sus padres, de Laura, desfilaron por su cabeza como chispazos.

"Hijo de puta. No puedes hacer esto. No tienes derecho. ¡No tienes ningún derecho!"

"Me temo que eso es ahora mismo irrelevante, Miguel. Tienes que colaborar o de lo contrario tendré que matarte yo mismo, aunque con ello pierda la partida".

"¿Y qué ocurre si gano? ¿Cómo sé que no vas a matarme después de hacerlo?"

"No lo sabes, lo único que sabes es que ganando podrías salvarte, pero perdiendo podrías sumarte a esa colección de fotos". —La voz hizo una breve pausa, añadiendo después—: *"Soy consciente de que no sirve de mucho, pero tienes mi palabra de que si ganas esta partida te dejaré vivir. Obviamente, cualquier registro que tu nódulo guarde sobre esta situación será eliminado y ningún policía podrá acceder a él, en cuyo caso tu simple testimonio no les servirá de mucho".*

Irónicamente, escuchar al otro hablando de dar su palabra fue lo que más amargo le sonó a Miguel de todo aquello.

"Tu palabra no vale una mierda".

"Comprendo que opines de esa forma, pero dejando al margen la bonificación obtenida por el jugador que consigue que su anfitrión sobreviva, debes creerme cuando te digo que no disfruto matando a nadie".

Algo en aquellas palabras le obligó a responder.

"¿Bonificación? Acabas de decir que un anfitrión debe eliminar al otro para ganar la partida…"

"No exactamente. Lo que he querido decir, concretamente, es que un anfitrión debe ser el primero *en eliminar al otro. Ello no implica necesariamente que dicho anfitrión sobreviva".*

Angustia e ira. Ganas de gritar, de arrancar la mesa del suelo y estrellarla contra la ventana, de clavarse el tenedor en la pierna, de estrellar su propia cabeza contra la pared hasta que ya no pudiera más y cayera derrumbado y sin conocimiento. Todo lo que había escuchado no eran más que palabras, pero se sentía amordazado por ellas. Podría levantarse e irse, salir caminando de allí y buscar ayuda, pero sabía que no iba a hacerlo porque sabía que todo aquello podría ser verdad y eso era suficiente. Como nunca antes en su vida, tomó conciencia de sí mismo y de sus propias dimensiones, de su existencia, del latido de su corazón.

"¿Cómo voy a matarlo cuando lo encuentre?" —dijo mirando el tenedor en su mano pálida.

El jugador lo felicitó de forma escueta, y le contestó de un modo neutro, casi didáctico.

"La forma en la que se lleve a cabo no está estipulada. Ello lo determinarán las circunstancias y el entorno en el que se desenvuelve la partida. Encontrándonos en un restaurante, ese tenedor que sujetas, y obviamente también un cuchillo, son opciones lógicas. Sin embargo, hay otro factor de suma importancia".

"¿De qué se trata?"

"En el escenario de toda partida hay siempre dos armas de fuego cuya ubicación es desconocida por todos los implicados. Por experiencia propia, estas armas suelen estar situadas en un lugar evidente, facilitando en cierto modo que seamos capaces de suponer su ubicación. Cada arma está cargada con un único proyectil, obligándonos a considerar dos aspectos fundamentales: una única bala no garantiza que el anfitrión vaya a ser capaz de matar a nadie con ella. Los nervios o la inexperiencia, por ejemplo, pueden provocar que el otro anfitrión sobreviva, revelando automáticamente su identidad; y al mismo tiempo, por estar estas armas ocultas normalmente en esa clase de lugares es preciso ser muy cuidadoso asumiendo el riesgo de ir a buscarlas, ya que es un movimiento básico por parte de cualquier jugador el de tratar de localizar a quién sea que intenta tal cosa". A continuación, como un profesor preguntándole algo a un alumno, inquirió: *"¿Cuál dirías, Miguel, que es el sitio más obvio para esconder un arma en este lugar?"*

Trató de pensar lo más rápido que pudo.

"El... el baño... debería estar escondida en el baño".

"Exacto. Ese es sin duda el primer lugar donde cualquiera buscaría".

"¿Qué vamos a hacer al respecto? ¿Voy a ir a buscarla?". Con horror, se percató de que colaborar con aquel maníaco le producía una especie de satisfacción que no sabía, o quizás no quería, comprender.

"Sí, pero a su debido tiempo. En este juego es necesario ser precavido pero también saber arriesgar. Lo primero que necesitamos es dejar esta mesa. Estás ubicado al fondo del local, de espaldas al resto de la escena y alejado de los baños. Necesito que te acerques a la barra y pidas algo. Desde allí tendremos una visión completa de quién entra y quién sale del baño".

"Pero eso le dará demasiado tiempo al otro... anfitrión... para entrar a por las armas".

"Podría ser, pero a priori hay un 50% de probabilidades de que el otro anfitrión sea, de hecho, una mujer. Por lo que me ha parecido apreciar hay un número similar de hombres y de mujeres en este restaurante, lo cual quiere decir que siendo mi anfitrión uno de esos hombres, el otro jugador tiene más posibilidades de haber sido asignado a una mujer que al contrario. No es mucho con lo que trabajar por el momento, pero te sorprenderías sobre la cantidad de veces en este juego en el que las líneas de pensamiento más lógicas son las acertadas".

Miguel comprendió lo que el otro estaba diciendo. Si las armas estaban escondidas una en cada baño y el otro anfitrión era una mujer, si todo fuera bien podría ser capaz de localizarla y además hacerse con la pistola del aseo de caballeros.

"De lo que no tenemos ninguna certeza, sin embargo", añadió el jugador leyéndole el pensamiento, *"es de que ambas armas hayan sido ocultadas por separado. Podría ser que las dos se encontraran en el mismo baño, lo cual dejaría al otro anfitrión en una posición de clara ventaja".*

Miguel no dijo nada, odiándose por comenzar a sentir que deseaba que aquello empezara de una vez.

"Quiero aclarar un último detalle antes de que, ahora sí, empecemos a jugar: Esta partida se juega a contrarreloj. Desde el mismo momento en que accedí a tu cabeza, los propios sistemas de defensa de la Mente-Colmena se han percatado de que la seguridad de uno de sus nódulos ha sido violada, aunque de momento no sepan cuál. Soy bueno en lo que hago y sé ocultar mis rastros, y además revisar uno por uno miles de millones de nódulos es un trabajo que lleva tiempo, incluso para un sistema de la potencia de la Mente-Colmena, lo que nos proporciona aproximadamente unos cuarenta minutos antes de que den contigo. Si la partida no ha terminado para entonces, me veré forzado a ejecutarte por ser la forma más rápida de eliminar las pruebas. Hemos gastado ya casi veinte de esos cuarenta minutos. Haz que el resto valgan la pena".

"Deja de amenazarme y empecemos de una puta vez".

Igual que antes, aunque todo pareciera distinto, la voz le dio nuevas instrucciones.

"Guárdate ese cuchillo que hay sobre la mesa en el bolsillo, consigamos esa arma o no, conviene que tengamos un plan alternativo. Después muévete de forma casual hasta la barra y pide cualquier cosa. Sitúate donde puedas ver bien el baño, tratando de mantener suficiente distancia con el tipo grande bebiendo solo".

"¿Crees que puede ser él?"

"Es pronto para saberlo, así que intenta no darle la espalda".

Mientras obedecía, su pecho rugía en discordancia con el entorno que lo rodeaba. Aquel era un restaurante caro, un lugar donde nadie se guardaba cuchillos en la chaqueta ni se movía entre las mesas buscando rostros que no conocía…

O quizás sí.

"Dame tus impresiones. ¿A simple vista, a quién no conside-

rarías una amenaza? Empieza por la gente que ya hemos tenido tiempo de observar".

Se situó en la barra y pidió un vaso de vino. Desde aquel lugar su perspectiva del local cambiaba: los japoneses y la pareja de la mujer embarazada quedaban a su espalda. Las dos mujeres estaban ahora a su izquierda. También a su izquierda, aunque más escorado, el hombre rubio de pelo escaso aún sólo en la mesa y en actitud similar a la que tenía momentos atrás. A su derecha, a distancia de unos dos brazos, aquel hombre de gran tamaño apoyado sobre la barra con la vista fija en su vaso. Desde allí tenía también una perspectiva clara de las puertas que daban acceso a los servicios y de varias mesas nuevas que antes no podía ver: una de ellas vacía, en otra una chica, en la mesa de al lado un matrimonio de ancianos. Justo detrás una mesa y sentado en ella un hombre de espaldas. Como desde una atalaya observaba todo el restaurante, y desde allí un pensamiento le hizo estremecer: en una de aquellas mesas, una de aquellas personas iba a tratar de asesinarlo. Uno de aquellos desconocidos era el otro anfitrión.

"No creo que las personas que estén acompañadas supongan una amenaza" ordepensó Miguel.

"Explícate".

"Basándome en lo que acaba de pasar con Mr. Scherzer, nadie que antes estuviera acompañado y aún siga estándolo debería ser quien buscamos. Si ese otro jugador se mueve igual de rápido que tú, cualquier acompañante de su anfitrión se habría marchado ya igual que lo hizo Scherzer, o al menos se habría hecho notar, pero nadie ha montado ningún escándalo, o al menos nadie de quien hayamos sido conscientes. El otro jugador no ha tenido que deshacerse de nadie y por tanto su anfitrión tiene que ser alguien que haya estado solo desde el principio".

El camarero trajo el vino. Miguel observó fijamente el líquido en el centro de su copa, que parecía profundo, abisal. Las palabras enviadas a través de la Mente-Colmena se desplazaban en fracciones cuánticas de segundo, mil veces más rápido de lo que habría tardado en pronunciarlas, pero él se había quedado sin aliento.

"Excelente razonamiento. Tus suposiciones son perfectamente lógicas. El primer paso es siempre evaluar los cambios más evidentes o la ausencia de los mismos. Cualquiera que estuviese con el anfitrión cuando el otro jugador accediese a su cabeza se habría percatado al instante y habría reaccionado en consecuencia. Quizás nos equivoquemos, pero esa es por el momento la hipótesis más plausible".

No pudo evitar dirigir la vista hacia el hombre a su derecha. Por un instante sus miradas se cruzaron, la del otro quizás fortuita, la de Miguel lacerante sin pretenderlo. ¿Sería capaz de sacar el cuchillo de la chaqueta a tiempo si aquel tipo enorme se abalanzaba sobre él? ¿Cómo iba a defenderse de alguien tan superior físicamente? La adrenalina le obligó a retirar la mirada, su pulso se aceleró aún más, y Miguel se percató de forma extraña de que su propia mano parecía desconectada de su nerviosismo. No podía pensar con claridad, pero sabía que llegaría hasta donde fuera necesario llegar.

"No creo que sea él", dijo el jugador de forma aséptica.

"¿Por qué no?"

"Es obvio que está borracho. A menos que posea una fuerza de voluntad inusitada para alguien que bebe a solas a esta hora del día y disimule a la perfección, parece más probable que esté preocupado por haber sido despedido del trabajo que de que un desconocido quiera matarlo. Yo vigilaría más de cerca a ese hombre sentado a solas a tu izquierda. Mira disimuladamente".

Antes de girarse, sin consultarlo con el intruso en su cabeza, Miguel se bebió la mitad de su vaso de vino de un trago. No era prudente beber de forma tan llamativa en aquel momento, pero sabía que el vino le ayudaría a calmarse. Quizás el jugador opinase igual, pues no mencionó nada al respecto.

"Lleva enfrascado en esa conversación desde que llegué al restaurante", admitió Miguel. *"De ser el otro anfitrión lo habría tenido fácil para disimular mientras era..."*, se mordió la lengua.

Pero no le vio sentido a morderse la lengua.

"...coaccionado para obedecer", concluyó. Entonces, mientras trataba de vislumbrar peligros ocultos en el rostro de aquella persona, al fondo del restaurante un hombre al que no tuvo tiempo de ver bien se dirigió hacia el servicio de caballeros al mismo tiempo que algo se movía a su espalda.

Sin poder evitarlo se encogió como un resorte, girándose mientras se llevaba la mano a la chaqueta buscando el cuchillo, derribando al hacer esto la copa de vino sobre la barra y haciendo el ruido suficiente como para levantar un par de vistazos a su alrededor. Detrás de él, uno de los japoneses se había levantado de la mesa y había pasado en dirección al cuarto de baño.

"¡Tranquilízate!" el enfado traslució a través de las palabras del jugador.

"Es fácil decirlo desde tu agujero", replicó Miguel, aún a sabiendas de que el otro tenía razón. Se maldijo en su fuero interno por haberse dejado llevar de nuevo y de forma discreta trató de apreciar cambios a su alrededor: sólo las mujeres a su izquierda y el tipo con pinta de intelectual se giraron brevemente para mirarlo, extrañados, pero nadie más pareció dar muestras de interés. Ello no le hizo sentir mejor, pues era consciente de que corría el riesgo de haberse delatado a sí mismo.

—No se preocupe —le dijo el camarero con una sonrisa, acercándose solícito desde el otro lado de la barra para limpiar el desperfecto. Sin mediar palabra con Miguel, reemplazó la copa caída por una nueva y la volvió a llenar—. A cuenta de la casa.

"Quizás sea mejor que des un trago a eso. Necesitas templar los nervios".

Miguel no hizo ningún comentario al respecto, limitándose a aceptar la sugerencia.

"¿Pudiste ver bien a aquel hombre entrando al baño?" el jugador adoptó nuevamente un tono sereno, pulcro como si nada hubiera ocurrido.

"No". Miguel comenzó a impacientarse, siguiendo con la mirada al japonés mientras entraba al servicio. *"Tengo que ir a buscar esas armas de una puta vez ¿Qué gano esperando aquí? Esto es una pérdida de tiempo".*

"Espera hasta que salga ese hombre. No me preocuparía por el japonés, pero si ese otro tipo es el anfitrión y ha encontrado las armas lo último que quieres es estar encerrado en un espacio tan reducido con él".

"Esto es una gilipollez. Tendría que haber ido directamente a coger esas armas antes de que nadie se me adelantara".

El jugador discrepó.

"Escúchame, como ya habrás supuesto esta no es la primera partida que juego. Por experiencia propia el anfitrión que confía excesivamente en la posesión del arma se vuelve demasiado dependiente de ella. Te sorprenderías del número de anfitriones a los que he visto entrando en pánico simplemente por haber fallado un disparo. Debemos intentar averiguar quién es nuestro objetivo y actuar en consecuencia, encontrar ese arma pero no saber contra quién utilizarla se puede volver en nuestra contra con más facilidad de la que crees".

En ese momento aquel hombre salió del servicio y a Miguel le dio la sensación de que lo miraba directamente a los ojos. Se preguntó si aquella era la mirada del hombre que intentaría quitarle la vida. Sintió deseos encontrados, algunos de ellos nuevos, otros ya llevaban tiempo allí: salir corriendo, correr hacia él, gritar pidiendo ayuda, solucionar las cosas con el cuchillo en su chaqueta. Todas las opciones parecían adecuadas, todas tenían el potencial de acabar mal.

"Acaba de mirarme directamente a mí".

"No lo creo" dijo el jugador.

"Juraría que lo ha hecho. ¡Ese tipo podría ser el anfitrión!

¡Podría estar sospechando de mí! ¿Por qué ha salido tan rápido del baño? Acaba de salir nada más entrar el japonés, como si lo hubiera sorprendido". Tras decir aquello, Miguel se asombró de lo fácil que le resultó ordepensar su siguiente mensaje. *"Si ese es el anfitrión y se acaba de llevar las armas no tiene sentido que vaya hasta el baño a buscarlas. Mejor sería ir a su mesa y coserlo a puñaladas".*

No se reconocía a sí mismo en sus palabras, y ello le reconfortaba. En caída libre, la propia desesperación y su progresiva pérdida de autocontrol se habían convertido en sensaciones similares a una recompensa.

"Tienes que tranquilizarte. Podrías tener razón en lo de que haya salido demasiado pronto… o quizás no, no había nada que llamara la atención en los movimientos de ese hombre. Si tuviera que apostar diría que no es él".

"¡Te digo que me ha mirado directamente, joder!"

"A mí no me dio esa sensación". La voz del jugador sonaba conciliadora, consciente de estar perdiendo el control del anfitrión. La creciente agitación de Miguel requería a todas luces aflojar la presión a la que se encontraba sometido.

"Creo que podría ser el anfi…"

"De acuerdo…" el jugador atajó la línea de pensamiento de Miguel, claramente tratando de apartarlo de ideas como aquella *"…tienes razón, es momento de ir a por las armas".*

"Si ese tipo es el anfitrión ya no tiene sentido ir a por ellas".

"Miguel, aprecio que compartas tu opinión conmigo pero no tanto el que discutas mis decisiones en estos momentos. Tienes suerte de que esta partida se esté jugando en un restaurante, en un lugar como este quizás pases desapercibido con una actitud inestable como la que estás empezando a mostrar. En otros entornos estarías haciendo méritos para que te mataran. Recuerda las fotos que te enseñé antes. Recuérdate a ti mismo que no quieres terminar así".

Las palabras del jugador frenaron un poco su caída a ese lugar oscuro en el que se estaba sumergiendo, al tiempo que hicieron que Miguel se diera cuenta de algo: no quería volver de ese lugar, no quería pensar con lucidez. Quería que fuera el cuchillo quien pensara por él, tratar de averiguar adónde sería capaz de llegar si lo seguía.

"Vamos a por las armas". Ordepensó poniéndose en marcha sin esperar respuesta.

El tipo de la barra no pareció reparar en él. Pasó junto a las dos mujeres, ignorándolas, y miró de reojo a aquel hombre de pelo escaso, que le devolvió la mirada… ¿durante más tiempo de lo normal? No podía saberlo. Todos los ojos de aquel restaurante escondían amenazas, los que se fijaban en él y los que no. Avanzando hacia el baño se sentía expuesto, bajo la lente de un francotirador.

"Camina despacio. Observa el mayor número de detalles".

Miguel no dijo nada. Le latían las sienes. El cuchillo en su chaqueta latía más alto.

La puerta del baño se encontraba al fondo a la derecha, junto a la pared, lo que significaba que sólo debía vigilar su flanco izquierdo a menos que el peligro llegara por su espalda. El japonés salió del baño antes de que él llegara. Miguel lo siguió brevemente con la mirada al pasar a su altura, tratando de escudriñar a través de él las mesas que antes no podía ver. En una de ellas, el hombre del que sospechó hacía unos instantes, de su misma edad y complexión similar, lo siguió con la mirada. ¿Había algo extraño en sus ojos? No podía saberlo.

"Ese tipo me está siguiendo con la mirada".

"Trata de ignorarlo. ¿Qué opinas de ella?". El jugador se refería a una chica joven que se acercaba hacia la barra. No pudo verle bien la cara, pero el sonido de sus tacones hacía imposible no reparar en su presencia.

"No camina como alguien amenazado de muerte".

"De eso se trata esto, después de todo" dijo el jugador.

Llegó hasta la puerta y aprovechó para echar la vista atrás.

La chica lo miraba, apartando la cara cuando Miguel se fijó en ella. ¿Fue aquel un gesto fortuito o algo más? No podía saberlo.

El baño estaba vacío, tan solo un par de lavamanos, tres urinarios y otros tantos cubículos, todos con las puertas abiertas.

"Comprueba si parecen haber sido manipulados. Eso encajaría con tu teoría sobre aquel hombre siendo sorprendido por el japonés".

"Y también con mi teoría de que ha sido una gilipollez esperar tanto para venir".

La voz del jugador sonó desinteresada, realzando sin embargo la amenaza en sus palabras.

"Lo quieras o no, Miguel, estas son ahora tus circunstancias y por tanto una actitud constructiva por tu parte sería mucho más provechosa para ambos. Pero si ello te supone un problema, simplemente piensa en que yo me estoy jugando dinero en todo esto, pero tú te estás jugando mucho más. Si ganas la partida, ganamos ambos, pero si la pierdes, tú vas a perder mucho más que yo".

No sin esfuerzo, Miguel se contuvo y no dijo nada. El jugador tenía razón, tenía que canalizar su ira. Habría dado lo que fuera por tener la oportunidad de estrangularlo con sus propias manos, pero eso no iba a ocurrir, al menos no de momento. Comenzó a registrar los cubículos.

Observando las cisternas de los retretes, no halló nada ni en el primero ni en el segundo. El tercero, sin embargo, le hizo dar un respingo.

"Ahí tienes tu arma" dijo el jugador en su habitual tono neutro.

Con manos temblorosas sacó la pistola y la observó goteando sobre sus zapatos. Estaba fría y pesaba, y Miguel se sintió como si aquella fuera la primera buena noticia que recibía en su vida.

"Revisa el cargador". El jugador le indicó cómo extraerlo. Había una bala dentro. *"Guárdala y sal de aquí".*

En aquel momento escuchó un ruido y vio abrirse la puerta. El tipo de pelo escaso entró en el baño, lo miró brevemente y se dirigió hacia uno de los urinarios. Se le aceleró el pulso.

"Sal de aquí" repitió el jugador.

Pero Miguel no le hizo caso y se dirigió al lavamanos, observando el reflejo del recién llegado en el espejo mientras dejaba correr el agua.

"Podría ser él. No se ha levantado de la mesa en todo el tiempo que estuve cerca, ¿y justo ahora viene al baño? No me lo trago".

"No hagas ninguna tontería, solo has encontrado un arma, no te precipites".

"¿Por qué no? ¿Por qué no debería precipitarme? Tú mismo has dicho que se nos acaba el tiempo, ¿qué sentido tiene andarse con sutilezas, andar corriendo riesgos? Podría matarlo ahora mismo y ahorrarme problemas". Abiertamente, Miguel reconoció ante sí mismo que aquello era lo que deseaba hacer, que eso era lo que quería. Quería matar a aquel hombre, quitarle la vida. Si era cierto que se le estaba acabando el tiempo, estaba decidido a llevarse por delante a quien hiciera falta.

"Ni se te ocurra. Lo único que vas a conseguir matándolo es llamar la atención de todo el restaurante. Usa la cabeza".

Miguel taladraba el reflejo en el espejo mientras un ordepensar se formulaba en su mente, dirigido al jugador.

"Lo haré rápido. Usaré el cuchillo y esconderé el cuerpo en uno de los retretes. Puedo hacerlo… voy a hacerlo".

"Vas a estropearlo todo".

"¡No voy a estropear nada!" replicó, perdiendo los estribos mientras observaba al otro acercarse hasta el lavamanos junto al suyo. Se miraron brevemente. Miguel seguía con la vista fija en el reflejo, pensando en su cuchillo.

"Ni se te ocurra atacarlo. Te lo estoy ordenando". Por primera vez, el jugador parecía no estar al mando.

"¡Y qué pasa si lo hago de todas formas? ¡Si es el anfitrión

habré ganado tu puta partida, y si no lo es, al menos habré tachado a alguien de la lista!".

Aquel tipo había reparado ahora en que algo ocurría con Miguel, dejando correr el agua sin lavarse las manos, mirándolo con gesto de depredador a través del espejo. Intimidado, bajó la vista y comenzó a secarse las manos con celeridad. Era ahora o nunca, y Miguel se llevó la mano al bolsillo, agarrando el cuchillo a tientas.

"¡No lo hagas!"

"¡Cállate, joder! Quieres que juegue, ¿no? ¡Eso es lo que voy a hacer, voy a jugar a tu juego! ¿Qué vas a hacer al respecto?"

Lo último que esperaba fueron las palabras que vinieron a continuación:

"¿Qué te parecería escuchar cómo mato a Laura? ¿Te gustaría escuchar eso, Miguel? Eso es algo que podría hacer al respecto".

Como si le estrangularan las entrañas, se le agotó la respiración. Parpadeando, confuso, tambaleándose, observó al hombre de pelo escaso marcharse despavorido del baño.

"¿Cómo...? ¿Cómo sabes... quien es Laura? Dijiste que no me conocías de nada... ¿Cómo...?"

"No te conozco de nada, pero si tuviera que hacer una suposición, a juzgar por el anillo en tu dedo y las 22 llamadas salientes, Laura es tu mujer. O quizás tu amante, no lo sé, no me importa, pero te juro que si no dejas de actuar como un lunático voy a saltarme el bloqueo de su nódulo, conectaros para que podáis deciros adiós y freírle la puta cabeza. Y vas a escucharlo todo, Miguel, te prometo asegurarme también de eso. ¿Qué opinas? En vista a las quince llamadas entrantes que le he bloqueado a un tal Serge y a otra gente que llamaba de parte de un bufete de abogados de nombre importante, ya has perdido tu trabajo ¿quieres perder también a tu mujer? Sólo tienes que pedirlo".

Miguel vomitó en el lavamanos. Estaba mareado. La perspectiva de que algo le ocurriera a Laura lo cambiaba todo. De pronto había vuelto al punto de partida, al momento en el que el jugador invadió su cabeza por primera vez y él se encontraba del todo a su merced.

"De acuerdo... de acuerdo, haré lo que me pidas, pero no le hagas nada a ella... por favor" ordepensó, boqueando. Los ojos se le humedecieron.

"Te dije que no disfruto matando a nadie y lo mantengo. También mantengo que te dejaré vivir si ganas la partida, pero esta es la última vez que te ofrezco tal cosa. Se nos está acabando el tiempo y al otro jugador también, así que mójate la cara, respira hondo, prepárate mentalmente y sal de aquí dispuesto a lo que sea, es el momento del todo o nada... Tienes agallas, ponlas a tu servicio".

Hizo lo que el jugador le dijo. Bebió agua, cerró los ojos y contó hasta cinco. Se recompuso hasta conseguir recuperar el control, o al menos una ilusión del mismo. Después enfrentó su reflejo en el espejo mientras metía la mano en el bolsillo, agarrando la pistola.

"Cerciórate de que no tenga el seguro puesto. Abre bien los ojos y prepárate para sacarla en cualquier momento".

No dijo nada mientras salía del baño. Uno de los camareros atendía una mesa a su derecha. Delante, aquella chica seguía en la barra, en la misma posición que la última vez que la había visto, pero había algo extraño en ella que en un principio Miguel no fue capaz de precisar. Entonces lo vio, al mismo tiempo que el jugador lo gritaba con alarma y ella se giraba hacia él. No llevaba los zapatos puestos ¿por qué estaba descalza?

"¡Cuidado!" gritó el jugador.

La chica sacó un arma de la nada, disparando sin darle opción a réplica. Miguel gritó de dolor cuando la bala pasó a escasos centímetros de su cuello, impactando contra su clavícula izquierda, partiéndola, desequilibrándolo. Cayó al suelo con la espalda contra la pared mientras se le nublaba la vista y con angustia sacaba su propia pistola del bolsillo, dejándola caer a continuación. La chica se abalanzó sobre él con un cuchillo en la mano. Instintivamente, Miguel levantó el brazo derecho para cubrirse el rostro, salvando su vida a costa de ver su antebrazo atravesado por el filo del acero, que se hundía en su carne hasta la empuñadura, asomando por el otro lado. Sus propios gritos se mezclaron con los de ella, con los del jugador, con los de los clientes del restaurante. Estaba en el ojo del huracán, a punto de ser engullido por él.

Aquella chica era más pequeña que él, apenas pesaría cincuenta kilos, pero la adrenalina del momento le confería una fuerza que nada tenía que ver con su tamaño. Como dos fieras salvajes comenzaron a revolcarse por el suelo. Miguel tratando de no desmayarse por el dolor, su brazo prácticamente paralizado por el brutal castigo al que se encontraba sometido. La chica trataba de sacar el cuchillo para volver a clavárselo y por propio instinto Miguel retorcía el brazo para impedírselo. Nunca pensó que pudiera llegar a sufrir una agonía como la que aquella maniobra le imponía, pero sentía que era la única opción para ganar tiempo mientras trataba de alcanzar la pistola, a medio metro de allí.

Ella vio entonces el arma y trató de alcanzarla también, exponiéndose al separarse de Miguel, dejando el cuchillo clavado en su brazo pero permitiéndole a este lanzar el puño contra su nariz, logrando zafarse lo suficiente como para alcanzar la pistola y con desesperación girarse y apretar el gatillo a bocajarro. Una detonación lo ensordeció todo. Gran parte de lo que antes era la cara de una joven desconocida salpicaba ahora a Miguel por todas partes. Donde antes había un rostro humano, ahora había un boquete, una macabra versión inacabada de un semblante. El cuerpo inerme de la chica cayó hacia un lado, sobre las piernas de Miguel. No quedaba nadie en las mesas de alrededor, había vasos astillados, platos rotos, pero no había gente, como si un vendaval se los hubiera llevado a todos por la ventana.

Miguel miraba perplejo el cuerpo de la joven, la pistola humeante en su mano derecha, el cuchillo clavado como un piolet en su brazo. El jugador le hablaba, pero él no era capaz de escucharlo. Comenzó a gritar, un sonido gutural, apenas humano, Miguel no se sentía humano en absoluto.

Sin saber ni lo que hacía, se puso en pie con gran esfuerzo, apoyándose contra la pared. El jugador seguía hablándole, con el tono apaciguador de quien le hablaba a un moribundo.

"*...has hecho muy bien, Miguel, lo has hecho sumamente bien. Siento que las cosas hayan ido como lo han hecho, pero tenías mi palabra de que te dejaría vivir si ganabas, y nunca mentí al respecto. Imagino que tus dudas acerca de si mis amenazas eran reales o no ya no tienen cabida, esto debe de parecerte lo bastante real... buena suerte",* fue lo último que dijo antes de que aquel extraño ruido estático invadiera de nuevo su retina, ocultando durante un instante todo lo que Miguel podía ver, cesando de pronto.

El jugador no volvió a decir nada más. Se había ido.

Apenas unos segundos después Miguel levantó la vista. De la entrada del restaurante brotaron tres empleados de seguridad llegados de ninguna parte que comenzaron a ladrarle órdenes que no comprendía. Tuvo entonces tiempo de levantar el brazo derecho, con el que sujetaba la pistola, al tiempo que ellos apuntaban sus armas hacia él...

Voyeur en el arbusto

Japonés o taiwanés, qué sé yo. Corte de pelo asimétrico como si lo hubiera diseñado uno de esos arquitectos postmodernistas. Zapatos sin calcetines y una gabardina por debajo de la rodilla. Vaya pinta de capullo. El mamoncete se saca fotos con el móvil desde todos los ángulos, con toda seguridad para mandárselas a su novio o pelársela mirándolas cuando llegue a casa. Trato de contar cuántas ha hecho y calculo siete u ocho. Tower Bridge de fondo y delante un marica japonés con el pelo a la taza haciéndose fotos. Menuda estampa, joder.

Tras darle un par de vueltas le dedico una estrofa en la página de esa tarde. Rimo *pelo a la taza* con *irse por el Soho de caza*. Creo que me ha quedado bastante bien. La releo un par de veces y concluyo que quizás me haya quedado incluso *muy bien*.

Me doy cuenta de que me he empezado a reír yo solo y paro en seco. Por si acaso echo un vistazo alrededor, asegurándome de que nadie haya estado prestando atención y haya comenzado a mirarme como si fuera un perdedor, como uno de esos cuarentones divorciados, ex alcohólicos hechos polvo y esa clase de fracasados que se pasan todo el día en el bosque viendo pájaros. En ocasiones me asalta la incómoda sensación de que quizás me parezca demasiado a esa clase de tipos. Otras veces, sin embargo, pienso que me da lo mismo lo que piense esta panda de mamones. Además, seamos realistas, aquí hay una diferencia esencial entre ir a ver a gallinas cagando desde un árbol y lo que yo hago, que es pasarme la tarde viendo culos, pantalones muy muy cortos, y poniendo a parir al personal. Es alucinante la cantidad de anormales y de culos que hay en los parques de Londres. ¡Menuda pasada, joder!

Aunque claro, luego también puede ser que te plantes en el parque y acabes viendo al espantapájaros ese de ahí a mi derecha. Esa tía entra hasta el fondo en la categoría de los anormales: rondando los cincuenta, tatuaje desteñido de un dragón en el hombro y un cutis que parece una camiseta vieja, fumándose los pitillos de dos en dos y bombeando humo mientras habla por teléfono con su quinto exmarido o su asistente social, que puede que incluso sean la misma persona. Qué grima, joder. Lo que es seguro es que con quien no está hablando es con su peluquero, a juzgar por el nido de estropajos que lleva en la cabeza. Pienso que ojalá tuviera a mano una lata de cerveza caliente para tirársela y ver cómo salía corriendo a por ella.

¿Y aquel? A aquel seguro que no le hace falta peluquero, al calvo pederasta ese. Viéndolo pavonearse de esa forma casi me entran ganas de llamar a los maderos. Los calvos no son trigo limpio, y menos los que caminan así, como si tuvieran la furgoneta en marcha por allí cerca y una pila de cartones en el sótano de casa reservados para algún inquilino menor de edad. Menudo asco de tío. Eso sí, al verlo a él y a la otra arpía se me viene otra rima a la cabeza casi al momento. Tras corregirla varias veces, sin embargo, no me convence del todo la mezcla entre *dientes de color marrón* y *calvo con cara de cabrón*. Necesito darle más vueltas, pero decido dejarlo para más tarde.

Por allí viene otro. Menuda pinta de chulo, quién se habrá creído. Menudo flipado, como si el perro lazarillo le hiciera parecer muy importante. Ya sé que partirle la cara a un ciego no está en principio bien del todo, pero este en particular está pidiendo a gritos una zancadilla justo al borde de esos escalones. Vaya gentuza. Y justo detrás, de premio, otro. Unos cincuenta años, cara de ruso violador y una facha más incómoda que unas putas caries. Casi no doy abasto.

Lo intento pero no se me ocurre ninguna rima que me convenza, y además necesito vaciar la vejiga, así que me levanto y me voy detrás de unos arbustos cercanos. No dejar la libreta en el suelo resulta ser una mala idea, y casi me meo encima mientras me sujeto una e intento que no se me caiga la otra.

Entonces, justo cuando ya he terminado y le he dado para arriba a la bragueta, oteo el primer buen par de tetas desde hace un rato. La tía tiene pinta de turista, con un moño de esos de secretaria de película caliente y una camiseta de tirantes hecha con más bien poca tela. Se tumba en la hierba a tomar el sol y se pone justo a tiro. Me lo pienso pero no mucho, y decido entonces que qué coño, que aquel es tan buen momento para machacármela como cualquier otro. Así que abajo de nuevo con la bragueta y me pongo a ello con entusiasmo. ¡Los parques de Londres son lo más, hombre!

Casi nada más empezar se tumba junto a ella un musculitos que se quita la camiseta y se pone también a tomar el sol. El tío tiene cara de mongoloide y me está distrayendo, aunque he de admitir que está en forma. Por un momento no sé muy bien qué hacer, pero después decido incluirlo a él también en el encuadre. Cuando me la machaco en los arbustos me da lo mismo ocho que ochenta.

Le doy y le doy a la manivela, y justo cuando estoy a punto de rematar bien rematado, casi que me arde ya hasta el brazo, aparece de la nada un chucho y empieza a ladrar a mi lado. A ladrarme *a mí*, el muy cabrón. Le insulto y le hago un gesto con la mano para espantarlo, pero no me hace ni caso, así que intento darle una patada sin dejar de machacármela pero eso termina también en fracaso. Me está fastidiando pero bien, ahora que la tarde se ponía en marcha. Odio a los putos perros. Con la mano que tengo libre trato de coger una piedra y se la tiro pero se aparta. Entonces una momia de unos trescientos años aparece por allí llamando al mamón del chucho y al verme suelta un graznido de espanto.

—¡Oiga! ¡Pero usted qué está haciendo!

—¡Váyase a la mierda señora!

Escandalizada, coge al jodido perro de las pelotas y se lo lleva de allí, dejándome por fin vía libre para seguir con lo mío, a lo que me entrego resoplando como un simio hasta que por fin, al fin… hay ¡¡gol!! ¡¡gol!! ¡¡GOL!! ¡¡Chúpate esa, Londres!! ¡¡Menuda pasada, joder!! ¡¡Esto es lo que yo llamo una tarde de esparcimiento!!

Una vez que me vuelve la sangre a la cabeza y me recompongo un poco salgo de allí silbando, con una sonrisa de un millón de dólares en la cara y pensando de nuevo en lo mucho que, a pesar de los perros y los anormales, me gusta ir a pasar la tarde en los parques de Londres.

El reloj

La profesora llegaba a casa del trabajo. Al pararse frente al portal rebuscando las llaves en el bolso, el joven, que además de joven era también bastante amigo de lo ajeno como pronto veremos, se acercó a ella y le pidió la hora. La profesora pasó entonces de rebuscar las llaves en el bolso a rebuscar el reloj en su muñeca, tarea esta más agradecida que la anterior, pues los relojes en las muñecas normalmente se encuentran con facilidad.

Cuando se giró hacia el joven para responder a su pregunta, este echó manos cual zarpas sobre el cronógrafo. Sobrevinieron entonces el forcejeo y los tirones, los hubo por aquí y también por allá. Entre medias, la profesora gritaba *"¡Ay! ¡Ay pero qué hace! ¡Ay pero usted está loco!"*, palabras estas que el joven, tras los iniciales oídos sordos del que se encontraba ocupado en otra cosa, no pudo finalmente ignorar por más tiempo. Una cosa es ser un mangante, y otra que lo difamen a uno.

"Pues no, señora, mire usted, yo no estoy loco, yo qué voy a estar, yo lo que estoy es intentando robarle a usted el reloj, pero de loco nada, no se confunda".

El resto del forcejeo transcurrió sin mayores sobresaltos después de aquello.

La Ley de Dinámicas y Variables

Avanzaban mis pasos por la avenida. Serenos edificios a mis costados, perfilados sin sombra por el sol en lo alto. Lucían solemnes, vieneses incluso, hasta donde alcanzaba la vista. Yo reflexionaba en mi transcurso, envuelto en ideas densas como una niebla. Reflexionaba sobre si ha muerto la literatura, sobre qué papel juega el lector anónimo, ese que aún no se conoce porque aún no tiene rostro, en el proceso creativo. Pensaba en la influencia que ejerce el lector futuro, aún latente como destino, en la construcción de la obra presente, la cual se edifica y se moldea muchas veces a semejanza de la imagen que el escritor, aunque sea de forma inconsciente, tiene de aquel. Lo que se conoce y desconoce, meditaba, conceptos ambos que se complementan y excluyen en su equilibrio, delimitan sin duda nuestra existencia. Y es ahí, en algún punto inconcreto de tan precaria intersección, donde debía por fuerza coexistir consigo misma la figura del lector que aún no ha sido.

Por razón de la experiencia, el escritor nota la tensión que como una mano fantasma ejerce sobre su pluma el lector futuro. Las decisiones que toma, aunque de su autoría, no son solo las suyas. El artista, en tanto que agente independiente sobre su propia obra, solo puede ser tal mientras respete el compromiso que un autor tiene consigo mismo. Esto es, el compromiso de desasirse de la injerencia que aún no ha sido, pero sin embargo ya es. Es ante esta ley, razoné, ante la que una obra debe juzgarse.

En algún momento un teléfono desgarró mis cavilaciones. Me reclamaba, terco, en una cabina cercana.

—Opino que pecas de maximalista —dijo mi voz al otro lado—. ¿No crees que ese que tú llamas lector futuro no debería no ser, a priori, categorizado necesariamente como una influencia perniciosa en la obra de un autor?

—¿De qué modo lo calificarías tú en ese caso? —respondí.

Mi voz suspiró.

—Y ya estamos aquí de nuevo...

—No te sigo.

—Toda esta cháchara está muy bien, pero con esta es ya la cuarta vez que mantenemos esta conversación. Cada vez es parecida pero distinta, pero nunca nos conduce a ningún sitio.

—Son reflexiones complejas...

—No lo son tanto. De hecho, y como ya te he repetido otras veces, no puedes negar que una obra necesita un destino, pues lo que se escribe se escribe para ser leído, o escudriñado si lo prefieres, o de lo contrario no sería más que onanismo. Sería demasiado egoísta, y francamente poco productivo, el que un autor simplemente ignore a su lector y obvie que a fin de cuentas es este el que completa la dimensión de su propia obra.

A favor de corriente en la avenida, sopesé su argumento. La naturaleza intrínseca del acto de la escritura reside, cadáveres exquisitos y otros artefactos del ingenio aparte, en el acto individual, en la soledad que por norma requiere la pluma para dar frutos. Sin embargo, mi voz estaba también en lo cierto, pues en tanto que lo escrito busque llegar a un destino y no sea mero fuego de artificio, albergará en sí mismo la multiplicidad de lo colectivo. La escritura es, por tanto, una...

—¡Eh! ¿Sigues ahí? —me cortó mi voz.

—Sí, claro que sigo. Suponía que eras capaz de escucharme aunque no respondiera.

—Lo soy, pero sigue sin ser de buena educación dejar a la gente colgando. Sea como fuere, este *es* el cuarto borrador de esta historia, de ahí lo exasperante. Has estado reflexionando sobre los mismos asuntos durante siete páginas, durante tres versiones antes que esta. Unas veces de una forma, otras de otra, a veces cambiando de tema, pero aquí estamos de nuevo. Yo te llamo y tú respondes en mitad de la avenida como si fueras un loro. Esta vez, eso sí, el asunto parece que nos está quedando más metanarrativo.

Detuve el paso, no muy seguro de qué hacer con aquellas palabras.

—Ahora es cuando te giras y ves el cable del teléfono…

… extendiéndose durante cientos de metros a mi espalda, hasta donde alcanzaba la vista.

—Exacto.

—Estoy confuso —admití.

—No te culpo. A estas alturas normalmente ya me has colgado sin despedirte y has seguido a lo tuyo. Lo cual, aunque fuera útil para que avanzara la acción, he de decirte que siempre me pareció una muestra de mala educación totalmente innecesaria. Pero sea como fuere, para esto yo ya tampoco tengo mapa.

¿Qué se suponía, pues, que debía hacer ahora?

—Si me permites una sugerencia, yo colgaría el teléfono y, en efecto, seguiría caminando —dijo mi voz—. Ahí estabas en lo cierto, no estamos más que empezando y aún quedan páginas por delante. Eso sí, esta vez no estaría de más que te despidie…

Solté el auricular. No porque quisiera necesariamente hacerlo, sino porque me vi impelido a ello, como si la broma o el chiste debieran por fuerza repetirse de nuevo. El teléfono emprendió entonces, preciso y vertiginoso, el regreso de vuelta a su punto de origen.

Continué. A lo lejos una figura aguardaba, imperturbada y rígida, semejante a una silueta esculpida en cera. Sostenía un bulto bajo el brazo y me daba la espalda. Se trataba de un caballero espigado, de percha cara y traje planchado, listo en cualquier momento para cruzar la avenida. No tenía cabeza sobre los hombros, pues la sujetaba bajo su brazo. Era la testa de un hombre afeitado, la raya del pelo cincelada y pulcra hacia un lado. Fumaba con cadencia y mano plácida de un cigarrillo que la otra, la mano que tenía libre, retiraba entre calada y calada. Me acerqué, saludando educado, y esperé a su lado.

—Buenos días.
—Buenos días.

Después no más palabras durante un tiempo. Los edificios estaban en calma, el sol seguía en lo alto. La cabeza habló entonces.

—Nos vemos de nuevo.
—Eso parece. Aunque he de admitir, y ya lo lamento, que yo eso no lo recuerdo.
—Pierda cuidado al respecto. En otras ocasiones nuestra conversación era diferente. Yo le hablaba a usted de literatura, continuaba su pensamiento. Usted guardaba silencio y después respondía. Hubo una vez en la que yo defendía que muchas historias se escribían porque debían de ser escritas, con independencia de que la necesidad que de ellas se tenga en el mundo externo, ajeno a sus autores, sea nula. Estas eran, si tiene usted interés en saberlo, mis palabras exactas: *"Independientemente de lo que le aguarde a una obra literaria una vez cruzado ese umbral, esto es, el umbral que separa las arenas movedizas en las que habita el intelecto de un autor, del rastro indeleble que deja sobre el folio su tecla o su tintero, la literatura como acto creativo seguirá siempre conservando su función primigenia, su función original. La literatura"* defendía yo como pilar central de mi argumento *"es un significado en sí mismo"*.

—Comprendo, y esa es sin duda una conversación en la que me habría gustado tomar parte. ¿Y las otras veces, sobre qué versaban nuestros encuentros?

—Uno de ellos no fue más que un boceto, notas sueltas acerca de ideas y potenciales meandros en nuestro discurso. En otra, yo cuestionaba su tesis acerca de la intrínseca naturaleza de la escritura, o del arte mismo, como acto necesitado indefectiblemente de la soledad de su autor para poder ser considerado tal. Su definición me resultaba, y esto fue común en todas nuestras conversas, rígida en demasía, y poco apta para abarcar las diferentes facetas del objeto puesto a debate.

—Parece este un tema controvertido.

—No lo dude.

Sobrevino de nuevo un silencio. Después, el caballero y su cabeza miraron hacia ambos lados, y cruzamos los tres la avenida. Nuestros pasos le exprimieron al suelo un sonido extraño, una melodía que no conocía y que murió cuando llegamos al otro lado. Acompasado el caminar, entre nubes de humo, la cabeza se pronunció de nuevo.

—Entiendo que está usted confuso.

—No podría ser menos, ¿no le parece?

—Supongo que es cierto. ¿Qué le atribula en todo esto?

Le di vueltas a su pregunta, sometí a juicio el desasosiego. ¿Si yo no era más que una nueva versión de mí mismo, simplemente un nuevo borrador de la misma historia, cuál era pues mi naturaleza? ¿Eran esos yos una parte de mí, o era yo una negación de los mismos? Si hubo otras versiones antes que esta ¿sería yo la última, o vendrían otros a caminar mi sendero?

—Son preguntas legítimas —intercedió la cabeza.

—Lo son, no podrían no serlo. Y le atañen a usted lo mismo que a mí —añadí, sin pretender animosas mis palabras pero sin poder evitar que en parte lo fueran.

—No se preocupe, no las tomo a ofensa. Entiendo adónde quiere llegar, pero ¿a qué se refiere exactamente?

—El razonamiento es sencillo. Si este no es el primer borrador, y en cada uno de ellos los acontecimientos han sido similares pero distintos, yo no he sido siempre quien soy ahora, ni usted ha sido tampoco el mismo. No somos más que copias de nosotros mismos, versiones diferentes de una entidad cambiante.

La cabeza sonrió.

—Camina usted sobre la pista, aunque difiera de nuevo en una parte fundamental de su argumento.

—Esa parece ser la norma.

Dio una calada, me dio otra respuesta.

—En esencia está usted en lo cierto. Este encuentro ya ha sucedido antes, y a él acudimos nosotros, aunque sin ser de hecho nosotros mismos. Ahora bien, mi naturaleza, y esta es la distinción principal que yo quiero que usted comprenda, es una naturaleza consciente de sí misma. Yo recuerdo lo que fui ayer, recuerdo aquellos cónclaves pasados, y puedo compararlos con mi hoy y mi presente. De este modo, poseo perspectiva y potestad sobre mi experiencia. En esencia, sigo siendo quien siempre he sido. Usted, no obstante, no posee semejante agarradero. Para usted este es el primer caminar en esta avenida. Usted, enclaustrado en la concepción única de sí mismo, es a todos los efectos un recién nacido.

En ese momento, sin opción a réplica, el hombre me indicó que me detuviera de nuevo ante un cruce. Obedecí. A lo lejos, un alud se desbordaba. Un vehículo intenso, un coche fúnebre avanzando hacia nosotros con cadencia marcial. Había algo macabro en él, y el sol se apagaba a su paso. Sus cristales estaban tintados y en ellos vi reflejado mi rostro, un rostro aún joven pero ya adulto. Tras de sí remolcaba una plataforma y en ella varias figuras: ocho siluetas de hombre, cuatro en pie y cuatro en cuclillas, arrodilladas. Vestían uniformes oscuros, viseras militares, gafas de sol y armas automáticas los primeros. Tenían todos el mismo rostro. Quienes se arrodillaban, ante ellos, vestían monos naranjas y sacos negros cubriéndoles las cabezas. Sus manos lucían engrilletadas, esposadas a sus pies con gruesas cadenas. Era aquella una visión que hacía zozobrar los sentidos.

Cuando llegaron a nuestra altura uno de los uniformados clavó en mí sus ojos, ojos de perro de presa, que laceraban como hierros candentes. Con una sonrisa aserrada en la cara destapó la capucha del hombre al que custodiaba. Allí, debajo, estaba también mi rostro. Su mirada burlesca, la mía de piedra. Me calaba la tormenta en los huesos. Me volví hacia mi acompañante. La cabeza me miraba fijamente, sonriendo sin pestañeo. Reparé entonces en sus dientes podridos, dientes de hombre muerto que antes no había visto.

—Creo… creo que debo irme —musité.

Parálisis en los músculos. Una breve respuesta.

—¿Tan pronto? Aún no hemos terminado nuestra conversación.

Hielo que quema. Ojos que queman.

—No… no puedo quedarme… en otro momento quizás.

Ceniza en la boca. Graznido de cuervos.

—Como quiera. La ocasión habrá de presentarse de nuevo, espero.

El convoy se alejaba. Yo perdía asidero.

—He de… he de irme.

Sin compostura y desordenado crucé la avenida. Al hacerlo, una melodía deforme acosó mis pasos. Eché en algún momento la vista atrás. A lo lejos, a kilómetros de distancia, el hombre y su cabeza me saludaban.

Volví la mirada, me centré en caminar, en no mirar nunca atrás.

Y así caminé.

Caminé.

Seguí caminando.

Con el tiempo, mi desazón se fue apaciguando.

A lo lejos una playa interrumpía la sucesión de edificios. Su arena era blanca, de marfil triturado, y sus olas peregrinaban mansas y traían murmullos. Un refugio. Olvidados por los decenios, sobrevivían allí en medio una caseta y un cartel ilegible.

No lejos, varias vacas descansaban al sol. Eran marrones, tenían cuernos. Tenían el aspecto de las vacas sagradas. Junto a la orilla, el agua lamiendo sus quillas, reposaban dos grandes barcazas de colores eternos. Estaban pintadas del color del incienso, del rojo grave de las granadas, del orgulloso verde y amarillo del pendón militar.

Al acercarme un hombre emergió de las sombras. Era todo sonrisas, y caminaba con el paso firme de los hombres que han conocido a la fortuna y la han mirado de frente. Su camisa era roja, abierta hasta el pecho, y su traje negro, holgado pero elegante. Su rostro, que era el de Nick Cave, se sobreponía al océano, a la inmensidad en calma que se abría a su espalda.

—Bonito, ¿eh? —fue su saludo.

—Sí, ya lo creo.

—Habré tenido trabajos mejor pagados que este, pero pocos tuvieron mejores vistas.

Lo observé durante un instante.

—Se me ocurren trabajos peores —respondí.

—Eso es, eso es —dijo él, frotándose las manos—. ¿Se encuentra mejor ya?

—Sí… sí, eso creo.

—Es un lugar extraño este, nunca sabe uno bien a lo que atenerse.

No respondí, y él mantuvo la satisfacción en su cara. Su rostro, en verdad idéntico al de Cave, resultaba magnético.

—¡Ah, sí!, siempre que nos vemos acabamos hablando de eso —me dijo.

—¿A qué se refiere?

—A mi parecido con, ya sabe, Nick Cave.

—Un parecido sin duda notable. ¿Y cómo transcurre tal charla?

—Buena pregunta. Normalmente es en este punto en el que el tema se vuelve *aún* más difuso. Verá, en el primer borrador yo *era* Nick Cave. Pero era ese mismo hecho el que hacía encallar la historia. ¡Emular a Nick Cave! ¡Esa no es tarea fácil en la escritura! Si yo *era* de verdad Cave, el desarrollo como personaje de semejante invitado se volvía tarea ardua y compleja, ¿entiende? Factible, sí, pero ni mucho menos sencilla, a menos que quisiera usted acabar montando alguna chapuza. Y estoy seguro de que coincidirá conmigo en que ninguno de los aquí presentes querría tal cosa. Debería... deberías haber visto... ¿te importa si te tuteo?

—No, sin problema.

Nick sonrió, o siguió sonriendo, pues no había parado de hacerlo desde que saliera a mi encuentro. Después dio una palmada repentina y se metió la mano en la chaqueta, sacando de ella un helado de cucurucho impoluto, coronado por dos bolas fresa.

—Espero que te guste la fresa, es lo que me queda —dijo al tiempo que me lo incrustaba en la mano—. Bueno, a lo que iba. Deberías ver la cantidad de notas que había en los dos primeros borradores, todas recogidas con la idea de poder escribirme como si *de verdad* fuera Nick Cave... trabajo de campo del serio. Pero el invento no funcionaba. Yo, como Nick Cave auténtico, me resistía a existir. Y ahí fue donde murió la historia aquellas primeras dos veces. Hacía falta una solución. Hacía falta un ángulo nuevo. Podría haberse descartado al personaje entero, eso desde luego fue valorado. Pero yo, aunque me resistiese a existir, me resistía también a morir. De acuerdo, pues. ¡Nos lo quedamos! Así que se decidió seguir intentándolo. En el tercer borrador, demostrando que romperse la cabeza contra una pared a veces otorga sus frutos, consiguió hacerse un avance. La idea era sencilla, aunque no hubiese sido obvia desde un principio: si no podíamos en línea recta, ¿por qué no dar un rodeo? De ese modo, mi concepción cambió en su naturaleza, y de *ser* Nick Cave, pasé a *representar* ciertas de las cualidades que representa Nick Cave. Cuidado con el helado.

—¿Qué tipo de cualidades? —pregunté, llevándome el helado a los labios.

—La creatividad, en su mayor parte. Mi personaje debía representar el proceso creativo, y hablar sobre el desarrollo que indefectiblemente se requiere para domar y domesticar una idea. De ese modo, gracias a ciertas licencias, se salvaba el escollo y mi construcción resultaba flexible. Ya no *era* Nick Cave, pero hasta cierto punto, todavía seguía siéndolo... aaah, sí, la creatividad como proceso. Eso sí, a diferencia de en mis otras versiones, en esta me conduzco al otro lado de la cuarta pared. La mayoría de estas páginas, imagino que ya vas comprobando, es ese el carril en el que transitan.

—Eso he notado.

—En gran parte, todo esto que nos sucede lo hace al mismo lado de la página en el que se encuentra el lector. Pero no nos desviemos, volvamos a lo que estábamos hablando. En esa coyuntura, la de mi construcción, se dio un hecho curioso que a veces sucede al escribir personajes, un hecho que señala que la senda que se está siguiendo es la correcta. Aunque a veces también pueda, y esto es innegable, llegar a convertirse en un palo en las ruedas de la propia historia.

El martilleo de un teléfono llegó a mis oídos. Sonaba amortiguado, desteñido, y yo apenas pude hacerle algún caso. Nick, por su parte, pareció no escucharlo, y siguió hablando.

—Me refiero —prosiguió— a ese momento en el que un personaje comienza a tomar sus propias decisiones y se vuelve beligerante, y solo accede a ciertas concesiones siempre y cuando se hagan bajo sus términos. En mi caso, por ejemplo, aparte de todos esos asuntos de más calado que ya hemos comentado, hubo que sumarle el asunto de la vestimenta. Cuidado con el helado. ¿Y qué pasó con la vestimenta?, te preguntarás. Pregúntamelo, pregúntame: Nick, ¿qué pasó con la vestimenta?

No habría podido negarme, aunque así lo hubiera querido.

—¿Qué pasó con la vestimenta, Nick?

—¡Gran pregunta! —Nick dio otra palmada, ensanchando aún más la sonrisa perenne en su cara—. Fíjate en esa caseta.

Fíjate en ese cartel desgastado que le cuelga. En un principio el cartel de esa caseta rezaba *Helados*. Y yo vestía, sin que viniese especialmente a cuento, un traje a rayas rojas y blancas con un sombrerito a juego. ¡Un sombrerito a juego! Ah, pero de eso nada. De ninguna de las maneras iba a presentarme de semejante facha. Así que, *voilá,* tras un módico chantaje y varios borradores, aquí me tienes enfundado en el traje de gurú de masas de siempre, el mismo que llevaba en la portada de *Tender Prey* —dijo, teatral, señalándose la indumentaria—. Un atuendo hecho para que te tomen en serio.

—¿Y por qué lo de este helado? —pregunté, dándole un lametón.

—Eso lo hacíamos también las otras veces, y no vi por qué no continuarlo. Tampoco es que tenga nada en contra de los helados.

Caí en la cuenta de nuevo de aquel teléfono. Caí en la cuenta de que había perdido la noción del tiempo, y de que Nick no había parado de sonreír ni siquiera un segundo, y por un momento me encontré mareado.

—Creo... creo que hay un teléfono sonando —musité, la cabeza comenzando a dar vueltas.

—¿Te refieres a este? —preguntó Nick, sacando un aparato antiguo, de cable enroscado y números en forma de rueda, del bolsillo de su chaqueta—. ¿Diga? Sí, sí aquí está, lo tengo justo aquí en frente. Para ti. Cuidado con el helado.

Sostuve con mano frágil el auricular que Nick me alcanzaba, cada vez más confundido, como si llevara pesos atados a los tobillos y me hundiera con ellos.

—Si yo fuera tú —dijo mi voz al otro lado—, me iría de ahí ahora mismo. Nada de esto me da buena espi... *clic.*

Nick colgó el teléfono, y con su sonrisa inacabable me apartó el auricular de la cara.

—Cuidado con el helado —me dijo, acercándose.

Un reguero de sudor se precipitó por mi espalda. Mi vello se encrespó, crepitó. Retrocedí mientras Nick se cernía, avanzando y sonriendo, borboteando palabras que apabullaban e hipnotizaban y amenazaban con sepultarme en su fuerza.

—En borradores previos se barajó una metáfora, una idea que por una razón u otra se quedó siempre en el tintero. La escritura y la caza, amigo mío, esa era la metáfora que nunca fue desarrollada. Nunca una línea fue escrita al respecto, pero se tuvo siempre presente. La escritura y la caza son conceptos con parentesco de sangre. La caza y la escritura, mi buen amigo —los ojos inyectados en sangre, la sonrisa por amenaza—, son dos dinámicas muy similares. La emoción radica en el proceso, en la persecución de la presa y la orfebrería que hay en la obra. A la presa hay que acosarla y agotarla hasta segar su cuello. La batalla contra una obra es la misma. A ambas hay que malherirlas y desangrarlas, a ambas hay que perforarles el corazón en un cerro. ¿O es que no lo entiendes? Cuidado con el helado.

El helado ya no era helado, ahora era una bola de gusanos palpitando en mi mano. Me lo sacudí de encima, creí gritar. Nick me agarró, me clavó las uñas en el brazo. Traté de zafarme pero no pude. Traté de desasir su mano pero fue inútil.

—A la presa hay que estudiarla y entenderla, ya sea esta león o libro, una hiena o un relato de un párrafo. A ambos hay que someterlos, y para someterlos antes hay que seguirles el rastro. El cazador y el escritor son solo eso, expertos en seguir rastros, ¿no lo entiendes? Rastros que se pierden, a veces durante años. Esta misma historia, este cuarto borrador, no es más que eso, no es más un rastro retomado, que se había perdido durante años. Algunos rastros son claros, resultan nítidos y la pieza se cobra fácil. Este no fue uno de esos. ¿No lo ves? ¡No lo ves acaso!

—¡Basta! ¿Qué demonios es esto!

—¡No lo ves, te pregunto?! ¡Es lo mismo! ¡Son lo mismo! ¡El cazador y el escritor solo tienen dos herramientas a su alcance, y son las mismas! ¡Experiencia y corazonadas! ¡Es lo único que tienen! ¡¡Esas son sus armas y la única forma de seguir el rastro, de cobrarse la pieza, de llegar a puerto! ¡¡O acaso no lo ves!! ¿!No lo ves!? ¡Ambas son pruebas de resistencia! ¡Requieren estamina! ¡Requieren crujir los dientes y seguir avanzando, aunque duela! ¡La emoción está en la persecución, en el proceso! ¡Pero hace falta un trofeo! ¡Sin culminación todo esto se reduce a nada! ¡Hace falta una cabeza sobre la chimenea! ¡Hace falta el batir de páginas, del argumento doblegado!

Agité el brazo, tiré de él con fuerza. Nick intentó morderlo. Gruñí e hice un escorzo. Logré evitarlo. El corazón pugnaba en mi boca, desbocado, prorrumpiendo a través de ella. Apenas escuchaba ya aquella diatriba enloquecida que me azotaba en la cara. Breve, vislumbré a las vacas al fondo, indiferentes.

—¡Basta!

Mi empujón le hizo perder pie y me hizo libre. Trastabillado, corrí, escapé de la arena. A mi espalda, Nick gritaba.

—¡No ha sido nada personal! ¡Ya sabes que estas cosas a veces suceden como suceden! ¡La creatividad es a veces incontrolable y desbocada! ¡¡Está en su naturaleza!! ¡Sea como sea, fue un placer charlar contigo! ¡Que vaya bien! ¡Vuelve cuando quieras!

Nunca más miré hacia atrás. Nunca más vi aquella playa.

A trompicones, inspiré.

Caminé.

Inspiré.

Poco a poco el dolor se extinguió de mi brazo. Poco a poco, mi respiración retomó su cauce.

Más templado, caminé.

Inspiré.

Caminé.

Como un bálsamo, sobrevino así un nuevo devenir por la avenida. Los edificios me envolvieron en mi transcurso, se erigieron las fachadas benévolas y el silencio impoluto. Durante un tiempo, agradecido por el mero hecho de mi existencia, por portar tan insigne estandarte, penetré en su horizonte. Se engalanó entonces aquel paisaje, se derramaron colores por sus ventanas. Las flores dinamitaron las piedras, henchiendo a su paso los pulmones y el alma...

... después, la avenida cambió de nuevo. Se marchitaron las flores y el sol en lo alto. El paisaje, inclemente como un invierno, aguantaba ahora maltrecho, en pie apenas por poco. Arrasados los edificios y sus cimientos, derramados ya sus cascotes, la avenida se tornaba moribunda, el cadáver de un bombardeo. Entre columnas de humo y exangües fenestras, caminé hasta el final de los escombros, allá hasta donde alcanzaba la vista.

La avenida siguió cambiando. Los edificios renacieron, arreciaron temporales, me encaré con multitudes. En cierto momento, ominosa en la calzada, hallé una puerta. Era negra como el corazón de los hombres, de madera pulida o quizá de mármol. Su superficie bruñida devolvió mi reflejo, el reflejo de un rostro joven y tal vez puro, un rostro que era el de un niño. En su umbral, una vieja frase que reconocí de Wittgenstein:

> *Un hombre estará encerrado en una habitación con una puerta que esté destrabada y abra hacia adentro, mientras que no se le ocurra tirar en vez de empujar.*

Así el pomo. Al hacerlo, traídas por el viento, llegaron a mi oído palabras de Foster Wallace. Palabras dichas en otro tiempo, en algún otro lugar, sobre alguien llamado Kafka...

> *... you can ask them to imagine his art as a kind of door that we approach. And we pound on this door, seeking admission, desperate to enter. We pound and pound. Finally, the door opens, and it opens*

*outward. We've been inside what
we wanted all along.*

En un movimiento que los era todos y no era ninguno, destrabé la puerta hermética. Tras el umbral se expandía el infinito, y bajo su bóveda, más alta de lo que ninguna bóveda pudo haber sido, confluían todos los ángulos de la existencia en un mismo punto de fuga. La matemática y la palabra, la alquimia y la filosofía, la geometría del caos y la morfología de mil secretos que no me correspondían. Allí, bajo la bóveda, hileras vertiginosas alfombraban el suelo, hileras de recién nacidos durmiendo un sueño acompasado y justo, el sueño de un millón de mentes y un millón de cañones y un millón de tambores. Era aquel un paisaje que retorcía los mimbres del entendimiento y desafiaba la lógica y la cordura. Un paraje que torsionaba la mente y magullaba el juicio...Era un páramo que me estaba vedado.

Temí verme engullido en su vorágine, temí despertarlos. No osé quebrar el equilibrio que sobre mí se alzaba ni perturbar el reposo que ante mí se extendía. Cerré la puerta con cuidado y cautela, sabedor de que no era aquel mi lugar, pues mi lugar estaba allá a lo lejos, más allá de los edificios que no terminaban.

Me marché. Continué en la avenida.

Caminé, caminé a través del tiempo. Mi mente ingrávida, como una piedra lanzada al vacío, en equilibrio entre caída y ascenso. A lo lejos surgía otra figura, el murmullo de una voz humana se imponía en la distancia. Era aquella una silueta huesuda como el sarmiento, con el perfil inexcusable del pastor luterano y los manierismos del loco o del vagabundo. Su vestimenta era la de un cuervo, la faz sumergida, picada de viruela, bajo un sombrero plano de ala ancha. Era tuerto, y en la cuenca del ojo vacío, robado al mundo, refulgía incrustado un diamante. Escupía soflamas que instigaban a la revolución, amenazaba al horizonte con su guadaña. Su puño, erguido como una antorcha, maldecía al cielo y a las alturas.

¡Lo que una vez creímos tener nunca tuvimos!
¡Lo que ahora tenemos nunca más será lo que fue!
¡Le exigimos al autor que se explique!
¡Le exigimos que se presente y dé cuenta de sus actos!
¡Plagas, asesinatos, corrupción, demencia e infecciones!
¡Robos, inmundicia, violaciones e idolatría que nos pudren por dentro!
¡Ancianos y niños arrasados por el cáncer!
¡Miseria! ¡El vil tejido de las mentiras!
¡Levantad vuestros puños ante la lluvia inclemente!
¡Exigidle al autor que se presente!
¡Preparaos! ¡Preparaos porque la lluvia aún no ha cesado!
¡Aún ha de arreciar! ¡Las olas!
¡Las olas nos arrasarán a todos!
¡Separaos de él, de quien escribe estas líneas y nuestras desgracias!
¡Amputaos su yugo del cuerpo!
¡Extirpad su tiranía y su amor tramposo!
¡Que se presente si se atreve y mire a los ojos a la tormenta que él arrojó sobre sus siervos!
¡No dejéis que su caída sea la nuestra! ¡Pertrechaos!
¡Empuñad vuestras guadañas y

> *vuestras hazadas y erguid vuestras astilladas uñas! ¡Marchemos todos contra él!*
> *¡Marchemos lejos de él!*
> *¡Del autor indigno que con nosotros juega como el que juega con marionetas!*
> *¡De quien nos utiliza y nos malea, creyendo, insolente, que nadie escribe sin embargo sus propias líneas!*

Sus palabras laceraban...

... pero no me detuve...

... y continué en la avenida.

Fue una vida y menos de una línea lo que tardé en alejarme. La avenida seguía, siempre seguía. Hubo niebla, hubo árboles muertos que ardían sin ruido, luces del norte y su resplandor en mi camino. Tras la lejanía, segada una de sus arterias ocultas, los edificios vomitaron papeles escritos a máquina. Folios destripados, que llegaban huérfanos de contexto y de dueño. Busqué cobijo de sus bofetadas, cubrí mi rostro. Alcancé a agarrar alguno en su paso breve contra el mío:

> —*La culpa la tiene usted por sugerirnos lo de reventar esa burbuja, fíjese lo que le digo* —*le recrimina el caballero al anciano señalándolo con el dedo.*
> —*¡Yo soy un veterano de guerra y usted a mí no me habla así porque le ando en la cara!*

... agarré otra página...

Si se trata de un ataque y yo no he ocupado mi puesto a todas luces seré considerado como un traidor. *Aquella idea le puso un nudo en el estómago. ¿Se trataba quizás de algún nuevo tipo de un simulacro ideado por los mandos? Sólo los mandos conocían la totalidad del búnker, podría ser que todo su pelotón se hallase en uno de aquellos sectores que el soldado desconocía y por eso él no era capaz de encontrarlos. En ese caso...*

... y otra...

... los helipuertos de aterrizaje en las azoteas cercanas, como si una mano gigante se hubiera dedicado a desperdigar dianas a lo largo de la ciudad. En cuanto aceptó la llamada, la Mente-Colmena conectó los nódulos mentales de Miguel y Serge, y durante una fracción de segundo el escudo dorado de la UP parpadeó ante él. Después, el rostro de Serge recibió acceso de primer grado a su retina y la comunicación quedó establecida.

... y otra...

—¡No llevamos ni dos movimientos y ya está usted interrumpiendo la partida! ¿Se puede saber qué quiere usted ahora! —replicó el doctor, irascible mordiendo el an-

zuelo—. Tenía entendido que había venido a mi casa expresamente a jugar al ajedrez como hacemos cada semana. Ya sabe que si quiere conversación, en el Casino lo proveerán bastante mejor de lo que yo estoy interesado y dispuesto a hacer aquí.

Con esfuerzo remonté la corriente. La hemorragia provenía de un escritorio y del hombre que ante él se sentaba. Inclemente, una arenisca hería mis ojos y trababa mi vista, proveniente de allí también. Cegado y trémulo, logré acercarme. Era un hombre cuyo rostro era el mío, y se encaraba con una máquina. Tecleaba sin tregua, y las páginas, en jirones infinitos a su costado, salían y se perdían en un vuelo enmarañado por la avenida.

Tac. Tac. Tac.

—¿Qué opina usted de esta historia? —preguntó, la vista fija en la máquina, los dedos incesantes sobre las teclas.

—¿Qué debería opinar? —respondí, si acaso con brusquedad—. Si le soy sincero, no me considero más que un testigo pasivo, sin agencia ante nada de lo que aquí me suceda. Esta avenida se siente más como un río que me arrastra que cualquier otra cosa. Un río, o quizás un pantano.

—Es una lástima.

—¿El qué?

—Que usted vea su rol en esta avenida de ese modo. Que entienda su presencia en ella como pasiva y falta de agencia.

—Como personajes que somos —respondí—, y note que yo también me incluyo en la definición, ostentar agencia sobre nuestros actos no es más que una mera ilusión. Por mucho que sus acciones o las mías pudieran parecer actos de voluntad, no dejan de ser igualmente actos dirigidos desde alguna atalaya.

—Dígame —contestó él, aún sin mirarme—. ¿A quién cree que se refería aquel luterano en su diatriba? ¿Se refería a dios?

¿Se refería a quien, en otro plano de existencia, escribe estas líneas?

—La frontera entre una cosa y la otra es difusa.

—Exactamente. Y por eso le pregunto: ¿está la ficción irremediablemente aislada del mundo del que esta emana? Usted mismo escuchó las palabras de aquel falso Nick Cave, palabras que no eran falsas en absoluto. Escuchó cómo se resistió a vivir y a morir, o cómo impuso ciertas condiciones sobre su propia existencia. Usted conoce esa sensación que invade en ocasiones al escritor, esa sensación de que su rol no es otro que el de documentar lo que hace su personaje, simplemente seguirlo y observar cómo interacciona con su mundo. Le formulo de nuevo la pregunta: ¿es la ficción simplemente una isla? ¿Un camino de dirección única? ¿O es un ente mutable —*vivo,* por ausencia de una mejor palabra—, que permanece interconectado y ejerciendo influencia sobre su propio punto de origen?

—Esa influencia habita un mundo ilusorio. Habita el mundo del brazo fantasma, que ha sido amputado pero que de igual modo se siente, y de igual modo se padece. Por lo tanto, que exista tal sensación no implicará que exista sin embargo tal brazo.

—Ah, pero ese brazo aún está *de verdad* ahí, aún condiciona con su existencia o con su falta de esta a quien una vez lo poseyó. Usted mismo decía algo parecido en su reflexión, allá en la primera página, sobre el lector futuro que aún no existe pero sin embargo se siente. Yo no le hablo de ningún objeto tangible y material, entiéndame, sino de la esencia difusa y sin forma, que no puede señalarse con el dedo. ¿En qué punto exacto se separa esa *ilusión* de agencia de la agencia *de facto*, allá donde sea que esta habite? ¿En qué punto la *falsa* ilusión de conciencia se convierte en conciencia *real*?

Callé. Reflexioné, inseguro de poder responder sus palabras.

Tac. Tac. Tac.

Volaban las páginas, volaban con prisa.

—No se preocupe por la respuesta —dijo él—. Es un tema al que volveremos más adelan...

Un violento acceso de tos asaltó entonces al hombre, que encrespado sobre la mesa tosió latigazos de arena a través de sus manos, azotando con ella el escritorio, la máquina y los papeles. En estos, vislumbré de pasada, se daba cuenta palabra por palabra de toda nuestra conversación hasta ese momento.

—Nos hemos extraviado en exceso —alcanzó a decir, una vez recompuesto de la torsión y el sometimiento.

—¿De dónde?

—Nos hemos extraviado de lo que nuestro encuentro debería haber sido... Si bien... si bien es cierto que ese tema cambió tantas veces en esta historia... se escribieron tantas versiones de esta misma escena, que resulta ya inútil mantener la cronología. Este es el cuarto borrador de esta historia, eso fue siempre cierto. Pero poco más hay aquí que no tenga ya origen brumoso.

El hombre se había obligado a sí mismo a reanudar la escritura, regresando a un esforzado ritmo de tecleo y todavía sin hacer ademán de mirarme. Las páginas, desprovistas del vigor inicial, seguían sin embargo con su huida en revoltijo desde la mesa.

—¿Qué otros temas fueron tratados? —pregunté.

—En un principio hablábamos sobre historias inacabadas. Sobre el concepto mismo de la historia que pudo ser pero no llegó nunca a serlo, de cómo habrían sido esas mismas ficciones de haber sido escritas en otro momento o contexto. En esa versión primigenia, a mis espaldas dejaba ya de haber edificios en la avenida, reemplazados por una librería eterna habitada por versiones de su propia travesía por esta historia. Versiones de la avenida que nunca fue... que nunca fueron escri...

El hombre tosió, violento y con convulsiones, la arena prorrumpiendo a puñados desde su cuerpo.

—Disculpe —se excusó, maltrecho.

—No se preocupe.

—En otra versión —prosiguió al fin—, sobrevenían disquisiciones sobre el argumento mismo de este relato, sobre su concepción, su evolución y lo maleable de esta. Cuando la conversación tomaba esos requiebros, discutíamos siempre sobre la posibilidad de que este fuera un argumento que se construye a sí mismo a medida que avanza. De ser así, le concedía, sería un proceder perezoso y de poco calado...

Mi interlocutor se vio obligado a una pausa. Un hilo de arena resbalaba desde su boca sobre la labor exhausta de sus dedos en el teclado. Junto a él, las páginas se mostraban lánguidas pero aún se afanaban en liberarse.

—Usted a veces perdía la paciencia y me acusaba de no buscar más que confundirle con falsos símbolos, con palabrería hueca que no llevaba a ningún lado. Discutíamos entonces sobre su finalidad como personaje y protagonista de esta historia, sobre el riesgo de que anduviese deslavazado a través de una narrativa sincopada y anar... anárquica... En otras ocasiones, y le prometo que ya acabo con esto, ponderábamos sobre los sedimentos que componen esta avenida. Aquel era un tema que nos llevaba a senderos profundos. En aquellas conversaciones discutíamos sobre la estética de este lugar. Sobre si lo que ocurría entre estos edificios no era más que un simple ejercicio de estilo, o sobre cuáles eran las implicaciones oníricas, psicológicas y subconscientes de un lugar como este. Se concluyó, eso fue una constante, su naturaleza parcial de ensayo narrativo, de estudio sobre las mecánicas internas de una obra de ficción.

El hombre se detuvo entonces y alzó su vista por primera vez a mi encuentro. Su rostro era una versión ajada y marchita del mío. Su rostro era el de un gemelo demacrado, encadenado durante cien años a la intemperie. Renqueantes, sus manos rebuscaron entre las hojas cubiertas de arena, entre las cuartillas que abandonaban con esforzado vuelo su mesa.

—¿Quiere leer algo? —preguntó con sonrisa frágil y un nuevo acceso de tos acechando en el pecho. Después me alargó varias páginas mecanografiadas.

—¿Qué es esto?

—Es lo que *podría* haber sido. Páginas que nunca fueron escritas, que se escriben a sí mismas por el propio hecho de ser mostradas... son parte latente de este relato.

Las cogí con cuidado, con miedo a que fueran a deshacerse en mis manos.

—Al morir nuestro encuentro —me dijo—, antes del punto que ahí se narra, usted seguiría su marcha extraña por la avenida. En algún momento, exhaustos a sus costados, los edificios darían paso a un desierto entre las ruinas de las fachadas. Allí encontraría carteles esgrimiendo necedades y exaltando blasfemias, quién sabe si incluso hechos certeros. Algunos, los menos, lo harían escritos en japonés, otros le harían preguntas. Pedigüeños, lo envolverían con advertencias, adivinanzas y sinsentidos. Al contemplarlos, al contacto con la tormenta de arena que se desataría al llegar usted a su presencia, se traicionarían a sí mismos, cambiarían al contacto con esta. *¿Qué preferiría ser: la catedral o el arquitecto?* rezaría ahora *Si crees que los hombres fuertes son peligrosos, espera hasta comprobar de qué son capaces los hombres débiles.* Otro cartel, el que afirmaba que entre el estímulo y la reacción existe un espacio en el que habita el libre albedrío, sería brevemente sustituido por *Las matemáticas y la muerte nunca cometen errores,* que transmutaría a su vez en *La táctica es el brazo ejecutor de la estrategia.* Junto a ellos, un cartel vacío mostraría entonces versos de Cervantes y Lope de Vega en su traducción al checoslovaco. Vagando por ese paraje, correría usted el riesgo de extraviarse y de caer muerto. Como antes de entonces, el presentimiento le cruzaría las tripas y le hurtaría los bríos. Pero lograría usted, como antes de entonces, zafarse y escapar de la maraña de enigmas y vanidades. El último cartel, léalo bien, rezaría palabras de Jung:

Los sueños son imparciales, espontáneos pro-

ductos de la psique y el inconsciente; habitan más allá del control de la voluntad. Son naturaleza pura; nos muestran la verdad natural, aún por barnizar, y pueden por lo tanto, como nada más es capaz de hacerlo, señalar en la dirección de nuestra naturaleza humana más básica cuando nuestra consciencia se ha extraviado lejos de sus fundamentos, enquistada en un punto muerto".

—Pero eso —prosiguió el hombre— no sería en realidad lo importante. A su paso, todavía en el desierto entre los escollos, habría un objeto fuera de lugar, algo que alguno daría en llamar electrodoméstico. De su interior, entre vapores y torrentes de agua, brotaría un hombre desnudo sin sombra en el suelo. "No la necesito" diría él leyendo su aparte. Caminarían juntos un tiempo, con paso breve y conversación leve: hablarían de espejos y de cómo transcurre el paso del tiempo en su reflejo. Él mencionaría a Borges. Usted recordaría los distintos rostros que los espejos de su vida le han devuelto a lo largo de esta. Después, el hombre, que por el camino se había convertido en una mujer y usted no lo había advertido, le diría adiós y se iría como había venido, penetrando esta vez en un buzón de correos. Desp…

El hombre se resquebrajó. Entre arcadas, tosiendo de nuevo puñaladas de arena, se vació sobre su escritorio con espasmos brutales. Su rostro, que a poco más recordaba ya que a una muralla cañoneada, delataba que no era arena aquello que vomitaba, sino su vida.

—Me muero —jadeó—, no es ninguna sorpresa... Hice mi paz con ello hace ya tiempo.

Su dedo señaló los papeles que me había entregado. Junto a él, famélicas, las páginas de su escritorio se arrastraban a duras penas por la avenida.

—Lea —musitó—. Yo estoy demasiado cansado para seguir

charlando.

Me volví hacia las páginas.

Leí.

> *Tras la polvareda intuí tres figuras en torno a una mesa. Era aquel un todo desvencijado, que se mantenía en pie como por accidente, como si alguien hubiera armado una escena con trapos viejos y muebles sin dueño y se hubiese olvidado de ella hacía ya tiempo. Me aproximé. De uno de los despojos de la avenida, a los que apenas se podía llamar ya tal cosa, se desprendió una pila de cascotes a los que nadie prestó si acaso un vistazo.*
>
> *—Coño. Nadie contaba contigo ya por aquí —prorrumpió la primera figura, irguiéndose al verme—. Qué carajo, por esperar no esperaba ya ni líneas propias este relato.*
>
> *Era la figura de un dromedario la que se pronunciaba. Haciendo equilibrios en su cabeza, ajado más allá de cualquier decoro, portaba un sombrero de fez en sintonía con su escenario. Allí todo parecía medio enterrado, o a medio desenterrar. A su espalda en la mesa, tramitando una partida de cartas que a nadie más incumbía, caricaturas mal hechas de Napoleón y del Batman demente de Dave McKean. Mugre y grasa en los galones, naipes como estocadas las del primero. Parsimonia del perturbado, ojos extraviados los del segundo.*
>
> *—Menudas maneras de llegar nuevo a un sitio se gasta el tío —exclamó el dromedario torciendo el gesto—. Aún no nos hemos ni presentado y llega ya con impertinencias.*
>
> *Caí en la cuenta de lo grosero, de lo inexcusable de mis modales.*
>
> *—Lo siento de veras.*

El animal me avizoró de parte a parte, rumiando un gesto ilegible y también un gargajo. Tras una pausa lo fusiló contra el suelo. Su expresión cambió entonces, y exhibió una sonrisa.

—Se acepta, compadre —dijo con energía—. Vamos a ello de nuevo. Yo soy Maurice, y aunque tú no tengas nombre, porque es un hecho que ni lo tienes ni lo has tenido, Maurice es el mío. Aquellos dos… bueno… Aquellos dos son versiones distorsionadas de quién sabe qué coño, productos de esta esquina de mala muerte de la avenida.

Los otros se mantenían absortos. Napoleón en el juego, rumiando reniegos. Su compañero, con la mano en las cartas, paralizado como un maniquí al que habían puesto de atrezo.

—Bueno, mira —dijo Maurice—, vamos a meternos ya en el jaleo. En este punto de la historia tratamos un par de asuntos. Asunto uno: el más sencillo. La historia se titula como se titula, pero antes de titularse como se titula, iba a titularse distinto. La avenida o En la avenida eran las otras opciones. Al final, ya ves que así no ha sido. Poca cosa, poco más que un apunte.

Maurice ejecutó de nuevo un gargajo y se sentó sobre sus cuartos traseros. Se movía despacio, pero hablaba con prisa. El sombrero, inestable en su cabeza, se mantuvo con esfuerzo en su sitio.

—Agradezco la explicación —contesté—. Pero he de añadir que…

—Ya, que tú no sabes ni has sabido nunca qué título tiene el relato. Que tu rol no es otro que, en resumidas cuentas, el de ejercer de explorador y testigo de este mundo metaliterario. Que para poder llevar a cabo tal cometido es conveniente,

imprescindible incluso, que tu hocico vaya siempre bien a ras del suelo. La ausencia de perspectiva, y la naturaleza inquisitiva que de ahí se decanta, son en gran parte tu esencia.

—*Si tuviera el lujo de tener perspectiva, Maurice, o cuanto menos algunas de las respuestas que esta conlleva, no sería yo, sino que sería tú, o alguno de esos otros que son como tú.*

—*Y entonces no habría historia, solo tipos extraños dándose la razón unos a otros. Pues nada, mejor así como estamos* —completó él mis palabras.

—*Hablas con suma urgencia.*

—*Llevamos tal cantidad de sinsentidos y mamarrachadas a cuestas, compadre, y aún ni hemos llegado a ningún lado ni parece que vayamos a hacerlo, que sería una sorpresa que aún quedase alguien leyendo esto. Por el bien del relato y de sus maltrechos lectores, lo mejor que podemos hacer es ir terminando.*

Esta vez Maurice se expandió con una flatulencia en vez de un gargajo. En la mesa, Napoleón le ladró a sus cartas.

—*¿A qué atiende el nombre de este relato?* —concedí.

—*La Ley de Dinámicas y Variables es sobre todo un concepto. Una reflexión sobre el motor de la vida y, por extensión, de las reglas que rigen la ficción literaria. En esta historia, por ejemplo, tú y yo somos dos de las variables. También lo son aquel tipo sin cabeza, tu voz al teléfono o aquel falso Nick Cave. Pero nosotros sabemos cosas que tú no sabes, y nuestra función es la de explicarlas. Por tu parte, eso también está dicho, tu función es* dar pie a que estas puedan ser explicadas. Esa es la dinámica. Así es como se rigen los mundos. Este que no existe, y el que está ahí fuera y que, en principio, sí ostenta el honor. Si cambias las variables, cambiarás también las dinámicas.

—Sin duda una concepción muy determinista de la existencia.

—*En efecto. Puedes llamarme Maurice el Determinado, si lo prefieres.*

—C'est quoi cette merde?? Mais c'est quoi cette merde??

Me giré. Napoleón, en ignición tras una mala mano, lucía bermejo, pringoso y con ojos inyectados en sangre.

—*Si mi cometido fuera embaucarte, confiarte con mi palabrería y entonces quebrarte el cuello, pues ya sabes que en esta avenida es mejor no fiarse de nadie* —continuó Maurice—, *la dinámica no sería tanto didáctica como la de ir a cazarte, aunque hay quien diría que podría incluso ser ambas cosas. En el fondo, yo así lo creo, la Ley de Dinámicas y Variables es la esencia destilada de la existencia. De la existencia en estas páginas, o en cualquier otra parte.*

Me volví hacia el dromedario, que me tasaba de pronto con ojos duros que recordaban a los de un sepulturero.

—¿Qué interés podrías tener en quebrarme el cuello, Maurice? —pregunté, notando mis tripas hacerse un nudo.

—*No lo sé, compadre. ¿Qué interés podría tener?* —dijo él, levantándose y dando un par de pasos. Tras él, el desierto se sumía en tinieblas. En lo alto, con vuelo de buitre, vi bandadas de gaviotas *que antes no estaban.*

—Ignominie! Trahison! Je ne vais pas tolérer un tel outrage digne d'un porc prussian!

—¡Eh! —se giró Maurice—. ¿Te importa?

—Si vous voulez tricher, je peux tricher aussi!! —graznó Napoleón. Acto seguido y sin dar tiempo a más, derribando su silla y la mesa en un mismo escorzo, produjo una pistola de su casaca y le descerrajó un tiro a Batman en plena sien. Después, sin esperar respuesta y a matacaballo, giró sobre sus talones y se alejó rompiendo el suelo a zancadas.

El otro cayó muerto sobre sus propios sesos, desplomado con la sangre manando como una fuente. Su rictus no había cambiado, los ojos eran aún los del loco, todavía abiertos y todavía perdidos en algún punto. Las gaviotas, que formaban ya un manto espeso, se abalanzaron en granizada, peleando entre ellas por horadar el boquete abierto en su cabeza. Los picos ávidos, avariciosos, de graznidos hiperactivos.

Entonces el muerto prorrumpió en carcajadas.

Desparramado entre los naipes, cubierto en gaviotas que lo profanaban, Batman reía, se descomponía entre risotadas...y entonces calló de pronto. Y empezó a hablar:

—Cuando era un niño tuve una pecera, una pecera con peces. Eran de todos los tipos, pero había algo extraño en ella: los peces que había dentro, uno tras otro, se quedaban ciegos. A todos les comían los ojos. A todos menos a uno. El día que comprendí, el día en que caí en la cuenta, aquel pez se convirtió en mi favorito. Era un pez negro, de hambre incansable. Hambre de ojos. Me encantaba mirarlo, me encantaba asegurarme de que no le faltaba de nada. Cada día durante meses, mientras vivió, le traje ojos. Peces con ojos. Me relajaba mirarlo, sumiendo a sus congéneres en un mar de oscuridad, un mar auténtico dentro del mar ficticio que sin saberlo habitaban. Cuando acababa con ellos, cuando estaban ya ciegos pero aún vivos, los sacaba de la pecera y los tiraba a la basura. Al día siguiente siempre había allí peces nuevos. Cuando él murió, fui yo quien se comió sus ojos. Era una época bella. Una época hermosa. Echo de menos aquellos días.

Eso fue todo. Tras su elegía llegó el silencio, roto tan solo por el sonido de los pájaros desgarrando su carne. Batallando contra las náuseas que me invadían, arranqué la mirada y al hacerlo topé con Maurice, a quien había olvidado. Recordé entonces algo que él todavía parecía tener presente: nuestra conversación sobre cuellos rotos aún no había acabado.

—¡Basta! —exclamé, apartando las hojas como si me quemaran—. Si esto es lo que está por venir quizás fuera mejor no seguir caminando.

Me sentía enfermo, de pronto las náuseas de aquel yo futuro estaban también conmigo. Pugné por arrancarme el vómito. Tosí. Con esfuerzo logré provocarme arcadas.

Vomité arena.

Hundiendo los dedos en mi boca, como si allí pudiera encontrar respuestas, me volví hacia el hombre del escritorio. Inmóvil junto a su máquina, recordaba ya más a un despojo deshidratado que a cualquier otra cosa. Escupí. Me acerqué a él. No estaba muerto, aún restaba un hilo de vida por ser cortado.

—No es mi tiempo el único que se agota —musitó, exprimiendo una mueca a su rictus. A su lado, las páginas volaban lánguidas, en triste desgobernanza.

—Lamento verlo a usted así... y reconozco que no contaba con verme también yo en esto.

—No sé preo... cupe por mí... doy mi tiempo por bien vivido. De testigo, me convertí en autor de mi destino. Y en alguna medida también del suyo... En cuanto a su... situación... considérela como su turno, su turno inevitable en esta bifurcación de caminos... La muerte no es... no es el fin, al menos no en esta avenida.

—Si no el fin, ¿qué es entonces la muerte?

—Eso es sen... cillo... La muerte... es apenas un cambio en nuestra dinámica. —Aunque no habitase ya ni la carne con la que serlo, el hombre se me antojó socarrón al decir aquello—. Ambos morimos, solo que yo le llevo ventaja al respecto. Pero aquí, en esta avenida y en estas páginas... la muerte no lo es todo en sí mismo.

—¿Qué quiere decir? No le comprendo.

—Siéntate y escribe —me dijo—, así será como puedas salvarte.

Estallaron entonces las páginas. Descuartizadas, nos envolvieron a ambos, y después, cayeron y murieron y alfombraron el suelo. Y no se movieron ya más.

El hombre me miró, sin alcanzar a decir ya nada... y entonces se deshizo ante mis ojos. Se desangraron sus oídos y se desangraron sus cuencas, su boca y sus cavidades. Se desangró de arena, en cascadas del color de las dunas, del color de las lunas. Los torrentes que lo vaciaron quebraron también sus cimientos, colapsaron su cráneo, su espinazo y su pecho. Se evaporó como se evaporan los años, los siglos y también nuestros tiempos. Cuando recuperé el aliento, ya estaba muerto. Tras de sí, tan solo arena y una pregunta.

Pero no hubo tiempo, durante lo que parecieron lustros, para hacer más preguntas. Mis náuseas retornaron, remitieron, retornaron. La avenida fue un torbellino en mi cabeza, incapaz por poco de no tumbarme. Así fueron las horas, las largas horas en las que solo hubo deriva, en las que no supe si estaba erguido, doblegado o sumido en la noche oscura. Desmadejada la mente, bajo ataque mis fuerzas, cuando fui vomitado en la orilla quedaron solo la marejada y el eco maltrecho de aquellas palabras.

Siéntate y escribe, así será como puedas salvarte.

Deshecho, pero tratando de comenzar a pensar de nuevo, me llegué al escritorio en aquella avenida sin tregua. Acalladas ahora las páginas, apaciguada la ventisca que las desordenaba, crecía en mí aquella voz apagada: *Siéntate y escribe, así será como puedas salvarte.*

Me moría, ahora yo también lo sabía. Pero si eso era cierto, comprendí, la certeza alcanzándome como una bola de cañón en el pecho, también lo era que en estas líneas podría vivir para siempre. Esa era la esencia de mi naturaleza. Eso encerraban aquellas palabras. La muerte, ahora lo veía claro, no es en realidad el fin cuando habita entre páginas. A una ficción como la mía, a una existencia tan solo escrita pero consciente también de sí misma, la servidumbre de morir no le correspondía.

Con esfuerzo me tambaleé ante la máquina, me senté frente a ella. Pensé en Maurice, en sí había dicho algo que fuera cierto. Si todo se reducía a variables, a las dinámicas que de estas emanan, este era entonces el momento de derramarse sobre las teclas y ser eterno; el momento de una nueva dinámica en la que, como aquel hombre que tuvo mi cara y fue de algún modo yo mismo, el testigo deja de serlo, y se convierte por voluntad en demiurgo. Entre la marejada, hallaba ahora el sentido. *Siéntate y escribe, así será como puedas salvarte.* Con estas teclas daría forma a este mundo, pagando con mi vida el precio de sentarme ante ellas. Y así sería infinito, como lo es la avenida, hasta que otro yo remonte sus pasos y en su camino me halle muriendo, y ocupe mi sitio y muera él también. Y así, como espejos puestos en duelo, transmute su dinámica y cambie también su destino.

Desde aquel escritorio que era también mi atalaya, en aquella avenida diáfana con el vértigo de diez mil años, pude alzarme y verlo al fin claro. *Siéntate y escribe, así será como puedas salvarte.*

Tosí, empapada la boca en arena. Después posé mis dedos sobre las teclas, encontrando reposo en ellas.

Después, escribí.

NOTA DEL AUTOR

Quiero darle las gracias a todo aquel que haya llegado hasta este punto. Espero de veras que haya valido la pena.

Si te ha gustado lo que has leído y quieres apoyarme como autor, te invito a que dejes una reseña de este libro en Amazon y me sigas en instagram y visites mi web para estar al tanto de próximas novedades.

Es peligroso ahí fuera, y me vendría bien toda la ayuda que pueda conseguir.

Un saludo.

Brighton, 16 de mayo de 2021

www.farinasvales.com

www.instagram.com/farinasvales

Año de escritura

Los procesos de supresión del caos – 2021
Cuando vengas a Londres mantén los ojos abiertos – 2014
Breve análisis de gente que no está bien: Paolo – 2020
Sueño – 2016
Más allá del tambor – 2012/2021
Un vagabundo extraño – 2019
Breve análisis de gente que no está bien: Debbie – 2020
Lo que dura una cerveza – 2019
El búnker – 2014
Dinero fácil – 2012
Breve análisis de gente que no está bien: Pedro – 2019
Un problema con los clones – 2020
La Sordera – 2007
Ministros – 2009
El esplendor de las cosas relativas – 2009
Un instante determinado – 2009
Costumbrismo en parques – 2021
Astillas en la niebla – 2021
Rampage – 2020
Hermes – 2009
Nuevos panteones (bosquejo) – 2021
Nueva Delhi & Asociados – 2015
Maraña de conceptos – 2021
Norberto Nutrias y el mercado – 2021

Todo un ganador – 2012
Naturaleza domesticada – 2019
La cualidad humana – 2018
La leyenda del Tinto Carranza – 2016/2019
Ojos de serpiente – 2018
La vuelta a casa – 2017
Hermetismo e irrelevancias – 2021
Historias de bar: Piñas coladas – 2015
Humo y espejos – 2015
El reloj – 2017
La Ley de Dinámicas y Variables – 2019/2021

Printed in Great Britain
by Amazon